文春文庫

さよならクリームソーダ

額賀 澪

もくじ

さよならクリームソーダ

それは、よくある恋愛小説の成れの果てだった。主人公の男が恋に落ちる。魅力的で少しミステリアスな、何やら秘密を抱えた美しい女の子と。主人公は彼女の隣にいることに安らぎを覚え、彼の世界は徐々に彼女を中心に動き始める。

ところがそんな二人は、彼等の力ではどうにもできない悲劇によって引き裂かれる。主人公は一人、世界に取り残される。彼女のいない世界を彼は生きていく。彼女の笑顔と言葉を抱えて、生きていく。

「泣いた」とか「感動した」とか。そんな声に埋もれて見えなくなった、主人公のその後の物語。

一　柚木若菜の遠近法

「ああ、無理です。無理。本部からそういうのダメって、めっちゃ言われてるんで」

高校生と思しき店員は笑顔でそう言った。それ以上話すことはないという様子で、「次の方どうぞー」と友親《ともちか》の後ろに並ぶ客に声をかける。綺麗な黒髪をしたＯＬが、眉間《みけん》に皺《しわ》を寄せながら友親を押しのけるようにしてレジにチルドコーヒーと焼きプリンを置いた。変な男の後ろに並んじゃった、サイテー、という顔だ。

すみません。賞味期限切れっていうか、廃棄品っていうんですか？　捨てちゃう弁当とか、譲って貰えたりしませんか。そう、勇気を出して言ったのに。

決して馴染みの客ではないだろうけど、どうせ捨てるものだろう。ちょっとくらい譲ってくれたっていいじゃないか。それで腹を壊そうと、別にこの店にクレームを付けたりなんてしませんよ。

そうやって駄々の一つも捏《こ》ねてみればいいのかもしれないけれど、昔から友親はそういうのが苦手だった。

「あ、まだ何かあるんなら、店長呼びましょうか？　その方が話早いっすよね」

店員の言葉に、「いえ、大丈夫です大丈夫ですすみませんすみません」と頭を下げながら、走って店から逃げた。唯一救いだったのは、アパートから一番近いコンビニではなく、自転車で十分走ったところのコンビニを選んだことだ。二度とこの店に来ない、そう心に誓った。

大学に受かったのを機に上京した。といっても、実家は小田原だけど。新居は大学から徒歩十五分の木造アパート、旭学生寮の二階角部屋。風呂はない。トイレ、台所は共用。

仕送りをしてやるという母親の申し出を拒否して、引っ越し直後の三月中旬からラーメン屋でアルバイトを始めた。三月分の給料で、しばらく生活できるはずだった。三月分の給料は四月の分とまとめての支払い。振り込みが来月だと知ったのは、三日前のことだ。あと一ヶ月、金はどこからも入ってこない。財布の中身を確認したら五万入っていた。一人暮らしなんだし、慎ましやかにやっていれば五万で何とかなるだろうと思っていた。電気とガスとスマホと、来月分の家賃の支払いを忘れていた。

西武線の線路に沿って自転車を走らせていたら、新宿区から中野区に入ったことに気づいた。自分の生活圏にないコンビニを求めて、区外にまで出ていたらしい。ぎゅるるる、と腹が鳴る。最後に食事をしたのは、昨日の夜の塩おにぎりだった。

畜生！　と叫びながら夜の街を疾走したい気分だけれど、無駄なエネルギーは消費したくない。とろとろと、極力体力を使わないようにゆっくりペダルを漕いでいた。

旭寮につく頃には、腹の虫が鳴り止まなくなってしまった。ぎゅるるるう、ぐるるうと器用に合唱を繰り返し、そのたびに冷たい腹痛と目眩《めまい》に襲われた。

築五十年以上と噂される旭寮は、外灯の明かりの下でもその古さがよくわかる。周りをそれなりに新しい一軒家に囲まれているから、余計に。木造二階建ての、出がらしのような色のアパートだ。窓ガラスはもともとそういうガラスなのか年季が入ってそうなってしまったのか、中を覗くことができないくらい曇ってしまっていた。ぼこぼこのコンクリート塀は、一部が斜めになっている。引っ越し初日、大家が「この間の地震で、ちょーっと曲がっちゃってね」と大笑いしながら叩いていた。この間の地震というのが一体いつの地震なのかは、教えてくれなかった。

駐輪場とは名ばかりの狭い庭に自転車を止めて玄関へ向かうと、玄関口に腰を下ろす男性の影があった。外灯に照らされるその顔は、柚木若菜《ゆぎわかな》さんのものだった。彫りが深いわけでも、鼻が特別高いわけでもないのだけれど、非常に端整な顔立ちをしている。男性芸能人の誰かに似ている気もするのだけれど、肝心のその名前は思い出せない。

玄関横に植えられたヤシの木に寄りかかり、サンダル履きの足下には猫缶が二つと、猫が二匹。昼間によく塀の上で日向ぼっこをしている野良猫だ。

「こんばんは」

軽く会釈すると、若菜さんはおう、と右手を挙げた。友親が近づくと野良猫二匹は食べかけの猫缶を置いて逃げてしまった。音もなく塀の上へ、そして玄関の屋根に飛び乗り、二階へと消えていく。

「あーあ、振られちゃったな」

猫が消えたあたりを見上げて、若菜さんは肩を揺らす。

「まだ寺脇《てらわき》はうちに来たばっかりだから、金鍔《きんつば》と落雁《らくがん》も警戒してるんだよ」

「あの猫、そんな名前だったんですか」

「灰色の方が金鍔で、三毛が落雁。俺が最初にやった餌の名前をつけた」

「腹が減る名前ですね」

言うと同時に、腹がまた鳴った。若菜さんにまで容易《たやす》く届く音だった。

「すっげえ音、飯食ってないの」

猫缶、食う？　と金鍔と落雁が残した猫缶を指さす。一瞬、答えに躊躇《ちゅうちょ》してしまった。同じほ乳類なんだから、食べられないこともないかもしれない。

そんな友親に、若菜さんは目を丸くした。

「え、本気で食べる？」

適当に笑って誤魔化してしまおうか。深刻に受け取られないように、なんてことないように。それくらいは、こんな不甲斐ない自分でもできるはずだ。

けれど、二度目の腹の音を若菜さんに聞かれて、そんな自尊心は消えた。

残金数千円で来月の二十五日まで生きねばならないこと。ただで手に入る食料を求めて二駅先のコンビニまで行ったこと。面白おかしくオチをつける気力もなく、すべて正直に話した。

「うわあ……」

顎《あご》に手をやって口を半開きにした若菜さんは、さっきよりずっと激しく肩を揺らして笑い始めた。喉の奥からはっきりと笑い声がこぼれる。

「そりゃあ、大変だね」

「バイトの日は賄《まかな》いがあるからいいんですけど、それ以外の日はどうしようかと……」

「そうだね、困ったね。困った困った」

猫缶を両手に持って、若菜さんは玄関の引き戸を開ける。「とりあえずおいでよ、何か食わせてやるから」なんて仏のようなことを言って、共用の台所に向かう。

「いいんですか？」

「事情を聞いちまったら、見捨てるのは忍びないだろ」

ほら、やっぱりこうなってしまった。溜め息を堪《こら》えながら、友親は頭を下げた。遠慮してさっさと自分の部屋へ行くこともできたけれど、それじゃあきっと、自分はもの凄く惨めで可哀想な奴になってしまう。

ありがとうございます、ありがとうございます。ぺこぺこと礼を言いながら、友親は若菜さんの背中について行った。

旭寮の一階には、住人が共用で使うことのできる台所がある。外観同様、シンクも相当な年代物だ。高校時代、歴史だか現代社会だかの授業で見た「高度経済成長期の日本人の住まい」が、そのまま目の前に現れたようだった。

「アレルギーとか、別にないだろ？」

「食わして貰えるなら何でも食べます」

冷蔵庫の中身を確認しながら若菜さんは苦笑した。緑色の見るからに古いフォルムをした冷蔵庫の中身は、部屋ごとに区画わけされていて、そのスペースからはみ出さないように収納することになっている。それが窮屈に思えて友親は自分の部屋に小さな冷蔵庫を置いたのだけれど、今はただ冷気を発するだけの役立たずと化している。

「肉、食いたいだろ」

若菜さんが豚肉のパックを取り出して、誇らしげに胸の前に掲げて見せた。「西友で百グラム五十円だった奴だけどな。しかも豚」と言う若菜さんに、主人に尻尾を振る大型犬の気分で、友親は頷《うなず》いた。

「よーし、じゃあ手伝えよ」

アパートが建ったときからあるというシンクは、花模様のタイル貼り。ところどころタイルが剝がれて、石膏で補修した跡がある。

そのシンクの上に若菜さんは豚肉と豆腐とスライスチーズを並べた。使いかけのキャベツとモヤシも加わる。すべてに柚木若菜と名前が書いてあった。大学生専用の下宿屋ということもあって、食料事情に関してはシビアだ。無断で他の住民のものに手を出すことは重罪で、場合によっては強制退去になることもあるらしい。

豆腐を掌《てのひら》で水切りして、そのまま包丁で綺麗に十六等分する。同じ大学生だし、それほど年が離れているわけでもないのに、えらく手際がいい。隣でキャベツを適当にむしって洗いながら、彼の手元を覗き込んだ。

「若菜さんって、四年なんですよね」

「おう。油絵な」

引っ越し当日、隣の部屋に挨拶に行ったのが若菜さんとの出会いだった。ひょろりと背が高く感じたけれど、こうして並ぶと友親とそう変わらない背丈をしている。代わりに友親より肩幅がなく、色白で細身だ。

「大学、どんな感じですか。今から緊張しちゃって」

「良くも悪くも普通の美大じゃないの。他の大学に比べたら、面白い奴が多くて楽しいかもな。あとはちゃんと授業に出て課題提出してれば、別に殺されることはないよ」

細かく切った豆腐を、若菜さんは豚肉とスライスチーズで巻き始めた。フライパンに放り込んで炒めるだけかと思っていたのに。

「履修登録の頃になったら、単位取りやすい一般教養の授業、教えてやるよ」

「本当ですか！　助かります」

旭寮から歩いて十五分のところに花房美術大学――通称・ハナビという美大がある。四月六日には入学式が執り行われ、友親は晴れて油絵学科の一年になる。

大学に近い上、家賃も月三万円と格安なだけあって、旭寮はほとんどハナビ生専用のアパートとなっているのだ。

「同じ学科なら、何かと顔合わせることも多いかもな」

そう言いつつ、若菜さんは肉とチーズで巻いた豆腐を、油を敷いたフライパンにどんどん放り込んでいく。その光景も音も匂いも、魅力を通り越して毒だった。胃が痛くなって、友親はガスコンロから離れた。

「冷凍庫に俺の米が入っているからさ、解凍しといて」

踏み潰された蛙のような返事をして、友親は冷凍庫を開けた。柚木と書かれたタッパーがビニール袋にまとめて入れられている。そこからタッパーを二つ取り出して、電子レンジへ。年季の入った冷蔵庫の横にある電子レンジは、この場所では最新鋭の電子機器に思える。

背後から、フライパンに醤油とみりんが投入される音と、甘い匂いが漂ってきた。

できあがった料理を無造作に皿に盛った若菜さんに、花見をしようと言われた。連れて行かれたのは台所の隣の共同のリビングだ。縁側に出ると、アパートの目の前にある神社の桜が満開だった。

「いいだろ、家で花見できるの。ボロアパートだけど、こういう粋な特権があるんだよ」

白米丼を片手に缶ビールをする若菜さん。友親は脇目もふらず米と豆腐の肉巻きを掻き込んだ。醤油とみりんを大量に使っていたけれど塩辛くなく、程よく溶けたチーズと相まって絶妙な甘じょっぱさだった。肉を焼いた油で炒めたキャベツとモヤシも遠慮なく食べる。

「美味い？」

不味《まず》いわけないよな？　と言いたげな不敵な笑顔に、何度も何度も首を縦に振る。肉って、米って、モヤシって、こんな味だったんだ。こんな食感だったんだ。まさかまだ二十歳にもなってないのに、先日高校を卒業したばかりなのに、食べ物がある幸せを身をもって学ぶことになるとは。

「明日からどうするわけ？」

庭へ足を放り出し、若菜さんは缶ビールを呷《あお》る。大きく上下する喉を見つめながら、同じ問いを自分で自分へとぶつけた。

わずかな沈黙ののち、情けない答えが返ってくる。

「いやぁ、どうしましょう」

まさか毎日若菜さんに世話になるわけにもいかない。給料日までおよそ一ヶ月。どうやって食い繋ごう。

一人で生きるって、大変なんだ。

「親に仕送りでも頼んだら。最初の三ヶ月間だけとかさ、いろいろと物入りだろ」

「そうなんですけど、それはできないっていうか、やりたくないっていうか」

アルミ缶をワックスの剝げた縁側に置き、若菜さんがこちらを見る。一瞬、彼の目の奥が鈍く光ったように見えた。何を甘ったれたことを言ってるんだ。そう、言われたような気がした。

「親と仲悪いの」

「超、仲良しですよ」

嘘は、ついてない。

「親に大見得切って、仕送りなんていらねえ！　って言って上京してきたんで。子供っぽいとは思うんですけど、どうしてもこっちにも意地があって……」

そこまで言って、食事の世話になった若菜さんにこの言い方は失礼じゃないかと思い、口をつぐんだ。自分の意地と人様に迷惑をかけないこと、どちらを取るか。どちらを取るのが大人なのか。自分はまだ大学生だし、未成年だし、厳密には大人ではないのかもしれないけれど、それでも、答えは明白だ。

若菜さんを見る。彼は塀の向こうの桜を見つめたまま、二本目の缶ビールを開けた。ぷしゅう、という炭酸の音が、ちらちらと夜風に舞う桜の花びらを前に、何故か雅《みやび》に感じられた。

「……とは言いつつも、流石《さすが》にまだ出会って間もない若菜さんに迷惑かけちゃったんで、そろそろ親を頼ろうかなー……なんて」

できない気がする。母に電話をして、金を送ってほしいなんて、言えるのだろうか。無理な気がする。電話に出た母はきっと開口一番に「体は大丈夫？　お金はあるの？」と聞いてくるだろう。その声を聞いてしまったら、絶対に、無理だ。

まだまだ、大人にはほど遠い。

「貸してやろうか」

缶に口をつけたままだから、若菜さんの声は少しこもって聞こえる。驚く友親に、彼はもう一度「貸してやろうか？」と問いかけてきた。

「えーと、何を？」

「金」

いくら必要？　と首を傾げる若菜さんに、友親は詰め寄った。

「いやいやいや、駄目ですよ。いくら隣人だからって、よく知りもしない奴に金なんて貸しちゃ駄目ですって」

相手が年上にも拘わらず、早口で捲《まく》し立てる。案の定若菜さんは「失礼な」と歯を見せて笑った。

「お前より数年長生きしとるわ。金貸す相手くらいちゃんと選べるっての」

それはつまり、自分は金を貸してもいいくらいには信頼されているということか。

出会いは二週間前、上京当日。廊下や玄関で会話することはあったけれど、一緒に食事をしたのも今日が初めてだ。自分のどこに、信頼に足る部分があったのだろう。

この人は、自分の中に一体何を見たのだろう。


洗い物と片付けを買って出て、すべてを終えて縁側に戻ると、若菜さんは缶ビールを片手にまだ花見をしていた。

鼻歌が聞こえる。ふんふんふん、ふんふんふん。鼻の先に引っかかるような高い音で奏でられるのは、尾崎豊の『卒業』だった。

「若菜さん、尾崎豊が好きなんですか」

鼻歌がやむ。

「よくわかったな。寺脇が生まれた頃は、とっくに死んじゃってただろ」

「それは若菜さんだって同じじゃないですか」

いろんな歌手がカヴァー曲を出しているし、命日に特別番組をやっていたこともあった。代表曲の一つや二つは聴けばわかる。

「好きじゃないよ」

若菜さんはそう言いながら、飲み終えた缶ビールを縁側に置く。乾いた木にアルミ缶の縁があたり、鋭い音を立てた。微《かす》かに赤くなった顔を少しだけほころばせた若菜さんは、そのまま縁側にごろんと横になった。

その口から、また『卒業』が聞こえてくる。はっきりと、歌詞が響く。

若菜さんの歌は、歌手に匹敵するくらい上手いわけでもなく、尾崎豊に特別似ているわけでもない。

けれどどうしてか、ざわざわ、ざわざわ、ざわざわと、友親の胸の奥を撫でていく。撫で回すだけ撫で回して、無責任にどこかに消える。放課後の街を友人とふらつき、ピンボールのハイスコアーを競いあうなんて、まったくもって友親には馴染みがないはずなのに。

どうしてだろう。

歌詞の欠片《かけら》が、若菜さんの歌声が、友親に思い出させる。ここに来る決断をしたときのこと。仕送りをするといった母の申し出を拒否したこと。引き下がらない母とちょっとした押し問答になって、少しだけ罪悪感が胸を刺したこと。そして実感させる。自分は本当に今、母の元を離れて一人で生活していると。後ろめたさと寂しさと共に、わずかな希望と爽快感を伴って。

神社の桜が舞い散って、旭寮の中庭に落ちる。何枚も何枚も、きらきらと光るように揺れながら。

そんな中、ほろ酔いの若菜さんの擦《かす》れた歌声は、しばらくやむことはなかった。

＊＊＊

山々の間に農道や田圃《たんぼ》が広がる。そんな風景が突然途切れ、視界が開けた。直後、隣に座っていた有馬博正《ありまひろまさ》が「すげー」と溜め息をついた。感嘆半分、呆《あき》れ半分という溜め息だった。

「俺、こんなに田圃ばっかりの景色、初めて見たよ」

山間を走っていた高速道路が高架橋に入ると、視界に広がるのは田園。ただひたすら田園。田植え前の田圃には水が張られ、四月の青空を鏡のように映している。遠くには工業地帯があるようで、大きな煙突が何本もそびえ立っていた。

「寺脇って、どこ出身だっけ」

東京生まれ東京育ちの有馬に、「神奈川」と友親は答えた。

「といっても、横浜でも川崎でも鎌倉でもないけど」

大都会というわけでもないけれど、こんなふうに田圃ばかりが広がるような田舎でもない。山、川、海、平野と自然は豊かな場所かもしれないが、農耕が劇的に盛んという土地でもなかったはずだ。

「俺、虫が駄目なんだけど、大丈夫かな」

「刺されてすぐ死に至るようなのはいないんじゃないかな。一応、日本だし」

有馬はそれでも「大丈夫かなぁ」と首を捻《ひね》り続けていた。同時に、バスの前方から声がした。マイクを持った彫刻学科四年の和尚《おしよう》先輩が立ち上がった。縦にも横にも大きい彼には、五十人乗りの大型バスも窮屈そうだった。「本日は晴天なり、本日は晴天なり」ともったいつけてマイクテストを行うと、バスに乗っていた油絵学科の学生達の視線は自然と彼に向いた。

「油彩の一年生諸君、そろそろ東関道の終点につきます。高速を降りて十分もしたら、皆の衆が今日泊まる宿に着きます。出発前にも言ったが、到着したら荷物を下ろして班別行動に入ります。もたもたしないように」

誰も無駄口を利かなかった。大柄な上に坊主頭の和尚先輩の顔は厳《いか》つく、威圧感がある。本人もそれを気にしているのか、出発前には「四年生のみんなは『和尚』と呼んでくれるので、一年生諸君も『和尚先輩』と呼んでくれ」と柔和に挨拶していた。それでも充分怖いのだけれど。

花房美術大学に入学した一年生は、五月の連休前に「新入生合宿」というイベントに強制参加させられる。四月最後の週を利用し、大型バスを五台使って茨城の南東部まで行く。そこで五泊六日の合宿が行われるのだ。教職員以外に上級生数名が三日ずつ参加する。前半の三日間にティーチングアシスタントとして油絵学科の新入生をサポートするのは、なぜか油絵ではなく彫刻を専攻する和尚先輩と、同じく彫刻学科の稲部《いなべ》哲子《てつこ》先輩だった。

哲子先輩が「バス酔いした奴はいないー?」と一年生に声をかける中、友親は鞄から合宿のしおりを取り出して開いた。昨日の夜も散々読んだけれど、改めて合宿の内容を確認する。

美大生の合宿なのだから、五泊六日で絵を描きまくる……と思いきや、そんな時間は全く設けられていなかった。では何をするかと言うと、農業研修だ。学科混成の班を作り、研修先となる農家や牧場へ連れて行かれ、そこで農作業に従事する。

友親は前半の三日間を隣に座る有馬と同じ班で過ごす。行き先はれんこん農家だ。後半は地元で活動するＮＰＯ法人の手伝いに行く。

大きな不安と小さな高揚感を充満させた大型バスは高速道路を降り、二車線の古びた道路を巨大な湖に沿う形で北上していった。田圃と畑と山ばかりが延々と続き、木造の民家以外には本当に何の建造物も見えない景色に、有馬が「次元の狭間《はざま》に迷い込んだ」と呟き出した頃、バスは二時間近くの旅を終えて山の頂にある建物の駐車場へと入っていった。

六日間にわたり寝泊まりする宿は、県立の巨大な研修センターだった。湖を望む小高い山の上に建つ研修センターは四方を森に囲まれ、一見すると何かの収容施設のようだ。

和尚先輩の言葉通り、割り振られた部屋に荷物を置くとすぐに建物を出て、班ごとにマイクロバスに詰め込まれた。車内で班のメンバーが自己紹介を終える頃には、研修先であるれんこん農家「高橋《たかはし》農園」に到着した。自分達は三日間、ここでれんこんの植え付けをするのだ。

バスから降りた友親が目にしたのは、高速道路の高架から見下ろしていたような水田ではなく、泥沼だった。遠目には田植え前の田圃と変わらないように見えるけれど、色が違う。水田よりずっと土は深く、水は泥で濁っている。

そんな泥沼のようなれんこん畑の側に建つ民家の前に放り出された友親達は、しばらくその光景を眺めていた。

「なあ、あれなんだ」

有馬が指さす方向に、真っ白な鳥が一羽いた。細い脚に長い首とくちばし。餌でも探しているのだろうか、畑と畑の間をゆっくりと歩いていた。

「白鷺《しらさぎ》じゃね？」

同じ班の日本画学科の男子がそう言った直後、背後で「おーい」と大きな声がした。負けないくらい大きな足音が、それに続く。

「うわー、本当に十人も来てくれたんだねぇ」

農園の経営者なんて、どんな強面《こわもて》のお爺さんが出てくるかと思っていたのに、現れたのは四十代前半と見られる男性だった。スポーツ刈りの頭にハンチング帽を被っている。その後ろにはもっと若い、恐らく二十代の男性が二人もいた。友親の顔を覗き込み、「ほんとに十人も寄こすんだ、すんげ」「助かるわぁ」となぜか握手を求めてきた。

「悪いね。うち、今回が初めてなんだわ。あんた等を受け入れるの」

ハンチング帽の男性が、「どうも、高橋です」と脱帽して友親達に頭を下げる。班のリーダーである映像学科の学生が代表して挨拶をして、一人ひとりが自己紹介をしていった。

高橋さんと、二十代の若い農園の従業員に連れられ、民家の敷地内にある事務所に入った。ぼろぼろのビニール製のソファが置かれた休憩スペースに、人数分の作業着と長靴が置いてあった。作業着はウエットスーツのようなゴム製のもの。長靴は太腿《ふともも》まである農業用のものだ。

「お茶も出さねえで悪いね。早速仕事を頼みたいの」

あらかじめどんなに汚れてもいい服を持って来いと言われていたので、皆、高校のときのジャージや色あせたトレーナーの上に作業着を着込んだ。泥も水も弾くゴム製の作業着は重く、酷《ひど》く動きづらかった。

一足先に着替え終えた友親は、休憩スペースの壁に貼られた写真や新聞記事を眺めていた。

その中に、ハンチング帽を被った高橋さんが、恐らく妻と子供と両親と一緒に、れんこんを抱えている写真があった。雑誌に取り上げられたときの記事の切り抜きだ。写真の上には「れんこんと共に生き、れんこんと共に死ぬ」と書かれている。実際に流通しているれんこんのパッケージにも、同じ文言が書かれていた。

「なあ、見ろよ、これ」

近くにいた有馬を手招きして、その記事を見せた。有馬は「ええぇー」と声を上げ、声の聞こえる範囲に高橋さんがいないか確認してから、言った。

「俺、れんこんと一緒に死ぬのは勘弁だな」

ああ、俺もだよ。小声で友親が同意したところで、事務所の戸が開いて、高橋さんが学生達を呼び寄せ、植え付けの方法をレクチャーした。

それを終えるとソリのような形をした桶に大量の種れんこんを入れて畑に入っていった。

どう見ても畑とは思えない泥沼に足を踏み入れると、一気に太腿まで体が沈んだ。泥が脹《ふく》ら脛《はぎ》から腿までをじわじわと圧迫してくる。もう片方の足を沈めると、泥の奥から冷たさが体を這い上がってきた。少し離れたところで、有馬の情けない悲鳴が聞こえてきた。

足を動かす。思っていたよりずっと重く、下半身だけ重力の違う世界にいるようだった。

これは、果たして生きて東京に帰れるのだろうか。そんな予感が、泥と一緒に胸を締め付けてきた。

＊＊＊

やばい、と思ったときには遅かった。水よりもずっと重く、冷たく濁った泥の中に頭から落ちていた。やばい、死ぬ。これは死ぬ。せっかく美大に入ったというのに、碌《ろく》に絵も描かずに死んでしまう。息子の死に場所がれんこん畑だなんて、母が泣くぞ。

必死に踠《もが》いて、なんとか泥から抜け出した。途端に、げらげらという笑い声が降ってくる。

「寺脇、ついにお前もやっちまったな」

彫刻学科の奴が一番近くで笑っていた。彼は初日に、今の友親のように頭から泥に突っ込んで笑い者になっていた。

れんこん畑の泥は、まるでコンクリートのように体にまとわりつき、どんどん乾燥してカピカピになっていく。あっという間に泥の像が作れそうだ。

「洗ってくる」

れんこん畑から這い出て、事務所の方へ向かった。目元を拭うが、泥が目に入ってくる。呼吸をしたら、鼻に入った泥が奥の方へと吸い込まれてしまった。

高橋農園のれんこんの植え付けも三日目に突入し、今日が最終日だ。初日から泥と悪戦苦闘し、絶対に折るなといわれたれんこんの芽を何度も折って高橋さんに怒られ、泥まみれになって一日を終える。研修センターに戻って風呂に入ると、みんなそのまま湯船に沈んでいく。次に入浴を控えた班の連中がやって来て助け出される。他の班も似たようなものだった。

そんなことを繰り返したお陰で、事務所兼高橋さんの自宅の目の前にある数面の畑はほとんど植え付けが終わりそうだった。ただ、田植えと違って植え付けの前後で畑の見た目にあまり差がないのが、清々しい達成感を得られない要因だった。

事務所の横にある井戸は昔ながらの手押しポンプ式のものだった。ひんやりと冷たい鉄製のハンドルを上下させ、頭に直接水を被る。粘度の高い泥はダマになり、髪に絡みついてなかなか取れない。首回りも水口の下に体を突っ込んで洗ったけれど、それより下はどうせまた泥まみれになるのだからと諦めた。

「おお、最終日にやらかしたな」

背後から高橋さんの声がして、友親は顔を上げた。ハンチング帽の位置を直しながら、作業服を着た高橋さんが事務所から出てくる。

「頭からずっぽり行ったか」

「思い切り行きました」

「そりゃあ豪快でいい」

高橋さんは植え付け作業の間もトレードマークのハンチング帽を脱がない。泥はね一つないハンチング帽を、三日目となった今、ハナビ生達は尊敬の念を込めて見ている。

「ちょうどいい。昼飯運ぶから、手伝って」

促され、事務所の隣にある民家へと入っていった。古めかしい平屋作りの家は、土間まである。土間を上がってすぐの台所から、高橋さんは大量のおにぎりを運んできた。

昼食のおにぎりは高橋さんの奥さんが作り置きをしてくれるもので、辛子味噌や塩昆布、かつお梅などの具材は、冷えても味が濃く美味い。

「最終日だから奮発して、今日は塩豚おにぎりと混ぜご飯だ」

持ち上げたお盆からは、豚肉の脂の香りがした。茸《きのこ》の混ぜご飯も、綺麗な黄金色をしている。おにぎりと冷えた緑茶の入った水筒を抱えて、友親は高橋さんと畑へ向かった。

今日までの疲労は何を食っても何時間寝ても体から抜けず、両の太腿が歩くたびに悲鳴を上げる。若いから大丈夫と言われた腰も、硬い添え木でもされたように動きが鈍い。腕も肩も首も足首も、重い痛みが走る。

「俺達は今日で終わりですけど、いつもは三人だけで植え付けするんですか？」

お盆を抱え直した高橋さんは「いいや」と首を振った。

「本当なら、うちの爺様婆様と、女房と一緒にやるんだけんども。あと、学校が休みになったらガキ共もね」

「どうしてこの三日間、誰もいないんですか」

「爺様がぎっくり腰をやって、婆様が自転車で転《こ》けて足を捻挫しちゃったから」

女房が畑に出てこられないのは、入院してる爺様の世話をしてるから。そう続ける高橋さんに、「そうなんですか」というどっちつかずな返しをしてしまった。

「だからよかったよ、あんた達が来てくれて。学生でも人手があるってだけで助かるから」

「でも、たとえご家族の手があったとしても、あんなにたくさんの畑の世話は大変なんじゃないですか?」

従業員も、二十代の若者が二人いるだけ。家族経営の小さな農園なのだ。

「大変でもやるしかねえべ。先祖代々の畑だ」

れんこんと共に生き、れんこんと共に死ぬんだ。ぐはは、と高橋さんは笑う。このキャッチコピーは、高橋さんが農園を継いだときに酒に酔って考えたのだという。れんこんのパッケージに使うようにしたところ人の目につくようになり、マスコミの取材もときどき来るようになったらしい。

「君らがこの三日間で植えたれんこん、八月には食えるから。できたら東京さ送ってやるよ。泥付きれんこん。美味いから、うちのれんこん。茹でてサラダにしてもいいし、生で酢の物にしてもいい。煮てもいいし、素焼きにして塩を振って食べてもいい」

「貧乏学生ばっかりなんで、みんな喜びますよ」

友親が礼を言ったところで、目の前を白い影が飛んでいった。白鷺だった。長い脚とくちばしをピンと伸ばし、白い翼をはためかせて、風に乗るようにふわりと上空に浮き上がった。

ふと、事務所に貼られていた雑誌の切り抜きを思い浮かべた。畑の前で高橋さん家族と従業員達が並んでいる写真も。

共に生きて、共に死にたい。そんな風に思えるものが自分にはないこと。この先できるのかもよくわからないこと。新緑の香りが混ざった風を頬に感じながら、友親は思い知った。

＊　＊　＊

朝五時に和尚先輩によって油絵学科の学生は叩き起こされ、早朝散歩という名のジョギングに駆り出される。連日の農作業でとてもそんな体力は残っていないのに、無視して二度寝しようとすると和尚先輩はどこからか拾ってきた鉄板を愛用の彫刻ハンマーで叩いてとんでもない音を出す。鉄彫刻が専門というだけあって、鉄板のどこを叩けばどんな音が出るのかを熟知しているようだった。容赦のない音で一年生を無理矢理起床させ、着替えさせ、顔を洗わせ、外へと繰り出す。

研修センターのある山を下り、巨大な湖に沿って走る。往復三キロの道のりは、全身筋肉痛の友親達にとっては死の行進に等しかった。

「なあ、なんであの人、俺達と同じように農作業してるのにあんなに元気なの」

先頭で「いっちにー、いっちにー、はい、声が小さい！」とホイッスルを吹きながら学生を先導する和尚先輩の背中を睨《にら》みつけ、有馬が言う。和尚先輩は合宿初日から背中に「彫」という字があしらわれた法被《はっぴ》を着ている。彫刻学科では毎年揃いの法被を作って、行事のたびにこうやって着るらしい。地の藍色と文字の白は美しいコントラストなのに、今は地獄からの使者にしか見えない。

いっちにー、いっちにー。元気のない掛け声が湖に木霊《こだま》して、それに嫌気が差したのか、東の空から朝日が昇ってきた。和尚先輩が「朝だー、新しい朝だぞー！」と叫ぶ。これもこの三日間でお馴染みになってしまった。

湖に架かる巨大な橋の前で折り返し、哲子先輩に率いられた同じ学科の女性陣とすれ違って研修センターへと戻る。最後の最後に待ち受ける山道で、友親は二回嘔吐《えず》いた。

「お前ら、どうせ東京に戻ったら四年間ノンストップの自堕落生活に突入するんだ。合宿中くらい太陽と共に生きろ」

前の方から和尚先輩の声がした。同時に研修センターの門をくぐる。ああ、終わった。いや、これからまた新しい一日が始まる。それでも体から一気に力が抜けて、膝から崩れ落ちそうになる。隣で有馬が先にそうなっていなかったら、友親も倒れていたかもしれない。

研修センターのエントランス前に到着し、下が土だろうと芝だろうと関係なく学生達がその場に倒れ込んだとき、建物の中からよく知った顔の人が現れた。

「お疲れさーん、一年生諸君」

ゴム草履を履いた若菜さんが倒れた一年生の山を見下ろし、和尚先輩の肩に肘《ひじ》をついてもたれ掛かった。ティーチングアシスタントを務める上級生は、三日ごとに交代することになっている。和尚先輩と哲子先輩は今日の午前中に東京へ戻り、今日からは若菜さんを始めとした新しいＴＡがやって来る。

「うちの学科の可愛い一年生を虐《いじ》めるなよ」

「健康的な生活を推奨しただけだ」

「彫刻の四年と油絵の一年じゃ、体力が違うんだから」

若菜さんと目が合った。「おう、お疲れ、寺脇」と手を振られ、なんとか片手を挙げて応じる。

「大体、和尚、お前の担当って昨日で終わりじゃん」

「東京に帰るまでがＴＡの仕事だ」

がはは、がはは。笑いながら和尚先輩は近くに倒れていた一年生を放り投げるように起こす。「さあ、朝飯だ。今日のメニューは何かな」と一人元気に研修センターへ入っていった。哲子先輩を先頭に、女性陣も早朝ジョギングを終えて戻ってきた。「こんな健康的な生活、多分卒業までもうすることないよ！」と、哲子先輩も和尚先輩と同じようなことを言い捨てて食堂へと向かっていった。

一人としてその場を動けない一年生に向かって、若菜さんが言う。

「合宿後半から君らのＴＡをする油絵四年の柚木です。俺は早朝ジョギングなんて真っ平ごめんだから、そこのところよろしくね」

　神か、仏か、この人は。


　合宿後半に友親達の班が駆り出されたのは、研修センターの隣にある小学校だった。正確には、小学校だった場所。一体何年前に廃校になったのか、校庭は長いこと子供達が遊び回った形跡がない。

　そんな寂しい校庭で、友親達は半日の間ひたすらのこぎりで木を切った。綺麗な色と木目をした真新しい木ではなく、灰色に汚れた廃材を。

「本当にこんなところをリノベーションして、人って来るんですかね」

　隣で作業する若菜さんへ問いかける。ティーチングアシスタントとして友親達の班に同行する彼も他の一年生同様、のこぎり片手に次から次へと運ばれてくる廃材を同じ大きさに切っていく。ひょろ長く細い外見とは裏腹に、彼はのこぎりの扱いに長《た》けていた。

「最近、いろんなところでやってるんだよ。廃校になった学校を使って、宿泊所にしたりなんだりって」

　廃校とはつまり、人がいなくなってしまったから起こるものだ。大人がいなくなり、子供がいなくなり、小学校が不要になる。その場所に外から人を集めるだなんて、容易なことではないだろう。そんな疑問が、思わず口からこぼれてしまった。

「校庭に廃材で遊具を作って、校舎を宿泊室に改装して、イベントをやって、それで人が来るんですかね」

作業を言い渡されて半日。新しい班のメンバーとはまだ打ち溶けてないけれど、それでも皆同じことを考えている気がする。トラックで運ばれて来た廃材をのこぎりで切る者、運ぶ者、釘を打つ者、ニスを塗る者、みんなみんな。

「さあね、俺達は指示された作業を目一杯やるだけだよ」

あとはここの連中の問題だ。若菜さんは小声でそう付け足し、自分が切り出した木材を組み立て作業を担当する学生のところまで運んでいった。切り出した材料でベンチとテーブルを作り、校舎一階の教室に並べてレストランとして使うらしい。

違う場所ではプロの大工が集まって木製の遊具を作っている。滑り台にジャングルジム、ブランコ、すべて廃材を再利用して作るのだと、先程地元のＮＰＯ法人のスタッフが話してくれた。スタッフは誰も彼も若く、二十代から三十代前半の人間がほとんどだった。大学で立ち上げたサークル活動の延長で設立してみました、という雰囲気だ。

「廃校寸前の頃とか、悲惨なくらい寂しい場所だったんだろうな、ここ。そうやって死んだ場所をもう一度生き返らせようって意気込みは、まあいいもんじゃないかな」

のこぎり片手に、若菜さんは寂れた校舎を見上げる。木造ではなくコンクリート製の校舎。魅力を感じるほど古くもなく、新しくもない。中途半端なたたずまいだった。

「あと、ここが完成したらハナビの新入生合宿の宿として、年に一度は確実に使われるぞ」

フォローしているように見えて、随分と残酷なことを若菜さんは言う。ハナビの合宿以外で使われるかは、知らん。そういうことじゃないか。この一度は捨てられてしまった場所を哀れんでいるような、嘲笑《あざわら》っているような。曖昧な冷酷さを窺《うかが》わせる。薄情ですね、という言葉を飲み込んで、友親は肩を竦《すく》めた。

この人、性格がいいんだか悪いんだか、やっぱりよくわからない。

＊　＊　＊

「寝るなよ」

延々と続く農道に舟を漕ぎそうになった。若菜さんの声に呼び戻され、自分の頬を叩いた。まさか、軽トラを運転中に寝そうになるとは思わなかった。

「頑張れ頑張れ、今日で最後だ」

助手席に座る若菜さんは、開け放った窓から悠々と風を浴びている。膝の上と足下には、大量の食べ物が入った袋。合宿六日目の、友親達の昼食だ。廃校から一番近いスーパー（といっても軽トラで十分ほどかかるのだけれど）へ買い出しに行ってきたのだ。

運転免許は持っていないと言い張る若菜さんに代わり、先月免許を取得したばかりの友親が運転することになった。お陰で十分でつくはずのスーパーに二十分近くかけて行く羽目になった。

「寺脇、お前運転の才能ないな」

「免許取ってからまともに運転するの初めてなんですから、勘弁してくださいよ」

「早く帰らないと、せっかくできたてを買ったのに冷めるぞ、弁当」

「すみませんね」

スピードは時速三十キロほどしか出せない。カーブではさらに減速し、曲がり角は歩いた方が速いくらいの速度で曲がる。せっかちなドライバー達にクラクションを鳴らされながらスーパーへ到着し、駐車場では五分かけて駐車した。その間、若菜さんは「頑張れ頑張れ」と言いながら周囲の安全確認をしてくれたけれど、決して運転を代わりはしなかった。本当に免許を持っていないのか、運転したくないだけなのかはわからない。

「若菜さんが一年のときも、新入生合宿ってこうだったんですか？」

眠気覚ましに、窓枠に肘をつく若菜さんに聞いた。

「ウン十年前からずっとこうらしいぞ。震災のときは東北に瓦礫《がれき》撤去に行ったらしいけど」

「震災ボランティアはともかく、なんのためなんですか、これ」

新入生同士の親睦を深めるためにこうした合宿をする大学があるのは知っているけれど、肉体労働をここまでしっかりやるなんて話、聞いたことがない。

「絵だって全然描かないし、何が目的なのかと思って」

合宿があるぞ。さあ行くぞ。そうやってここまで連れてこられてしまったから、合宿の趣旨も目的も把握せずに六日間を過ごしてしまった。ただただ、与えられた労働を果たすことだけを考え一日汗を流し、そのために喰い、眠った。

若菜さんは水の張られた水田を、そこに植えられた稲の苗を眺めながら、「さあ、知らないね」と笑ってみせる。

「俺も一年のときはそう思ってたけど、結局合宿全体の目的とか目標なんてものは、未だにわかんないよ」

「当時の経験って、何かしら役に立ったんですか？」

「役に立ってるかもしれないし、ただ珍しい体験ができました、っていういい思い出になっただけかもしれない」

TAがそう言うということは、本当にこれといった目的が設定されていない合宿なのかもしれない。

けれどそう言う割に、若菜さんはNPO法人のスタッフとこの二日間ですっかり打ち解けてしまった。昨日の夜はちゃっかり彼らと飲みに出かけていた。

「同期の連中と仲良くなるもよし、生まれて初めての田植えを経験するでもよし、結局なんだったかよくわからないでもよし」

そう笑う若菜さんの言葉は、四年生であるからこそ信憑性《しんぴょう》がある。

農道からアスファルトで舗装された市道へ出て交差点を通過し、なんとか小学校の正門をくぐる。昇降口の目の前にのろのろと軽トラを横付けすると、ちょうど一階の廊下をハナビの学生がワックス掛けしているところだった。昨日の作業でベンチとテーブル作りは終わり、今日は内装作業の手伝いをしている。

「はい、じゃあ弁当をみんなに届けて」

弁当と飲み物が入った巨大なレジ袋を三つ、どん、どん、どんと友親の膝にのせると、若菜さんはそそくさと助手席から降りた。

「手伝ってくれないんですか」

「寺脇の代わりに軽トラを戻してくるんだよ。お前に頼んだらまた切り返しで十分くらいかかるだろ」

はい、降りた降りた。運転席のドアを開けた若菜さんは大荷物の友親をつまみ出し、軽トラに乗り込む。「免許、持ってるじゃないですか」と唇を尖《とが》らせた友親をにやにやと受け流し、そのままバックで校舎の裏へと回っていった。

「よくわかんない人だな」

悪い人ではない。いい人ではある。けれど、よくわからない。肩を竦め、友親は校舎に入った。「昼飯買ってきましたー」と班のメンバーとスタッフに声をかけ、休憩所として使っている教室へ弁当を運んだ。スタッフの一人が校舎中に聞こえる声で昼休憩を取ることを伝え、二階からどすどすと人が降りてくる。

かつては教室として使われていたであろう部屋には、未だに黒板や机、ロッカーがそのまま残されている。リノベーション後も家具として使うらしい。大学生や大人には小さすぎる机と椅子を並べて弁当を広げ、各々が昼食を取りだしても若菜さんは戻ってこなかった。

まさか軽トラで側溝にはまった、なんてことはないだろうな。教室を出て裏庭に面した廊下の窓から外を見ると、軽トラは駐車場にきちんと停まっていた。

そして、駐車場の隅に若菜さんを見つけた。一人ではなかった。NPOのスタッフである女性と一緒だった。スタッフの中でもっとも若く、大学を出たばかりだと言っていた人だ。さらに付け加えるなら、スタッフの中で一番美人で胸が大きい。

昇降口の前で、二人は何やら話をしていた。逆光で二人の表情までは見えないけれど、女性の方がしきりに若菜さんに話しかけ、若菜さんの方がそれに応じているようだった。女性の手は忙《せわ》しなく胸やお腹の前でもじもじと動く。その仕草から、二人がどんな話をしているのか、なんとなく察しがついてしまった。

女性が若菜さんに何かを渡す。若菜さんの手に押しつけるように、小さな紙切れのようなものを。そして、今は誰もいない校庭の方へと走り去っていった。残された若菜さんがどうするかと思ったら、何食わぬ顔で下駄箱の前で靴を脱ぎ、スリッパを履いた。そして友親を見つけたと思ったら「おう、寺脇。見てた？」なんて手を振ってくる。

こちらに向かって振られる手の先には、メモ帳の切れ端のようなものがあった。それを凝視する友親に気づき、若菜さんはわざわざそれを見せてきた。

「いる？」

もの凄く、意地の悪い顔で。

「いる？　じゃないですよ。何やってるんですか」

「俺は何もやってないよ。ただ連絡先を渡されただけ」

「告白されたんですか」

「はっきり言われたわけじゃないけど、要は東京に戻ってからも何らかの形でお付き合いできませんかって」

友親が電話番号とメールアドレスの書かれた紙を突き返すと、若菜さんはそのままポケットへと忍ばせた。素っ気ない態度の割に、捨てはしないようだ。

「昨日、飲みに行ったときにその気にさせちゃうようなことを言ったんじゃないですか？」

「彼女が悪酔いしちゃったから介抱しただけ」

「それが原因じゃないですか、どう考えても」

「そうかなぁ？」

すっとぼけた様子で頭をがりがりと掻くこの男は、決して天然ではない。わかって言っている。

「その連絡先、どうするんですか」

「気が向いたら連絡してみるよ」

メモが入ったズボンのポケットをぽんぽんと二回叩いて、若菜さんはみんなが昼食を取っている教室へと入っていった。


「俺、もう牛肉食えない気がする」

東京へと帰るバスの中、寝入る三秒前というところで、隣に座る有馬がそんなことを言い出した。

「なんで」

「最終日に牛の出産見ちゃったんだよ」

合宿後半、有馬とは班が分かれた。牧場の牛の臭いが漂う牛舎で、初日は吐き気を堪えるのに必死だったと話していたのに。

「仔牛、めちゃくちゃ可愛いの。最初は血まみれでグロッキーだったんだけど、親がペロペロ舐めてやるんだよ。すぐ綺麗になって、立ち上がろうとすんの」

そこまで大きな心境の変化を生むほどの経験だったのか。有馬はそのときのことを事細かに話してくれた。

「あの仔牛も、でかくなったら食肉用に解体されちまうんだと思うと、もう牛肉食えねえよ」

ああでも、牛肉の消費量が減ったらあいつの生きる意味もなくなっちまうのかな。でも、産業動物の生きる意味って行く行くは人に食われるってことだけでいいのかな。きっと牧場の人達はそんなこととうの昔に考えて乗り越えちゃったんだろうなぁ。

バスが大学へ着くまで、ずっと有馬は一人で悩んでいた。結局二時間に及ぶバスの旅の中、有馬は友親を寝かせてはくれなかった。彼の話を聞きながら自分の六日間を振り返ってみたけれど、二時間ぶっ通しで誰かに語れるほどの経験がどこかにあったかというと、首を傾げざるを得ない。そういう意味では、有馬が少し羨ましかった。たとえしばらくの間、牛肉が食えなくなったとしても。

その話を、大学でバスを降りて解散してから、若菜さんに話した。大学から旭寮までの帰り道、「疲れた疲れた」とゴム草履をぺたんぺたんと鳴らしながら歩く、若菜さんの背中に。

「へえ、牛の出産ね」

若菜さんは興味があるのかないのかわからない反応をした。

「帰りのバスの中で、そのことばっか話してて、そういう経験ができたんなら、意味のある合宿だったんだろうなって」

「なんだよお前、まだそんなこと考えてたのかよ」

じゃあ、寺脇はどうだったんだ？　そう問われ、友親はしばらく黙って俯《うつむ》いた。この怒濤《どとう》の六日間の中で見たもの、聞いたこと、匂い、温度、手触り、一つ一つを思い返した。

「初日からの三日間、れんこん農園に行ったんですよ。『れんこんと共に生き、れんこんと共に死ぬ』って、キャッチコピーだったんです。そのれんこん農園」

「へえ、面白いね」

振り返らず、若菜さんは言う。バス移動で肩が凝ったのか、左右の腕を大きく伸ばし、前後に振る。こき、と関節から音が聞こえた。

「それを見たとき正直、れんこんと共に生きる人生の何が面白いんだろうって思っちゃったんです」

「わからんでもないな」

「それに後半の廃校での作業も、こんなことしてこの場所がどうにかなるのかな、ってずっと疑問に思ってたし」

それで？　立ち止まった若菜さんが、友親を見てきた。街灯の下で、彼の顔に大きな影が差す。

「でも、例えば俺達が絵を描くのだって、誰かからすれば『何が面白いんだ』って思えるようなことなのかなって」

どうして絵なんか描くんだ。一体それが何になるんだ。それで飯が食えるのか。何が面白いんだ。友親の母は息子が美大に進学することに対して何の反対もせず、むしろ「いいじゃない」と応援してくれたけれど、そう思っている人だってきっと多いはずだ。

「なるほどな」

「そう思うと、れんこん作りもＮＰＯの活動も、もっともっといろいろ聞いておけばよかったなって思うんです。言われた作業をただやるだけじゃなくて、何が面白いのかわかったかもしれないし、教えてもらえたかもしれないのに」

「それがわかっただけでも、充分収穫のある合宿だったんじゃないの」

ゴム草履を鳴らしながら、若菜さんは再び歩き始める。旭寮が見えてきた。傾いた塀が、玄関横に生えるヤシの木が。

猫が二匹、道路の反対側から旭寮に向かって走って行った。するりするりと音がするかのように軽快に、門扉から中庭の方へ。

「金鍔と落雁に、餌をやらないとな」

べたん、べたん。ゴム草履の音の間隔が、少し短くなる。

ポケットに入れていたスマートフォンが鳴った。取り出して確認すると、母からだった。しかも、メールではなく電話。

嫌な予感がした。

「――はい」

若菜さんが先に行ってしまったことを確認して、友親は通話ボタンを押した。

『もしもし？　友親？』

今大丈夫？　という問いに、「外だけど、大丈夫だよ」と答えた。わざわざ部屋に戻ってからかけ直す気にも、なれなかった。

『あのね、舜一《しゅんいち》さんのことなんだけどね』

「うん」

『お母さんもいろいろ考えてみたんだけど』

友親も、大学生になったし。そう続けた母に、友親は先回りをして言った。

「再婚するんでしょ？」

母が息を詰まらせるのが聞こえた。だから、間を置かずに続けた。

「いいと思うよ。俺が大学に行って、母さんも今一人なんだしさ」

って言っても、舜一さんがＯＫしてくれなきゃ、再婚も何もないか。笑いながら付け足すと、母も笑った。

「それは大丈夫よ。母さん、ちゃんとプロポーズされたんだから」

今度は友親が息を詰まらせそうになった。

プロポーズ。わかっていたのに、こうして母の口から直接その単語を聞いてしまうと重みが違う。

「そっか。おめでとう、よかったね」

今度結婚祝いを持って帰省するよ。ゴールデンウィークは課題で忙しくて無理だろうけど、お盆には帰るから。お金？　心配しないで、ちゃんとバイトして稼いでるから、大丈夫だよ。アパートの先輩もみんないい人達だよ。友達もできたよ。バイトも慣れてきたよ。

そこまで話して、旭寮の玄関口まで来てしまった。若菜さんがヤシの木の下で金鍔と落雁を撫でている。足下には猫缶が二つ。

一人と二匹の目が、友親に向く。

「じゃあ、そろそろ風呂が沸くから、切るね」

そう言って友親が電話を切ると、若菜さんは口の端を吊り上げ、酷く平坦で、冷徹なようにも聞こえる声で言ってきた。

「うちのアパート、風呂なしじゃん」

◆

そうか、置いていかれたのか。

見知らぬ天井を見上げ、子供の頃から大嫌いだった病院の匂いを鼻の奥で感じながら、思い知った。自分が目覚めたこの世界からは、大事なものが失われてしまった。俺は随分長いこと寝ていたのだと。世界が回るスピードに置いていかれ、周回遅れになって、ちょっとやそっとじゃ追いつけないくらい引き離されてしまった。

こういうときはむしろ、希望と理想に塗り固められた、もっともこうあってほしいという世界を想像するものだろうに。煩《わずら》わしいものだけが都合よく消え、側にいてほしいものだけが自分を囲んでいる。そんな世界を。

「若菜君」

名前を呼ばれた。側にいてほしい人の声ではなかった。

枕元に恭子《きょうこ》が座っていた。自分の記憶の中にいる彼女より、目の前にいる女の子は髪が長くなり、不思議と大人っぽい雰囲気をまとっていた。

ああ、目覚めてしまった。ずっとずっと眠っていればよかったのに。そうすれば何一つ、知らずにすんだのに。そんな顔をしていた。

どうしてだろう。涙どころか、悲しいという気持ちさえ、どうして湧いてこないのだろう。まだ信じているのだろうか。それとも、この世界を現実だと受け止めていないのだろうか。

これは、悪い悪い夢なのだろうか。

「ねえ、恭子ちゃん」

答えを知るために、彼女を見上げた。声の出し方を忘れてしまった喉が悲鳴を上げた。血を吐きながら喋っているみたいだ。

「ヨシキは……」

やめてくれ。

そう思う自分を裏切って、言った。

「ヨシキは、どうしてる？」

二　炭酸ランドスケープ

若菜さんはクリームソーダを飲んでいた。窓に面した日当たりのいい席。テーブルの上に置いた白いクリームソーダをストローでかき混ぜながら、若菜さんは唐草模様のブックカバーをつけた文庫本を捲《めく》っていた。声をかけようか迷っているうちに若菜さんは顔を上げ、おう、と手を振ってきた。

「昼飯?」

若菜さんに向かいの席へ促され、店員に断りを入れて腰を下ろした。テーブルの端に置かれていた若菜さんのスマホが震え、着信か何かを知らせたけれど、若菜さんは見向きもしなかった。

「昼はいつも学食で食べるんですけど、今日は一コマ空いたんで、来てみようかと思って、レモン軒」

大学から歩いて十分のところにある喫茶店、レモン軒。午後一の授業を取っている友人達と別れ、さあこれから九十分間どうしようかと考えた後、ここのことを思い出した。

新入生合宿を終え、ゴールデンウィークが終わり、大学での授業が本格的に始まって一ヶ月。梅雨入りを間近に控え、張り詰めていた新入生らしい心持ちも少しずつ緩んできた。

学食もいいけど、時間があるときはレモン軒に行くといい。そう友親に教えてくれたのは若菜さんだった。

「昼飯のときも来てみなよ。ナポリタンとかオムライスとか、学食よりずっと美味いから」

緑色でも赤色でもない、白いクリームソーダを啜《すす》りながら、若菜さんは読んでいた文庫本を鞄にしまった。グラスから雫《しずく》が垂れて、テーブルの木目に落ちる。アイスクリームを最初にグラスに入れて、その上に何のシロップも入っていない透明なソーダ水を注ぐから、アイスが泡立って白いクリームソーダになるようだ。下から上へうねるような形をしたグラスは、その輪郭に添って透明から純白へとグラデーションを作る。

注文を取りに来た腰の曲がった白髪の女性に、とりあえずアイスコーヒーを頼む。若菜さんがそのお婆さんのことを「ママ」と呼んだ。

しわしわの顔を更にくちゃくちゃにして、ママさんが友親の顔を覗き込んで来た。

「柚木君のお友達かい？」

「同じアパートの隣の部屋。今年入学したの」

若菜さんがそう答える。

「あーら、そうなの。じゃあ、コーヒーフロートにおまけしてあげる」

柚木君の後輩だからね。そう言って、勝手に伝票にフロートと書き足してママさんは厨房へと引っ込んでいった。奥で、マスターらしきお爺さんが黙々とフライパンを振っていた。

「あの人、自分より年下の人にはとりあえず甘い物出しとけば喜ぶと思ってるから」

「それじゃあ、大抵の人が該当するじゃないですか」

「うちのゼミの先生なんてもうすぐ還暦なのに、よくママさんにアイスおまけして貰ってるよ」

バニラアイスをスプーンで掬《すく》って口に含みながら、おもむろに若菜さんは「大学どう？」と聞いて来た。

「おかげさまで何とかやれてます」

単位が取りやすい一般教養の授業をレクチャーして貰ったお陰で、必修や実習を入れても余裕のある時間割が組めた。

「借りたお金、給料日が来たら絶対に返しますんで」

「ああ、そのうちでいいよ、そのうちで。別に何に使うってこともないから」

「もしかして若菜さん、家がめっちゃ金持ちだったりするんですか」

真剣に聞いたのに、若菜さんは笑い声混じりに「まさか」と返してくる。

「だったらあんなボロアパート住まないだろ。稼いでんの、バイトで」

若菜さんが友親に貸してくれたお金は、大学生がポンと赤の他人に貸せるような額ではなかった。それを若菜さんは銀行の封筒に入れ、ほらよ、と友親の部屋に投げ込んできたのだ。

「そんな稼げるバイト、あるんですか？」

「まあね」

絶対教えないけど。そう笑いながら、若菜さんがストローを口に含む。また、若菜さんのスマホが震えた。やはり彼は見向きもしない。誰から来たのか、電話なのかメールなのかSNSの通知なのかさえ確認しない。

「出なくていいんですか？」

試しに、スマホを指さしてそう聞いてみた。

ああ、と鼻白んだ顔で、若菜さんはスマホを手に取り、何故か画面を友親に見せてきた。メールの受信を知らせる画面には、女性の名前が表示されていた。

「彼女ですか？」

「彼女だったら無視しないだろ」

いたずらっぽく首を傾げる若菜さんに、友親は眉を寄せる。

「じゃあ、誰なんですか」

「寺脇もちょろっと知ってる人だよ」

意味深に笑って、若菜さんはストローを吸う。その意地の悪い、腹黒な笑い方に、とある人が思い浮かんだ。

「まさか、あのNPOの人ですか？」

廃校になった小学校の校舎。駐車場で若菜さんに連絡先を渡していた女性の顔が、色鮮やかに思い出される。

なのに、若菜さんは素っ気なく、「そうそう」と首を縦に振った。

「合宿のときはありがとうって一度連絡したら、しつこくてさ」

テーブルにスマホを置き、若菜さんは小さく溜め息をつく。

「そんなに好意を寄せてくれているというのに」

友親が溜め息をついたところで、ママさんが銀色のお盆を持ってやって来た。「はいよ、コーヒーフロート」と大きなグラスを友親の前に置く。けれど、グラスには大粒の氷とアイスコーヒーが入っているだけだった。きょとんとする友親の顔を見て、ママさんは嬉しそうに「こっち、アイスね」とアルミ皿をグラスの横に添えて去っていった。

真っ白なバニラアイスがちょこんとのっていた。こんな皿を小学校の給食でよく使っていたっけ。

表面張力で盛り上がったアイスコーヒーは、ストローを挿しただけであふれてしまいそうだった。あの曲がった腰で、どうやってこぼさず運んできたんだろう。

「ちょっと飲んでからアイス入れた方がいいよ」

言われた通り、グラスの縁に唇を寄せて少しアイスコーヒーを啜った。そこへバニラアイスを慎重に投入する。とん、と一度コーヒーに沈んで浮かび上がったアイスクリームは、店の古い照明にてかてかと光った。溶けてしまう前に、スプーンで掬って口に入れる。コーヒーのじわりとした苦みと相まって、一層甘く感じた。


「俺、裸婦って初めてなんだわ」

鉛筆の芯の長さを確認しながら有馬が言った。腹を摩《さす》りながら、友親は頷く。授業前にレモン軒で飲んだコーヒーフロートで腹がたぷたぷだった。やはりあれはちょっと多かった。

「ああ、俺もだよ。裸婦なんて描いたことないや」

高校時代、美大受験のための予備校にはもちろん通っていたけれど、裸婦のデッサンはなかった。精々、着衣のモデルを描いたくらいだ。

大学入学と同時に新しくしたクロッキー帳を捲り、イーゼルに立てた。必修のデッサンの授業では、今週から裸婦デッサンが始まる。

「女のヌードだぞ？　正常な精神で描けるかな」

「いざ始まっちゃうと、そーいうこと考えてる場合じゃなくなるらしいよ」

昨夜、有馬と同じことを考えていた友親にそう助言したのは若菜さんだった。賞味期限が切れそうな麺がたくさんあるから手伝ってくれと頼まれ、大量の焼きそばを食わせて貰った。ソース味と塩味とカレー味と餡かけ。焼きそばの種類が増えるごとにダイニングに人が増えていって、最終的に八人でテーブルを囲んだ。

明日デッサン初日なんです。そう話すと若菜さんはカレー味の焼きそばを啜りながら「裸婦か」と笑った。「大丈夫、全然、エロい気分になんてならないから」とも。

クロッキー帳をクリップで木製パネルに固定していると、ガウンを羽織った三十歳くらいの女性が部屋に入ってきた。ざわついていた教室が一気に静かになる。担当の先生の号令に合わせて、全員が「よろしくお願いします」と頭を下げた。

「あんま美人じゃないのな」

小声で有馬が言う。教室の中央に設置された真っ白な台の上に立ち、モデルの女性はさっさとガウンを脱ぎ捨てた。もちろんその下には何も身につけていない。

その光景に息を飲む友親だったが、モデルがタイマーをセットしてポーズを取り出し、本当にそれどころじゃなくなった。鉛筆を持つ音、その芯が紙を撫でる音が、教室に響く。

静物とは違い、人物を描くときは必ず一定の時間でポーズを区切る。十五分から二十分で一ターム。それが終わったらしばし休憩。その後ポーズを変えて二ターム目。それを繰り返し繰り返し、学生達はさまざまなポーズの裸婦を描いていく。

友親が座るのは、ちょうどモデルと対面する位置だった。あんまり美人じゃないと有馬が評価した顔や、乳房や、下の毛もよーく見えてしまう場所。

夢中になって描いているうちにタイマーが鳴り響き、第一タームが終わる。モデルはポーズを解いてガウンを羽織る。張り詰めていた空気が緩んで、みんな両足を投げ出したり伸びをしたりして一息つく。

ふと見た有馬のクロッキー帳に描かれていた裸婦は、使われている線は少ないのに妙に色っぽく、艶やかな丸みを帯びていた。無駄な線は描かず、少ない線でピシッと決めてくる。鉛筆の細く黒い線で紙全体を引き締めるかのように。

そういうのを目の前で見てしまうと、自分の描く裸婦のどこに魅力があるのかわからなくなる。無駄な線が多い。描きながら迷っている証拠だ。肢体の艶やかさや、柔らかさ、色や匂いといったものがまったくもって紙の上で表現されていない気がした。

友親は両手を使って大きく伸びをして、左右の肩を回した。有馬以外の学生のクロッキーもちらりちらりと見てみる。実技試験を突破して入学して来ただけあって、みんな上手い。その中に自分は入れているのだろうか。合格した以上、一定のレベルはクリアしているということなのだろうけれど、圧倒的に、何かが足りていないように思えてしまう。

おい、お前。大丈夫か。

そんな声がどこからか聞こえる。自分自身の声が。

同時に、違う声も聞こえた。自分の声よりずっと高くて、鋭くて、けんけんとしていて、強い声が。

『あんたみたいに人の顔色を窺ってばっかりの奴の絵なんて私、見たくない』

『嫌いよ、嫌い。あんたの絵もあんたも大嫌い』

『今すぐ、私の前からいなくなって』

その声の主を、友親はよく知っている。嫌というほど知っている。自分の描いた絵を「気持ち悪い」と表現された夜のことを。嵐の夜のことを。

彼女は、世界で一番側にいたくなくて、けれどいなくてはいけない人。

でも、側にいるのが怖い人。

鉛筆を握り締めたまま、しばらく友親は彼女の言葉と戦っていた。正確には、一方的に殴られていた。抵抗することもせず、ただ棒立ちになってその攻撃を受け入れていた。いつもそうだ。いつも俺は、彼女に殴られてばかりだ。傷つけられてばかりだ。

二ターム目の始まりを告げるアラームが鳴る。

背後からじわじわと忍び寄ってくる何かに急《せ》かされるようにして、友親は再び姿勢を正した。握り締めた鉛筆を、紙を撫でるように動かしていった。

人生初の裸婦デッサンを無事終えて教室を出た頃にはすっかり暗くなっていた。オレンジ色と紺色が混ざり合う空は、まさに夕方と夜の狭間だった。

鉛筆で黒くなった右手を擦りながら、有馬と一緒に正門に向かって歩いた。「今度寺脇の家行っていい？　近いんだろ？」「ぼろいから覚悟しとけよ」なんて言い合いながら。

ハナビの正門は、植物の蔦《つた》が絡み合うような不思議な形をしている。それに寄りかかるようにして、一人の女の子がいた。暗がりに溶け込んでしまうような真っ黒な髪が背中まで伸びていて、前髪は眉の上で綺麗に切りそろえられている。誰かと待ち合わせでもしているんだろうか。

おもむろに、彼女と目が合った。慌てて視線を外すと、突然友親へツカツカと歩み寄ってきた。

大きな目と整った眉を歪《ゆが》めて、友親の前で立ち止まる。膝丈の白いスカートが風に揺れた。

「待ってました」

清楚な見た目に反して、その声には妙な威圧感があった。必死さというか、切羽詰まった雰囲気が。

「もう三十分くらい、ずっと待ってたんですから」

彼女の言葉に、自分の頭の中の知り合いフォルダに検索をかけてみる。けれど、彼女の顔に該当する人間は見つからなかった。自分の地元はそもそも小田原なのだから、東京でそうそう知り合いになんて出くわさない。

「寺脇、知り合いか？」

まさか彼女か？　元カノか？　と有馬が脇を突いている。無言で首を振りながら、友親は彼女の言葉を待った。

「知り合いでも何でもありません。今日、初めて会いました」

よかった。安心した。こんな子が知り合いにいて、きれいさっぱり忘れていることなんてあり得ないだろう。

「えーと、じゃあ、俺に何かご用ですか？　ていうか、君は誰ですか」

「白築学園大人文学部一年の、進藤《しんどう》恭子です」

へえ、白築の人なんだ。隣で有馬が感心したように呟いた。白築学園大学は、すぐ近くにある私立大学だ。もともとは白築女子大学というお嬢様大学だったらしいけれど、何年か前に共学になったとか。最寄り駅は一緒だが、こちらは美大で向こうは人文系の大学だから、あまり関わり合いはないらしい。

「白築のお嬢様が、寺脇に何のご用なんですか？」

有馬が聞く。彼の方は見もせず、進藤さんは友親から視線を逸らさない。

「もう授業は終わったんですよね？　このあと、ちょっと付き合ってもらえませんか？」

付き合ってもらえませんか。進藤さんのその言葉に、友親より先に有馬が反応した。

「え、ナンパ？」とはっきり声に出したので、進藤さんは彼をぎろりと睨んだ。

まさか、まさかまさかまさか。そんなわけないと頭ではわかっているのに、心臓ばかりが先走る。どん、どん、どんとけたたましく鳴り始めた。

「勘違いしないでください。あなたには何一つ興味がないんですけど、私が探している人を、あなたが知っているというだけです。このあと時間があるなら、ついて来てください」

踵《きびす》を返した進藤さんの長い髪が、両肩からさらりと落ちる。髪を耳にかけ、「ていうか、用事があったとしても来てください」と低い声で言った。そして振り返ることなく、つかつか、つかつかと華奢《きやしゃ》なパンプスの踵《かかと》を鳴らして歩いて行く。その凜《りん》とした歩き方に、思わず一歩足が前に出てしまう。

「おい、行くのか」

有馬が聞く。その声は好奇心と野次馬根性で色めいていた。友親が答えるより早く、立ち止まった進藤さんが「そこの喫茶店に行くだけですから、ご安心を」と付け加えた。ご安心を、と言われても、退路を断たれた気分だ。

「報告よろしく」と友親の肩を叩き、有馬は駅へ向かってキャンパス前の坂道を下っていった。進藤さんは駅とは反対方向に歩いて行く。その背中を追って辿り着いたのは、何の偶然か、レモン軒だった。友親がドアをくぐると、進藤さんは空いている席に腰を下ろしていた。向かいの席に友親が座ると、お冷やを運んできたママさんに「一日に何度もありがとう」なんて頭を下げられてしまった。

「昼間、若菜君とここに来てましたよね」

「若菜君って、柚木若菜さんのこと？」

「そうです。柚木若菜です」

明るい場所で正面からしっかりと進藤さんの顔を見た友親は、ふと首を傾げたくなった。どうして彼女はこんなに、まるで何かに追われているような、もしくは追いかけているような、切羽詰《せっぱつ》まった顔をしているのだろう。

「あなた、寺脇さんとさっきお友達から呼ばれていましたよね？　何年生ですか。学科はどこですか」

「……油絵学科一年、寺脇友親」

「じゃあ、若菜君と同じ学科なんですね」

喉が渇く。お冷やを一口飲んで、友親は肩を竦めた。

「それで、進藤さんは俺にどんな用があるの」

「私は、若菜君に会うために東京へ出てきたんです」

「はい？」

「寺脇さん、若菜君の知り合いなんですよね？」

「そうだね。いろいろ世話になってるよ」

余所《よそ》のテーブルから食器を下げてきたママさんが「注文はまだいい？」と通り過ぎるときに聞いて来た。慌ててメニューを開き、進藤さんへ渡した。

「昼間、何を注文したんですか？」

ちらりとメニューに視線を落とした後、進藤さんはそう聞いてきた。

「俺はコーヒーフロートで、若菜さんはクリームソーダ」

「そうですか」

興味なさげに言って、彼女は再びメニューに目を向ける。仕方なく友親も反対側からメニューを覗き込んだ。ついでに夕飯を済ませてしまおうと、一番に目についたスパゲッティナポリタンにすることにした。

それを見計らってか、ママさんが注文を取りに来る。

「ナポリタン一つ、あと、食後にクリームソーダ」

若菜さんが飲んでいた白いクリームソーダを思い出して、それも付け加えた。

「同じの、もう一つずつ」

メニューから顔を上げずに、進藤さんは短くそう言った。

「はぁい、少々お待ちくださいね」

厨房に引っ込んでいくママさんの背中を見送りながら、友親は進藤さんへ視線を戻す。

「若菜君はよくこの店に来るんですか」

「多分。俺にこの店を勧めてくれたのも若菜さんだし」

「こういうフレンドリーな店、嫌いそうなのに、若菜君」

「そうかな」

むしろ、好きなように見えるけど。そう付け加えると、進藤さんは頰の筋肉に力を入れて、こちらを見据えた。

「若菜君と連《つる》んでいるのに、全然知らないんですね、あの人のこと」

捕まえる相手を間違えたかな、という顔をされた。

「若菜君に会いたいんです、私」

ふと、昼間に若菜さんに見せられたスマホの画面を思い出す。進藤さんはあのＮＰＯスタッフの女性とは似ても似つかないけれど、けれど……若菜さんがあんなふうに気のある素振りをしてしまった女性が、他にもたくさんいるんじゃないだろうか。

連絡しても無視され続け、ついには直接会いに来てしまう人がいたって、おかしくはない。

「どうして」

「逃げられてるからです」

友親の中で、無粋な妄想は少しずつ確信へと変わっていった。

「白築に入学してから二ヶ月、ときどきハナビに来て学食とかラウンジとかを探し回ってたんですから。そしてやっと、若菜君と寺脇さんがこの店から出てくるところを見つけたんです」

「な、なるほど」

これって、充分ストーカー行為と言えるんじゃないか。そうとは流石に言えず、意味もなく何度も友親は頷いて見せた。

「それで、夕方から正門前に張り込んで、あなたを待ち伏せてました」

「そんな根性があるなら、ずっと待ち伏せてれば若菜さんにだって会えるんじゃないの？」

大学に泊まり込んで作品作りをする時期でもないだろうから、今日みたいに正門で待っていれば絶対に出会えるはずだ。

「若菜君にただ会ったって意味ないんです。言ったじゃないですか、逃げられてるんだって」

「正門で待ち伏せても、逃げられるだけってこと？」

「その通りです。だから、まず外堀から埋めていく必要があると思って」

「外堀？」

友親のことを指さして、進藤さんは満足そうに頷いた。

「まさか、俺に間を取り持てっていうの？」

「そこまでできれば百点満点ですけれど、ひとまず寺脇さんには、若菜君についていろいろと教えていただきたいんですよ。若菜君があなたを可愛がるのは、あなたがあの人の中で特別だからに決まっています」

「まさか。ただの後輩だよ」

「若菜君は、ああ見えて結構淡泊な人なんです。付き合ってた彼女を手酷く振って、ほっぽり出して。大学に入ってから家族とも全然連絡を取らなくなって。自分と関わりのあるコミュニティをバッサリ切って、自分の殻に閉じこもっちゃったんです」

「それ、若菜さんのことだよね？」

「そうですよ？」

進藤さんの言葉は、どれも真実に聞こえなかった。彼女の語る若菜さんと自分の知る若菜さんは別人で、名前が同じだけの違う誰かのようだった。

旭寮の連中に焼きそばを振る舞う若菜さん。縁側で大学院生のマサさんとお酒を飲んでいる若菜さん。猫の金鍔と落雁に餌をやる若菜さん。ときどき寮の様子を見に来る大家の染子《そめこ》さんと立ち話をする若菜さん。人嫌いには見えないし、ましてや人付き合いが苦手なようにも感じられない。でも、あのＮＰＯスタッフの女性のように進藤さんに接していたとしたら、そう誤解されている可能性はおおいにある。

テーブルに両手をつき、進藤さんは友親を見た。耳にかけていた髪が落ちて、顔に縦に影を作った。

「若菜君は、一人地元を離れて東京へ来ました。一度も実家へ帰ってこず、家族と連絡も取らず。あの人が何を考えているのか、何を目的に生きているのか、私には理解不能です。そして地元にいてはそれを知る由もない。だから、彼の近くまで来たんです。そしてあなたという協力者を見つけた」

「進藤さんは、俺から若菜さんの今の生活振りとか、普段の様子を聞きたいんだよね？」

「そうです」

「さっきから俺が進藤さんに協力するの前提で話をしてるみたいだけど」

「してくれないんですかっ？」

進藤さんの大声に、レモン軒が静まりかえる。周囲の視線と共に、厨房の奥から揚げ物を揚げる音が聞こえた。

進藤さんが口を開きかけたとき、ママさんがお盆片手にやって来た。ステンレス製の丸皿に山盛りになったナポリタンを、二人の間に置く。花模様の入った白い取り皿と、フォークとスプーンが一組ずつ。当てが外れたという顔で、進藤さんは肩を落とした。

「もう一度聞きますけど、私に協力してくださいませんか?」

「今日初めて会った人の頼み事なんて、そうそう聞けるもんじゃないでしょう」

自分の分のナポリタンを取り皿へと盛る。コーンが大量にのったナポリタンはフォークで持ち上げるとふわりと湯気が上がり、ケチャップの安っぽいけれどなじみ深い匂いが漂ってきた。

「寺脇さんは、自分が見ている柚木若菜という人間が、本当の彼だと思いますか?」

フォークにナポリタンを巻き付けながら、何気ないふうに進藤さんが言う。

「若菜君の中に、得体の知れない何かの欠片を見つけたこと、本当にありませんか?」

口に運びかけたフォークを下ろし、友親はナポリタンを見つめたまま考えた。得体の知れない何かの欠片。見つけたことがない、とは断言できない。そうだ。彼はときどき、本当にときどき、不思議な冷徹さを見せる。まるで世界のすべてを遥か上空から俯瞰《ふかん》しているような、他人事の王様のような顔をする。

「思い当たる節、あるんですね」

ない、と即答したかった。喉まででかかったその言葉は、昼間見た若菜さんの口の端を吊り上げた笑顔で押しつぶされてしまった。

「……ないわけではないけど」

やっぱり、と進藤さんはナポリタンを頰張る。

「でも、本当に些細《ささい》なことだよ。俺が持ってる若菜さんの印象は、変わらない」

進藤さんはナポリタンを咀嚼《そしゃく》しながらしばらく黙っていた。顎を動かしながら、友親の言葉を自分の中で整理するように。

「寺脇さん」

フォークを皿の上に置き、進藤さんが友親の名を呼んだ。テーブルに備え付けられていた紙ナプキンを手に取ったかと思うと、ハンドバッグからペンを取り出して、そこにさらさらと電話番号とメールアドレスを書いて、友親に渡してきた。

「お願いがあります」

「協力はしないですからね」

この連絡先を受け取ってしまったら、立派な共犯者にされてしまう。

「いえ、それとは別に、あなたを信頼してお願いします」

信頼するしかないから、仕方なくする。そんな雰囲気がひしひしと伝わってくる。

「若菜君から、目を離さないでください」

「え？」

予想外の言葉に首を傾げるも、彼女は自分の言葉について、それ以上具体的に話す気はないようだった。紙ナプキンで口元を拭いて、財布から千円札を出してテーブルに置くと、そのまま席を立った。

「柚木若菜のことを、しっかり見ていてください」

お願いします。しっかり友親に頭を下げて、彼女はレモン軒を出ていった。注文したナポリタンは、結局半分も食べていない。

一体何だったんだ。そう脱力しながら、友親は進藤さんが座っていた椅子の背もたれと連絡先の書かれた紙ナプキンを交互に見つめた。

若菜さんの話をしている間の彼女は、友親の目を正面から見据える彼女は、その面の皮を一枚剝いだらぼろぼろと涙を流しているような、そんな強いけれど頼りない顔をしていた。そういうのを、自分は何度も見てきた。だから自然と、見破るのも得意になった。

母さんも、よくこうやって泣き顔を別の表情で頼りなさげに隠してしまう。女って、そういうものなのだろうか。隠すなら、ちゃんと隠せよ。こちらが気づかないように、しっかり隠してくれよ。じゃないとこっちは、目の前でぼろぼろ泣かれるよりずっと応えるんだよ。

聞く相手のいない言葉を、友親は大量のナポリタンと一緒に飲み込んだ。少し冷めてしまったけれど、それでも甘いナポリタンは優しく温かい味がした。二人分の皿が空になるのを見計らって、ママさんがクリームソーダを運んでくる。グラスは一つだけだった。にこにこと笑うママさんは、「あーら、振られちゃったの」とウインクを飛ばしながら、友親の前にクリームソーダを置く。若菜さんが飲んでいたものとは似ても似つかない代物だった。白くない。アイスも泡立っていない。緑色のソーダ水の上に丸いバニラアイスがのっている。ソーダ水のむせ返りそうな緑色が、照明の光を受けてテーブルに色を落とす。

グラスの中を上っては消えていくソーダ水の気泡は、力強い。けれどその強さはどこまでも続くわけではない。すぐに、儚《はかな》く消えてしまう。

＊＊＊

「いたぞぉ！」

野太い声に友親が振り返ると、大きな黒い影があった。喉の奥で悲鳴を上げて、駆けだした。茂みを突っ切ったせいで、小枝で足を切った気がする。

「哲子、そっち行ったぞ！」

やばいと思ったときにはもう、目の前の暗がりからぬっと女性の影が現れていた。大股で友親に近寄るその手を躱《かわ》そうと腰を屈めたとき、太い腕に首根っこを摑まれた。

「つーかーまーえーたー！」

目の前で哲子先輩が「やったー！」とガッツポーズをする。肩で息をしながら友親は両手を掲げた。降参のポーズだ。

「大体、どうして新入生歓迎会がケイドロなんですか。しかも、どうして今頃やるんですか」

季節は七月。最早、大学入学直後のわくわくやどきどきは、随分薄らいでしまった。

「入学早々に強制労働だっただろう。こっちだって早めに歓迎してやりたかったさ」

哲子先輩は高笑いしながらそう言って、次の獲物を狙って暗闇に消えていった。和尚先輩は友親を牢屋として使っている東屋《あずまや》に放り込み、雄叫《おたけ》びを上げながら森に向かって走り去る。

東屋の中には、眠っているのか気絶しているのかわからない学生達に紛れ、若菜さんの姿もあった。

「和尚に捕まったのか」

「熊みたいな鳴き声で追いかけ回されました」

「俺も和尚に捕まったよ。あいつ、同期でも容赦ないんだから。絵描きの腕を捻り上げやがって」

右手首を摩りながらも、若菜さんは楽しそうだった。遠くから新入生の悲鳴が聞こえるたびに肩を揺らして笑う。

大学の目の前にある巨大な公園で行われる新入生歓迎行事。公園は刑務所の跡地だけあって無駄に広く、アスレチックと池とランニングコース、生い茂る木々、広がる芝生と、大勢でケイドロをやるにはもってこいの場所だった。そんな意味のわからない行事に集まったのは一年生から四年生までの有志五十人。警察と泥棒にわかれ、本気でケイドロをする。しかも深夜一時スタート。警察役と泥棒役を入れ替えて三ラウンド行い、終わるのは朝六時の予定だ。

「新入生歓迎会なんていうから、てっきり飲み会か何かだと思ってたのに」

「俺もそう思いながら走り回ってたよ、一年の頃。しかも今日と違って土砂降りだった。大学卒業したら全力でケイドロなんて絶対やらないんだから、楽しんどけばいいんだよ」

東屋の床に直に寝転がり、若菜さんは大きく伸びをする。スタートから四時間分の疲労がどっと押し寄せてきて、友親も彼の真似をした。石のひんやりとした冷たさが、汗だくになった体には心地いい。

そうしているうちに、和尚先輩がまた一人泥棒を連行してくる。

「八人目だな、和尚。新記録じゃないの」

「目指すは初の二桁だ」

法被を翻《ひるがえ》してまた走り去っていく。あの人が作る彫刻は、一体どんな物なのだろう。

「和尚先輩って、どうして和尚なんですか」

彼の本名は大西寛徳《おおにしかんとく》。頭は坊主だけれど、それ以外は何もかすっていない。

「あいつの実家、寺だから。だから和尚なの。ハナビで一番本名を知られてない有名人じゃないかな、あいつ」

「じゃあやっぱり、仏像彫れたりするんですか」

「さあ？　彫れるんじゃないの？　筋骨隆々な奴」

若菜さんの笑い声と共に、木々の向こうが白んできた。

朝が来る。梅雨の合間の、貴重な晴れ間を連れて。


銭湯に行こうと言い出したのは若菜さんだった。ケイドロの参加賞の缶ビールを、友親はコーラを飲みながら旭寮へ向かって歩いているときだった。

「土日は朝も営業してるからさ、行くか」

汗と泥まみれで部屋に帰って、体を拭いてそのまま寝ようと思っていたけれど、せっかくならちゃんと風呂に入りたい。二つ返事で了承して、旭寮に着いたら着替えとタオルを取りに自分の部屋へ走った。玄関へ戻ると、日本画学科のバーナビー先輩（彼も何故こう呼ばれているのかわからない）が下駄箱に抱きつくようにしていびきをかいていた。天然パーマのもじゃもじゃ頭に葉っぱが刺さっている。若菜さんが「おい風邪引くぞ」と背中に蹴りを入れたら、牛のような声を上げて階段を上っていった。

玄関横に金鍔と落雁がいた。若菜さんの方に駆寄って行き、友親には目もくれなかった。

二匹の喉を撫でてやる若菜さんを尻目に錆び付いた門を開けたら、キーッという金具の擦れる音と共に、目の前に人が現れた。

音もなく、斜めになった塀の陰から、現れた。

顔を見るより先に、匂いで誰なのかわかった。彼女の匂いは、変わっていない。甘い花のような匂いがする。風に乗って、友親の鼻先まで漂ってくる。

斎木涼《さいきりょう》の匂いが、飛んでくる。

「久しぶり。あんた、ゴールデンウィークに帰らなかったんだってね」

涼は、ピンク色のグロスが塗られた唇をニイッと吊り上げて、友親の名前を呼んだ。

ただでさえ百七十センチと長身なのに、高いヒールのお陰で友親よりも目線は上だ。スカイブルーとブラックという、メリハリのきいた配色のワンピースから、すらりと白くて長い脚が伸びている。

「ねえさん……」

ねえさん。長いことそう呼んできたのに、未だに漢字変換すると「義姉さん」になる。そしてそう呼ぶたびに涼は不快感をあらわにする。

「その呼び方やめてって、何百回言った？」

「ごめん」

やめろ、と本当に何百回も言われた。

けれど友親は頑なに彼女のことを「ねえさん」と呼び続けて来た。そうでなくてはいけないと思っていた。

「あんたのところ、いつ連絡来たの」

再婚の件。

わざとらしくその部分だけを、涼は抑揚をつけずのっぺりとした言い方をした。

「連休の前だけど」

ちょうど、新入生合宿から帰って来た日だ。

「へえ、そうなんだ。私にはついこの間だったよ。芽依子《めいこ》さんがプロポーズをＯＫしてくれて、いろいろ話がまとまったって」

恐らく母は、舜一さんからプロポーズされたその日に友親に連絡を寄こしたのだ。それくらい、嬉しくて嬉しくて仕方がなかったのだ。一方舜一さんは、母がプロポーズをOKし、いろいろと話がまとまってから娘である涼に伝えたのだろう。

「母さんにプロポーズするって話、事前に涼にはなかったの？」

「そういえば四月頃、父さんからひっきりなしに電話が来たことがあったけど、それだったのかもね」

爪の間のゴミでも気になるのか。涼はしきりに綺麗にネイルの塗られた爪をいじっていた。

「じゃあ、ついにあんたの念願叶《かな》って、私達、姉弟になっちゃうわけだ」

ははは っ、おかしい！　笑いながら涼は友親を睨んでくる。口元は意地悪く半月に歪んでいるのに、目はまったく笑っていない。

「せっかくだから、ゴールデンウィークは実家に帰って祝ってあげればよかったのに。どうして帰らなかったの」

「それは」

「嫌だったんでしょう？　帰るの。もう自分の家じゃなくなっちゃったみたいに思ったんでしょう？　あんたも捨てちゃったんだね、あの家。父さんはともかく、可哀想ね、義母《かあ》さん。血のつながった息子に見捨てられちゃうんだから」

「課題で忙しかったから、帰れなかっただけだよ」

本当だ。連休中はレポートとデッサンの課題が三個も出された。休みの間はそれを仕上げるのにいっぱいいっぱいで、実家へ帰るどころではなかった。実家で絵が描ければよかったけれど、画材を運ぶのだって一苦労だし、何より母は舜一さんの家に引っ越してしまった。友親が母と長く暮らしていたマンションは、引き払われてしまったのだ。

「そっちこそ、また帰らなかったの?」

彼女は大学進学と同時に家を出た。実家は小田原で、都内の大学なら通えない距離ではなかったのに、そこだけは断固として譲らなかった。

「帰るわけないじゃない」

「舜一さん、心配してるんじゃないの」

涼の父の名前を出したところで、彼女の表情は穏やかにはならない。

「あんた、私に実家に帰ってほしいの?」

「そりゃあ……」

「つい口を滑らせて、あのこと、ばらしちゃってもいいの?」

見えない手で、首を絞められたような気がした。息が詰まって、言葉が出てこない。呼吸もできない。ずるずると地の底にそのまま飲み込まれていくような感覚。

けれど、涼はそんなこと気にも留めない。相変わらず、冷たい言葉をたたみ掛けてくる。

「まあ、逆に邪魔者がいなくなって清々してるのかもね？　もしかして、あの年で子作りに励んでるかもよ？　二人と血のつながった、ちゃんとした子供を」

「義姉さん」

声を絞り出す。先程までより、なんとか、少しだけ語気を強めて。そんなもの、涼には痛くも痒《かゆ》くもないようだった。結局友親は白旗を掲げてしまう。

「……いきなりどうしたのさ、こんなところまで」

「どうしてるかなーって思って、様子を見に来てあげたのよ。ていうかここって、家と会社のちょうど真ん中なの。今、下井草に住んでるから」

私より都心寄りのところに住むなんて、生意気。そう呟く涼に溜め息が出かけたとき、金鍔と落雁を抱えた若菜さんが苦笑いしながら二人の間に入ってきた。

「俺達、今まで徹夜でケイドロやってて、これから銭湯行って飯食って夕方まで爆睡するつもりなんですけど、よかったらお姉さんもいかがですか？」

若菜さんなど眼中になかったのか、涼は「はっ？」と眉間に皺を寄せて一歩後退った。泥だらけの服を着たまま胸に猫を抱え、目元に隈を作って笑う大学生だなんて、不気味だろう。

「友親」

涼が自分を睨む。

「なに、この人。徹夜でケイドロってどういうこと」

「大学の、先輩」

さらに睨まれる。若菜さんは気にすることなく続けた。

「うちの大学、毎年新入生歓迎会で有志で夜通しケイドロやるんですよ。今年は五十人でした」

若菜さんに喉元を撫でられ、落雁がごろごろと喉を鳴らす。

「はあ？　友親、あんたなんて大学入ったの。ばっかじゃないの？」

「大真面目だよ。真面目にケイドロやってきたんだよ」

「だから美大って嫌。常識から外れたことをやるのが格好いいとか思ってる奴ばっかりで」

そういう自分だって、大学受験のときの第一志望は美大のデザイン学科だったじゃないか。それを突然やめて、商学部に行ったではないか。「美大じゃあ就職がどうなるかわからないから」って。「商学部の方が潰しが利くから」って。

「時間無駄にしたわ。ただでさえ土曜出勤でかったるいってのに」

そんな捨て台詞《ぜりふ》を吐いて、涼は駅の方へ向かって歩いて行った。ワンピースと同じ色合いのパンプスが、アスファルトを打ち鳴らす。

歩くたびにふわりと揺れる涼の髪を、若菜さんに肩を叩かれるまでじっと見ていた。

あんたの絵、気持ち悪い。

去年のことだ。嵐の夜だった。台風が東京を直撃し、涼の住むマンションの窓ガラスには雨風が打ちつけていた。がたがたがたがた、うるさかった。

涼は言った。「あんたの絵、気持ち悪い」と。その頃はまだ黒かった髪の毛をかき上げながら。


汗でべたついたシャツを脱ぎ捨てながら、涼の話をした。しないわけにはいかなかった。

「なるほど、あの人は父親の方の連れ子なんだ」

「五歳年上なんで、今二十四です」

脱いだ服を籠に放り込む。背後の大型テレビから、朝のニュースが聞こえてきた。

自分はもう母親一人、子一人という家庭ではなくなった。舜一さんという、とても気のいい男の人が、父親になった。

「母親が今回再婚する人と出会ったのが、俺が小学五年のときで、涼が高校一年のときだったんです」

「へえ、随分長いこと付き合ってたんだな」

「互いに子供がいるから、いろいろと遠慮してたみたいですね」

けれど、友親が大学に無事合格し、上京した。涼はとうの昔に一人暮らしを始め、就職もしてしまった。二人が子育てを終え、改めて自分達の人生を見つめ直すことができるようになったのだ。そして、ただ恋人でいるのではなく、夫婦になることを選んだ。

「あんな感じなんで、あんまり仲良くできなかったんですよね」

「だろうな。あれはきっついな」

「そうなんですよ」

参っちゃいますよね。言いかけた言葉は、手拭い片手に浴室へ向かう若菜さんの背中を見てどこかへ行ってしまった。

彼の細い背中には、稲妻が走っていた。肩胛骨《けんこうこつ》の下から腰にかけて、大きな傷跡がある。いびつで赤黒い線の束が、生き物のように若菜さんの背中でのたくっている。

その傷、なんですか。咄嗟《とっさ》に言いそうになってしまい、口をつぐむ。隠す素振りすら見せない若菜さんに何と言えばいいのか、気にせずいるべきなのか、判断できなかった。その間に、若菜さんは意気揚々と浴室に入っていき、洗い場の一角を陣取って頭からシャワーでお湯を被った。友親も隣に腰を下ろし、シャワーの蛇口を捻る。

体を洗って、タイル絵を仰ぐ形で湯船に浸かると、意識がどこかに飛んでいきそうになった。水風呂と電気風呂を行ったり来たりしていると、若菜さんに露天風呂に連れ出された。目覚めきった太陽と空は眩《まぶ》しく、体が勝手に朝だから起きなくてはと覚醒する。

「今日、バイト休みでよかったっす」

「いいなぁ、こちとら夜からバイトだよ」

「若菜さんって結局、何のバイトしてるんですか」

「企業秘密」

「人に言えないバイトなんですか」

「稼ぎがいいからさ、あんまり広めたくないんだよね」

若菜さんが体勢を変えたので、背中の傷跡がはっきりと見えた。

「まさかその背中の傷、やばいバイトでできたんですか」

軽い調子で、そう聞いてみた。

「ああ、これ？　これね、中にドラゴンが住んでんの。人類に危機が迫ったらここからドラゴン出して俺が世界救ってやるから」

どうやら、軽々しく触れていいものではないようだ。

露天風呂の岩に頭を預けて空を仰いだ。両手両足を投げ出すと、お湯に全身が包まれて体がふわりと浮き上がる。ああ、これはやばい。寝てしまう。朝など知ったことかと、気を失ったように。しばらく目覚めることができなさそうだ。

隣で若菜さんが同じようにしていた。いいや、寝てしまえ。そう思い、友親は大きく息を吸って、吐いた。

意識が飛んでいく瞬間、進藤恭子という女の子に言われた言葉を、思い出した。
柚木若菜のことをしっかり見ていてください、という言葉を。

◆

「若菜、まだ悩んでるの？」

背後から洋菓子のような甘い香りがして、ハルが抱きついてきた。どん、と肩に彼女の体重がかかる。胸は大きいがそれ以外は余分な脂肪がないので、それほど重くはない。

「重い」

なのに、そう口走ってしまう。

「酷い。去年からずっと増えてないよ」

若菜の背中にもたれ掛かったまま、ハルは唇を尖らせた。夏用の制服は生地が薄く、ハルの体温が生々しく伝わってくる。

「自分がスランプだからって、苛々《いらいら》しないでよ、もう」

そうか、自分は今、苛々しているのか。何にだろう。八月が締め切りのコンクールに油絵を出品する予定なのに、まだ何一つ進んでいないからだろうか。

「ねえ、やっぱりやめたら、川の絵なんて描くの」

全然、気乗りしてないみたいじゃない。ハルの指さす先には、真っ白なキャンバスがイーゼルに立てかけられている。腹が立つくらい、真っ白な状態で。イーゼルのすぐ横の壁には、先日野外写生に行ったときの川や湖のクロッキーがベタベタと貼られている。これを見ながら構成を考え、どんどん筆を走らせていこう。一時間ほど前、美術室に来たときはそう思っていた。

「気乗りしないなら、無理して描くことないよ。もっと違うものにしなよ」

そう言って、ハルは壁に貼られたクロッキーを一枚一枚剝がしていった。破かないよう、傷つけないよう慎重に、けれど素早く。束になったクロッキーを、「はい」と若菜に手渡してくる。

「人物画なんてどう？　ハルちゃんがモデルになってあげますよ？」

茶色がかった柔らかい色合いのボブカットを揺らし、ハルは笑う。彼女のこういうところが自分と違っていて、自分の足りないところを補ってくれるような気がして、背中を押してくれる気がした。だから若菜は彼女の告白を受け入れて、ハルの恋人になった。

ところが今日は、ハルに差し出されたクロッキーの束を受け取る右手が、重くて重くて仕方がなかった。

クロッキーを見もせずテーブルの上に置いた自分をどう思ったのか、ハルは顎に手をやって「スランプだね」とこぼした。

「この間から、絵を描くのがきつそうだもん」

スランプ。そうなのだろうか。確かに先月くらいから——いや、本当はもっと前。高校三年に進級するよりずっと前から、調子が悪かった。絵を描くのが楽しくない、と言ってしまえば簡単だけれど、なんだか怠《だる》くて、腕が重くて、気分が乗らない。何も描いていないキャンバスやケント紙を眺め、焦るだけの時間が増えた気がする。

絵を描くのは好きだったはずなのに、今はそれがこんなにも苦しい。

「そうだ！」

背後で、ハルが両手をパンと鳴らした。嫌な予感がした。

「そういうときは、絵を描く以外のことをして、気分転換した方がいいよ」

どこかに遊びに行こう。そんなハルの誘いは、普段なら有り難いと思うのかもしれない。けれどやっぱり今日は違う。少なくとも今は、そんな気分じゃない。この鬱々《うつうつ》とした気分は、そんな簡単なことで晴れてはくれない。

「いいよ。描かないと、って余計に焦るだけな気がする」

「じゃあ、どうしようか」

若菜の隣の椅子に腰掛けて、ハルは両足を投げ出した。プリーツスカートから覗く白い脚が上下を繰り返す。

鉛筆を置き、両膝に肘をついてキャンバスを見上げた。あんなにたくさん歩き回ってクロッキーを描いたというのに、そこからまったくキャンバスに持ってくることができない。これ以上足掻《あが》いても無意味かもしれない。ハルの言う通り、気分を変えて、全然違うモチーフで描いてもいいか。

そう思って、口が無意識に「人物画か」とこぼしていた。

「いいこと考えた！」

それを聞き逃すことなく、ハルがまた両手を打ち鳴らす。

「若菜、家族の絵を描いたら？」

きん、と耳の奥で不快な高音が響いた。

先程の嫌な予感は、これを察知していたのかもしれない。家族、家族、家族。どうしてこの言葉が、黒板を爪で引っ掻いたような嫌な音をしているのだろう。

「せっかく新しい家族ができたんだから、描いてみなよ。家族写真ならぬ、家族画。いいじゃない。コンクールの後も記念にずっと取っておけるよ」

ハルの頭の中には、七五三の記念に撮ったり、年賀状に載せるために撮るいかにもな家族写真が浮かんでいるのだろう。父、母、子が正装して並んで、ほんのちょっと微笑んで、照れた表情を浮かべて、撮り終わった瞬間ににやにやと笑い出してしまいそうな。

そんな幸せな家族の一瞬を切り取った絵を――俺に描けというのか。

鳥肌が立つかと思ったけれど、若菜の体は正常だった。夏用の制服である真っ白なワイシャツからは、粟立《あわだ》っていないいつも通りの腕が伸びている。

そうだ。いつも通りだ。自分は普通なのだ。スランプでもなく、何かにストレスを抱えているというわけでもなく、辛くもなければ苦しくもない。

悲しくもない。

焦ってもいない。

落ち込んでもいない。

なのにどうして、描きたくないのだろう。家族の絵なんて死んでもごめんだと思ってしまうのだろう。眉間がじんわりと痛くなって、吐き気がして、胸が詰まるのだろう。

何より、思い浮かべた家族の絵は確かに自分の家族だったのに、そこには柚木若菜の顔はどこにもなかった。入る余地がない。そして、入ろうという気力が、若菜にはない。

このまま一生、そうなのかもしれない。

気晴らしに外でスケッチでもしてくる。そう言って椅子から立ち上がると、ハルは動こうとしなかった。外になんて行かないであなたもここにいてよ、ということなのだろうけれど、気づかないふりをして美術室を出た。

美術室のエアコンはそこまで効きがいいわけではないけれど、ほどほどに冷えた体には廊下のむっとした熱気は応えた。美術室に戻ろうかとも思ったけれど、そのまま思い切って校舎を出た。戻ったってどうせ絵は進まず、ハルにしつこく家族の絵を描けといわれるのだから。

日陰のないグラウンド側に行く気にはなれなくて、日の差していない校舎裏から中庭、ビオトープ、テニスコートという具合にぶらぶらと歩いてみたけれど、どこかに腰を落ち着けてスケッチをしようと思える風景も、ものも、人も、なかった。

衣替えをしたのを見計らってか、六月上旬だというのに気温が異様に高い。これで梅雨入りでもしようものなら、高温と高湿度でとんでもないことになりそうだ。うっすらと汗ばんできた髪の毛に指を通し、若菜は肩を落とした。

テニスコートの前を抜けてしまうと、先にはプールしかない。こんな陽気じゃ屋外でスケッチなんてする気にもならないだろうと、引き返そうとした。

そのときだった。

プールから笑い声が聞こえてきた。プール開きは明日のはずなのに何だろう。スケッチブックを抱え直してプールに近寄っていくと、フェンスに絡まった蔓《つる》植物の向こうに、五人分の人影が見えた。楽しそうな笑い声も聞こえた。プール開きに備えて水が張られたプールに、水泳部が一足先に泳ぎに来たのだろうか。

背伸びをして、蔦の間からもっとよく覗いてみる。

プールサイド、ギリギリのところに裸足で立つ女子生徒に気づいた。他の四人も女子生徒だった。四人は楽しそうにケラケラ笑っているのに、その子だけは俯いて、揺らめく水面をじっと見下ろしている。じっとじっと、見えない何かが見えているかのように、見つめ続けている。

水泳部ではないと雰囲気からすぐにわかる。特にプールサイドに立つ四人の女子は絶対に違う。水泳部の女子生徒はみんな、あんなに濃い化粧なんてしていない。

嫌な予感がしてスケッチブックを放りだしてフェンスに両手をかけたとき、一人の女子生徒が長い脚でプールサイドに立つ少女の腰を思い切り蹴り飛ばした。

驚くくらい綺麗に、少女は落ちていく。

白い水しぶきが高く上がり、水面が波打つ。舞い上がった雫が落ちてきていくつもの波紋を作った。そんな幻想的な絵を、下品な笑い声が貫いていった。

若菜がフェンスを乗り越えてプールサイドに飛び降りると、その声は止んだ。水中から顔を出した少女も、他の四人も、一斉にこちらを見る。

「何してんの？」

狙った通りの声が出た。陽気な声。何も勘づいていない声。楽しそうに遊んでるじゃん、俺も混ぜてよ。そんな声。

げっ、と四人のうちの誰かが洩らした。

「生徒会長……」

柚木先輩、とこぼした子もいた。彼女達の名前は誰ひとり知らないけれど、向こうはこちらを見知ってくれていたようだ。始業式に終業式、生徒総会に文化祭、体育祭。しょっちゅう全校生徒の前に顔を出してきた甲斐がある。

「来週の生徒会選挙が終わったら引退だけどね」

一歩、二歩、三歩。どのくらい彼女達に近づき、またどのくらいの距離を保つのが一番効果的だろう。そう考えながら歩み寄り、四人の一メートル半ほど手前で足を止めた。

「で、何してんの？」

プールに浮かぶ女の子と目が合う。綺麗な長い黒髪が、扇のように水面に広がっていた。

「べっつに、虐めとかじゃないですからね」

彼女を蹴落とした女子生徒が前髪をくりくりといじりながら、プールを見下ろす。

「ユッキーが、プールで泳ぎたいって言うんで」

「私達、止めたんですけどねー」

ユッキーってば、やるって言ったら聞かないからぁ。なんて口々に言い合う。みんなで言葉を共有することで、それが真実になるかのように。

「そうなの？」

若菜もプールを見下ろす。昼と夕方のちょうど隙間の色をした空が映り込むプールの水は、淡く穏やかに光っていた。

「そうです」

黒髪の女子生徒は静かにそう言う。

「今日、暑かったので」

　思っていたより力強くて、芯の通った声だった。

「へえ、そう。そうなんだ」

　四人に向き直ると、彼女達はほっとしたような、それでいてこちらを嘲笑うようなにやついた顔をしていた。見なかった振りをして、小指で鼻の頭を掻く。

「じゃあ、許可なくプールに飛び込んだってことで、俺は彼女を職員室に連れて行かないといけないから、君達はさっさと逃げた方がいいよ。俺も流石に後輩を五人も一度にしょっ引くのは気が引けるから」

　逃げ道を作ってやると、彼女達は元気に従順にそれに乗ってくれた。「はあい！　わかりました！」なんて馬鹿っぽく大声で頷いて、「ユッキー頑張れぇ！」とプールの中の黒髪の女子生徒に一度だけ手を振って、振り返りもせず校舎に向かって走って行った。

　四人が見えなくなる。「やっべえ、助かったぁ！」なんて言い合っていそうだ。馬鹿でお人好しな生徒会長で助かった、と。

　水が揺れる音がした。女の子はゆっくりと水をかいて進み、梯子《はしご》を伝ってプールサイドに上がった。スカートとワイシャツを絞る。真っ白な脚が水に濡れ、眩しいくらいに光って見えた。

　胸元を飾るリボンは赤色だから、一年生だ。

先程まで四人がいたところに、彼女のものらしきスクールバッグが転がっていた。バッグの中身が散乱している。その中に生徒手帳を見つけ、表紙をめくった。そこには顔写真と学年、クラスが書かれている。

「一年五組、リュウガサキ、ヨシキ？」

龍ヶ崎由樹。写真の中の彼女は無表情にこちらを見つめている。

「ヨシキじゃなくて、ユキです」

振り返ると、彼女が背後まで来ていた。濡れたシャツに、下に着た水色のキャミソールが透けている。思わず目を逸らしていた。

「そっか。ごめん。そうだよね、ヨシキなわけがないか」

少し間を置いて「大丈夫？」と問いかけると視点の定まっていなかった目が、しっかりと若菜を見た。顔を上げる。前髪がさっと目にかかった。そのせいか、表情が酷く暗く見える。

「柚木若菜です。三年」

「知ってます、生徒会長」

冷静に言葉を発する彼女に、拾い集めた荷物を渡してやると、中身を確認することなく彼女はそれを足下に置いた。

何があったかなんて、聞かなくても充分理解できる。

「保健室に行けば、着替えくらいあると思うけど」

「いらないです」

「何なら、取ってきてやろうか」

「いりません」

「でも、そのままじゃ帰れないだろ」

「別に、帰れますけど」

いやいやいやいやいや……。呆れて声に出てしまう。ぎろりとこちらを睨んで、龍ヶ崎さんはバッグを肩にかけた。

「同級生にああいうことをされている。それを教師には知られたくない。親に連絡されて、騒ぎを起こされたくない。そういう気持ち、生徒会長さんにはわかりませんか」

「わかるけどさ」

「じゃあ、こちらの希望通りにしてください」

これで話はお終《しま》いです。そんな顔で、龍ヶ崎さんはすたすたと歩いて行く。彼女が歩いた後を、ぽつぽつと雫の跡と足跡が追っていく。

まさか、こんな目に遭った後輩を放っておこうなんて考えは、若菜の中には浮かばなかった。

「待って」

そう言って、彼女の手を取る。

「美術室に俺の予備のジャージがある。それを貸すから、トイレかどこかで着替えなよ」

「いらないです」

手を振り払われそうになって、強情だなあ、と苦笑いした。

「強情で結構です」

「まあ、ちょっと待ちなって」

彼女の手首を解放して、今度は肩を摑む。こちらを振り向かせると、キッと睨まれた。

「そこまで嫌わなくてもいいんじゃないかなぁ」

「入学式であなたが挨拶したときからずっと思ってました」

「え？」

「生徒会長、嘘つきの顔をしてる」

彼女の顔には、プールに反射した太陽の光が揺らめいていた。綺麗だった。一枚の絵画のようだった。だからこそ、こちらに向けられる粉雪のような視線が、痛い。

「……は？」

凄く、痛い。

「いい人面《づら》して、ヘラヘラした顔で、助けてあげるって手を差し伸べてくる。それが僕の役目だからって顔で。でも、助けられる側だってそれくらい気づくんですよ。生徒会長、腹の中じゃ全然違うこと考えてる。現にあなたは今、私のことなんて何一つ考えてない。生徒会長をやってる優等生の僕はいい人じゃないといけない。こういうときこそ可哀想な子の味方をして助けてあげないといけないんだって、そういう顔をしてる」

龍ヶ崎さんは言い切った。その言葉が、矢のように、自分を射貫《いぬ》いて行くのがわかった。いや、矢は貫通しない。胸だろうか。脳だろうか。心のある場所に突き刺さって、深く深く食い込んで、心を犯していった。

「そういう人に、私は助けられたくないです」

友人、同じ美術部の連中にクラスメイト、顧問、担任、父、母、妹。いろんな人の顔を思い浮かべた。挙げてみると、自分はなんて狭い人間関係の中で生きているのだろうと思う。そして、そんな狭い世界でさえ、上手に生きられない自分がいることに気づく。

ああ、そうなんだ。この子の言う通りなんだ。自分は今そんな顔をしているんだ。嘘つきのホラ吹き野郎の顔をしているんだ。みんなそう思っているんだろうか。みんな、みんなみんな。

ははは。乾いた笑いがこぼれ、止まらなくなった。はははは、はははは。龍ヶ崎さんは眉間に皺を寄せ、一歩後退った。

「酷いなぁ」

プールの水の揺らぎに視線を落として、それでも若菜は肩を揺らした。笑い声が徐々に変わっていくのがわかる。波打つ水のリズムに合わせるように、静かに笑いがしゃくり上げる声に変わっていき、気がついたときには涙が頬を伝っていった。

「生徒会長?」

龍ヶ崎さんがこちらを見上げてくる。怪訝《けげん》そうでも睨みつけるでもないその顔に、何とか笑いかける。

「本当のこと、そんなズバズバ言わないでくれよ」

胸に手を当てて、声のトーンを懸命に落とした。叫んでしまいそうだ。叫ぶな。荒ぶるな。自分に命令する。

拳を握り、息をついて、ゆっくりと解く。

「へえ」

突然、龍ヶ崎さんが笑った。口の端を吊り上げて、何かとても面白いものを見つけた子供のように、その黒い瞳を輝かせた。

何がそんなに面白いんだ。俺が狼狽《ろうばい》しているのが、そんなに愉快か。そう言おうとして、喉がすぼまって声にならなかった。

「そっか」

龍ヶ崎さんが若菜の両肩を摑んでくる。何をするつもりかと思ったら、細い彼女の体が全体重をかけてぶつかってきて、そのまま若菜はプールに真っ逆さまに落ちていった。

ゆっくりと、ゆっくりと。

低く鈍い水音のすぐあと、首に軽い衝撃が走った。鼻や口から水が入り込んで、代わりに大きな泡が水面に向かって上っていった。

こちらを覗き込む龍ヶ崎さんの顔が、水中からでもよく見えた。楽しそうに、歯を見せて、肩を揺らして笑っている。

まだ誰も泳いでいないプールの水は澄んでいた。ソーダ水のような気泡がいくつも、空に舞い上がる。

水面から顔を出し、三度、大きく咳をした。鼻から水が入ったせいで、鼻の奥がナイフでも潜んでいるかのように痛い。

「いい人ロボットかと思ったら、そういう一面もあるんですね、生徒会長」

そう言うと、彼女は飛び込み台に腰掛けて足を揺らし始めた。

歌が聞こえた。彼女は天に向かって歌を歌っていた。若菜に聞かせるためではなく、自分のために、口の中で歌詞を転がすようにして歌った。

彼女にはあまり似合わない、尾崎豊の『15の夜』を。

盗んだバイクで走り出す、と。誰にも縛られたくない、と。自由を求めて走り出す歌を。

プールの中で、若菜はその歌をしばらく聴いていた。先程まで下品な笑い声が響いていたプールサイドには、龍ヶ崎さんの歌声しか聞こえない。可愛らしい高めの声とは裏腹の、何もかも捨てて、自由になって、あらゆるしがらみから解き放たれたいと願う歌しか。

その歌に包まれるようにして、若菜は炭酸水のようにきらきらと光るプールの水に再び身を預けた。耳から入り込んでくる水の音が、まるで自分の血の流れる音のように聞こえた。

三　ソーダ水に焦がれて

自分の銀行口座の通帳を開いて、預金残高を確認する。そこに借金を一括で返済できるだけの額が貯まっていることを確認して、友親は安堵《あんど》の溜め息をついた。三月末に若菜さんから借りたのと同額のお金を、友親は自分の口座から引き出した。まだ口座には幾分かの余裕がある。少々心許《こころもと》ない気もするが、それ以上に借りた金をさっさと返してしまいたいという気持ちの方が強かった。

一人で立つこともできない自分を思い知らされているようで、心がざわつくのだ。これで借金生活からもおさらばだ。通帳を鞄の奥へしまい込んだタイミングで、ママさんがお冷やを運んできた。三限目が丸々空いてしまう水曜の午後は、レモン軒でゆっくり昼食を取るのが恒例になっていた。

さて、今日は何を食べるか。メニューを広げかけたとき、友親の座るテーブルに近寄ってくる足音に気づいた。まだ注文を取るには早くないか、と振り返って、「げえっ」と声が出てしまった。

「げえっ、って、酷いですね」

進藤恭子は、両手を腰に当てて友親のことを睨んだ。

「相席させてもらってもいいですか？」

他に席はいくらでも空いているのに、友親の向かいに腰を下ろす。声は穏やかでも、顔はまったく笑っていない。

「お久しぶりです」

「お久しぶりって、先週も会ったじゃないか」

初めて大学の正門前で遭遇したのが六月の上旬。およそ一ヶ月前。それからおおむね週に一回のペースで、友親は彼女に会っている。

彼女が連絡先を書いて置いていった紙ナプキンは、一応持ち帰った。けれど自分から連絡をしたわけでない。

あら、偶然ですね、寺脇さん。

そんな白々しい言葉を吐きながら、進藤さんは友親の前に現れる。それはレモン軒であったり、大学の近くの別の喫茶店だったりとさまざまだが、確かなのは彼女が友親の生活範囲をこの一ヶ月でほぼ把握してしまったことだ。

「ねえ、こういうのって、ストーカー行為っていうんじゃないかな」

向かいの席に座った進藤さんに警告するも、「だって寺脇さんが連絡を寄こさないいんですもの」と涼しい顔で躱された。

「俺は協力しないって散々言ってるよね？」

「『初めて会った人の頼み事なんて、そうそう聞けるもんじゃない』って、この前言ったじゃないですか。何度か会っていれば、考え直してくれるんじゃないかと思って」

ママさんが水を運んでくる。何を勘違いしているのか、友親の肩を一度叩いて去っていった。

「その努力、他のところで使った方がよほど早く若菜さんに辿り着けるんじゃないの」

「失礼ですね。寺脇さん以外にももう何人にも当たってますよ。可能性が一番高いのがあなただから、こうして度々会いに来てるんじゃないですか」

お冷やを口に含んで、進藤さんは友親の顔を下から覗き込んで来た。にっこりと、笑顔で。嬉しくない。まったく、嬉しくない。

「大体、進藤さんが若菜さんをどう思ってるか知らないけど、あの人、本当に楽しく大学生やってるからね。俺なんかより、よっぽど金持ってるし」

お金？　と進藤さんの眉が、鼻が、唇が、ぴくりと動いた。ああ、また余計なことを言ってしまった。

「若菜君、どうやってお金を稼いでるんですか？」

「バイトだって。どんなバイトかは、聞いたけど企業秘密って言われた」

「それって、危険なバイトをしてるわけじゃないんですよね」

「危険、って？」

「オレオレ詐欺の受け子とか、名義貸しとか、違法な物品を運ぶ仕事とか、売春とか」

「進藤さん、若菜さんのことが好きで追っかけてるんだよね？　よくそういうこと想像できるね」

「してない、って、寺脇さんは自信を持って言えますか？」

してるわけないだろ、と言おうとして、思い止まった。友親だって、柚木若菜に自分のことをすべて話しているわけではない。向こうにだって同じように友親に語っていないことが、見せていない一面が、必ずあるはずだ。

「言えないんですね」

嘘でもいいから、「ない」と言ってほしかった。そんな顔を彼女はした。能天気に無邪気に、「あの若菜さんがそんなことするわけないだろう」と言ってほしかったという顔を。

「ちょっと心配しすぎじゃないか？　子供ならともかく、若菜さんはもう大学四年だよ」

そんなことは重々承知しているという顔で、進藤さんが俯く。心配なものは心配なんだという表情が、前髪の向こうから覗いた。

同じようなことを違う人に言ったことがあると、友親はふと思い出した。

『心配しすぎだよ。涼はもう大学生だよ』

高校を卒業した斎木涼が、東京にある私立大学に入学し、都内で一人暮らしを始めた。初めてのゴールデンウィークも、お盆も、お正月も、次のゴールデンウィークも、涼が斎木家に帰ることはなかった。「涼は今年も一度も帰ってこなかったんだ」「心配ねえ。涼ちゃん、大丈夫かしら」なんて言いあう舜一さんと母に、友親は幾度となくそう言ったのだ。

心配しすぎだ。

涼はしっかりしてるから大丈夫だ。

舜一さんと母は、友親がそう言うと大抵「そうだよね」と胸を撫で下ろす。「考えすぎだよなあ」「きっと大学でたくさん友達ができて、楽しいのよね」なんて笑う二人を前に、胸の中が氷のように冷たくなった。

心配しすぎだ、という言葉を一番信じたかったのは、恐らく友親自身だ。

「そういうもんだよね」

友親の言葉に、進藤さんが顔を上げる。訝《いぶか》しげに、片方の眉をぴくりと動かしてこちらを見つめてきた。

そしてそのまま、ゆっくりと、首を傾げた。

「もしかして、寺脇さんにもいるんですか？　私にとっての、若菜君のような人が」

友親の言葉に、もしくは顔に、目に、どこかに彼女は見つけたのだろうか。自分が若菜さんに抱いているものと、同じ何かを。

「そう思う？」

「その人、白築の学生だったりしませんか？」

「残念ながら、違うね」

「なーんだ。ウインウインの関係で、ちょうどいいと思ったのに」

本気でそう思っているのか、ただの冗談なのか。進藤さんの様子から、友親は判断することができなかった。

＊＊＊

八十号のキャンバスに大きく描かれた女性の顔は、えげつないくらい迫力があった。切れ長の目でこちらを睨んでくる。モチーフとしてあしらわれたピンク色の花がその顔を半分近く覆い尽くしているのに、それでも彼女の存在感が観る人間を貫いていくようだった。風のそよぎが聞こえてきそうだ。光の揺らめきが、今にも見えてきそうだった。

「何の花だろう、これ」

隣にいる有馬にそう話しかけたところで、絵のタイトル「はまなす」に友親は気づいた。

「これ、お前がよく連んでる四年の先輩だろ」

有馬が言う。

「そう。同じアパートの」

タイトルの横にある名前は確かに、柚木若菜だった。

昨年度の授業で制作された全作品を対象にして、花房美術大学では夏期休暇前に校内展が開かれ、一番大きなギャラリーを使用して入選作品が展示される。最も目立つところに飾られているのは、大賞を取った若菜さんの「はまなす」だった。

「いくら校内展って言っても、難易度高いらしいじゃん？　大賞取るの」

「凄い人だったんだなぁ、若菜さん」

友親の呟きに、有馬が「サークルの先輩から聞いたんだけどさ」と「はまなす」を再び見上げる。

「学内でも有名な人らしいよ、柚木先輩って」

「有名って、どういう方面で？」

「別に悪い意味で有名ってわけじゃないみたいだけど。絵の上手さもご覧の通りで、教員からの評価もめちゃくちゃ高いとか。学外の展覧会でも結構入選してるし、もっといろんなところに出品させたいみたいなんだけど、当人があんまり乗らないから教授がやきもきしてるとか。友達とかも多いみたいだし、寺脇みたいに後輩からも好かれてるし」

「いい噂ばっかりじゃん。何その完璧超人」

その上、後輩にぽんと大金を貸せる気前の良さ。容姿だって偏差値六十五くらいはある。料理が上手いのは友親の胃袋がよーく知っている。本当、世の中って奴はとことんフェアじゃない。

「そうなんだけどさ、みんな言うんだよ。柚木先輩のこと——」

どこか壁を作っている感じがするって。

肝心のところに踏み入ることは許されないって雰囲気だって。

雲みたいな人だって。

ある日いきなり失踪しそうなんだよね、あの人。なんて言ってた人もいた。

自分の顎に手をやって、有馬は唸《うな》るようにそう言った。

「なーんか引っかかるんだよな、みんなが柚木先輩を褒める言葉のお尻に、そういう風に言うの」

「完全無欠人間のミステリアスな部分に惹《ひ》かれるなんて、よくある話じゃないの」

完全無欠。自分で言っておいて、その言葉が無性に胸に刺さる。理由は、深く考えなくてもわかる。要は羨ましいのだ。

大賞の若菜さんの作品から、金賞、銀賞、銅賞……と順々に作品を見ていった。ガラス張りの円形ギャラリーには、油絵、日本画、彫刻、陶芸、映像、庭園や建物の模型と、教授陣に高く評価された作品ばかりが並んでいる。四十インチのモニターに映し出されているのは新進気鋭の映画監督としてマスコミに何度か取り上げられている映像学科の四年生の作品だった。その隣で佳作入選を果たしている筋骨隆々な今にも吠え出しそうな鉄製の虎は、和尚先輩のものだ。

その隣にあった油絵を見て、思わず「うっ」と喉の奥が鳴った。その反応を見た有馬が「ああ、これね」と少し白けた顔をした。

「よくこの絵、先生達も入選させたよな」

その絵は、若菜さんの「はまなす」とよく似ていた。同じ授業の課題だったのか何かの偶然なのか、非常に似通った構図の絵が二枚、ちょうど向かいあうように並んでいる。

八十号のキャンバスには女性の顔。はまなすの代わりにその体を覆い尽くすのは夥《おびただ》しい数の植物の根だ。細い細い木の根が女性の顔に絡みついて表情のほとんどを隠している。おどろおどろしいとか禍々《まがまが》しいとか、おぞましいとか、不気味さを表現するあらゆる言葉がぴったりとはまる。今にも細い根がうごめきだして、キャンバスから這い出して、耳や鼻や口から体内に侵入してくる気がする。気持ちの悪い絵。無責任に一言で言い表してしまうと、そういう絵だった。

「不気味だけど、これはこれで凄いってことなんじゃないの」

友親がフォローしても、有馬の表情は変わらない。

「絵がどうこうっていうかさ、この絵を描いた人、この絵を描く直前に自殺未遂してるんだよ」

「自殺？」

「そう。しかも大学のアトリエで」

「なんでさ」

「スランプに陥って、鬱っぽい状態になってたらしいぞ。それを苦に、自殺未遂」

背中が途端に冷たくなる。ハナビでは、油絵、日本画、彫刻の学生にはそれぞれアトリエが宛《あて》がわれる。授業課題はもちろんのこと、ありとあらゆる作品作りの拠点となる場所だ。そこで自殺だなんて。何より、アトリエは複数人で共同で使う。同じアトリエの連中からしたら堪ったものではないだろう。

絵の横にある作者の名前を確認する。油絵学科、明石小夜子《あかしさよこ》。絵のタイトルは「無題」。佳作特別賞を受賞している。

「柚木先輩が絵で有名になり出したのって、ちょうど明石先輩が描けなくなった頃だから。明石先輩は高校のときからコンクールでばんばん賞取ってて教授陣も注目してたんだけど、急に描けなくなっちゃって。地位も名誉も周囲からの賞賛も、全部柚木先輩に持って行かれちゃったってわけ」

明石先輩の絵を前にして、有馬は続ける。

「今回だって柚木先輩が大賞で、明石先輩は佳作特別賞だろ？」

「その人、今どうしてるの」

「休学中らしいけど」

しかもさ。もったいぶった言い方で、有馬は続ける。

「明石先輩が自殺未遂したアトリエ、夜な夜な出るらしい」

「出る、って。未遂なんだから生きてるんだろ？　この明石さんって人」

声を抑え、なるべく有馬の方へ顔を寄せて言った。

「生き霊って奴？　ラップ音がするとか、この明石っていう人の未完成の絵が勝手に描き進められてるとか」

その手の話は、散々小・中学生のときに聞いたが、本当だった例しがない。有馬も本気で信じているわけではなく、ゴシップをただ人に広めるのが楽しい、という様子だった。

「これから何か知りたいことがあったら、有馬に聞くことにするよ」

有馬は得意げに「おう」と胸を張った。

「流石は学内最大の規模を誇るマジック研究会。嫌でもいろんな情報が集まってくる。お前も入る？」

「いや、いいや」

日々課題、課題、バイト、バイトと追い回されているのに、よくサークルなんてやる余裕があるものだ。

ひとしきり展示を見終えてギャラリーを出ると、途端に熱気の塊に二人は飲み込まれた。今日、恐らく梅雨明け宣言が出されるだろう。

大学に入学して初めての、夏休みがやってくる。

＊　＊　＊

新宿から小田急ロマンスカーに揺られて、一時間強。こうやって地元に帰ってきてみると、思っていたより東京から近くて驚く。いくら都内の大学に進学するからって、決して通えない距離ではない。「お母さん、一人暮らしは寂しいな」なんて言われて引き留められてもおかしくなかったのに。

小田原駅の改札を出て、そんなことを考えている自分に「アホか」と思った。母にはすでに旦那がいる。自分が家を出るときはまだ恋人だったけれど、ほとんど夫婦のようだったじゃないか。一人息子が家を出ていったって、寂しくともなんともなかったはずだ。そうでないと、困るのだ。

小田原駅から海を背にして十五分以上歩いて、やっとのことで目的地に辿り着いた。バスでもよかったけれど、乗車賃二百十円をケチった。たかだか数分早く実家に着けることに、あまりメリットも見出せなかったのだ。

二階建てに車一台分のガレージ付き。これといって面白い特徴もない、普通の二階建ての一軒家。もともと斎木家の持ち家なので、特に新しいわけでも、大きな屋敷なわけでもない。

そこが、友親の新しい実家だった。新しい実家。なんだか妙ちきりんな表現だ。

駅側のマンションに高校卒業までずっと住んでいたけれど、母は再婚と同時にそこを引き払った。今はこの家で、寺脇芽依子ではなく、斎木芽依子として生活している。

「斎木」という表札をしばらく見つめ、よくよく考えたら自分だってもう寺脇友親ではないんだよなと、改めて思う。正式な手続きはまだ踏んでいないけれど、近々友親も斎木姓になるだろう。大学を卒業したときとか、何か区切りのいいときに。

何度も来たことがあるとはいえ、新しい実家にずかずかと入って行く気にはなれず、インターホンを押した。今日帰ることは伝えてあったから、すぐにインターホンのスピーカー越しに母の声が聞こえた。

「俺だけど」

そう言うと、「ああ、おかえりなさい」という言葉と共に、玄関の向こうから足音が聞こえてきた。

「暑かったでしょう？　アイスあるよ、アイス」

ドアを開けたと思ったら、友親を摘《つま》み上げるようにして家に上げる。家の中は廊下までしっかりクーラーが効いて涼しかった。リビングはもっと涼しく快適で、そもそもエアコンのついていない旭寮とは大きな差だった。

「あんた、荷物はそれだけなの？」

リュック一つに右手から紙袋を提げただけの友親を見て、母は目を丸くした。

「大荷物で帰っても疲れるしさ、いいんだよ、こんなもんで」

自分の荷物はすべてリュックにまとめた。紙袋は、新宿駅で買った土産しか入っていない。

「客間を掃除しておいたから、帰ってる間はそこ使って」

友親より頭一つ分小さい母は、そう言いながら忙しなく台所とリビングを行き来し、冷たい麦茶とカップアイスを運んできた。フルーツ果汁たっぷり、と書かれたジェラートは、ちゃっかり自分の分も用意している。

「何で帰って来たの。ロマンスカー？」

「混んでたけど、一人だったからちゃんと席も取れたよ」

お盆を前にして、箱根や小田原に行楽に向かう人でロマンスカーは混雑していた。新宿駅も異常なまでに混んでいて、賑やかだけれど圧迫感のない旭寮が早速懐かしく感じられてしまったくらいだ。

友親が渡したお土産の袋を覗き、母は「えー、なにこれ」と笑った。中身は缶詰に入ったスープの詰め合わせだ。

「こんな重いもの買ってきたの？」

「だって、美味いって店員さんに勧められたから」

コーンスープ、トマトスープ、カボチャのスープの缶詰がそれぞれ二つずつセットになっていて、確かに重かった。けれど、下手に洋菓子を買うよりはいいかと思った。母は甘い物が好きだけれど、舜一さんはまったく食べないから。

麦茶を一気に半分ほど飲み、カップアイスの蓋を開ける。オレンジの果肉が混ざったジェラートだった。スプーンで掬って口へ持っていくと、その冷たさに上顎が痛くなる。スプーンまで冷たい。炎天下を歩いてきた体は、あっという間に溶かして飲み込んでしまう。

「どう？　新しい家」

友親がそう聞くと、苺のジェラートをスプーンで掬い口に運んだ母は、年の割には子供っぽい目を細くして笑った。

「新しいっていっても、何度も来てたからねえ。慣れたものよ」

このリビングで、何度三人で夕飯を食べただろう。学校帰りに「今日は舜一さんの家に帰ってきて」なんてメールが母から届いて、駅からバスでこの家まで来る。玄関の戸を開けると、母が台所に立っている。こんこんこんと包丁の音がして、何かを炒める音がして、何かを煮込むいい匂いがする。舜一さんが帰ってきて、三人で食卓を囲む。

かつては、そこに涼の姿もあった。どこか不機嫌そうに箸を動かし、食べ終えるとさっさと風呂に入って自室に籠もってしまう。母がリンゴを剝《む》いたりお茶を淹れたりして、友親が涼を呼びに二階に上がっていっても、応答はない。ノックの音も無視される。「宿題があるから、いらないって」などと適当な嘘をついて、友親は階段を下りていく。

そういうときは大体、母とも舜一さんとも目が合わせられない。

「今日、舜一さんは？」

「会社のバーベキューなんだって」

帰りは九時くらいかな、と母は壁に掛かった時計を見上げる。不意に見上げる時計も、エアコンのリモコンの置き場所も、すっかり母に馴染んで見える。

そして時計から友親に視線を戻した母は、閃《ひらめ》いた！　という顔で友親の名前を呼んだ。

「舜一さん、今日はお酒飲むからって電車で会社に行ったから、あんた九時頃駅まで迎えにいってあげてよ」

お父さん、喜ぶと思うから。笑いながらアイスを掬っては食べる母に、上手いこと断る言葉が浮かばなかった。

「ペーパーだから、無事帰ってこられるかわかんないけどね」

そう言うのが精一杯だった。


九時過ぎに、覚えのある人物が小田原駅に併設された三省堂書店から出てきた。予定より早い電車で帰ってきたようだ。友親の乗るカローラを見つけて、早歩きで近づいてきた。運転席に座る友親の顔を確認して、助手席に乗り込んでくる。

「悪いな」

チノパンにポロシャツというラフな格好の舜一さんは、三省堂の紙袋を膝に置きシートベルトをつける。バーベキュー帰りなだけあって、微かに服から煙の匂いがした。

「何時頃帰ってきたんだ」

「四時頃かな」

前後左右を確認して、ゆっくりカローラを発進させる。西口ロータリーを大きく回って、駅前通りに出た。

「いつまで泊まっていくんだ」

「お盆明けには帰るよ」

「なんだ、もうちょっとゆっくりしてればいいのに」

「バイトもあるし。あと、課題もいろいろあってさ」

田舎に長期間にわたって帰省する学生は画材も一式持って帰るなり、宅配便で送るなりするらしい。帰省といっても小田原じゃあそこまでする気になれなくて、友親は画材は何も持たずに帰って来てしまった。あまり実家でだらだらしているわけにもいかない。夏休み明けの課題提出に向けて、それなりのサイズの絵を仕上げなければならないのだから。

「大学はどうだ」

「楽しくやってるよ。課題はたくさん出るから、大変だけど」

「アパートの人とは、仲良くやってるのか」

「みんな同じ大学の人達だからね。いろいろ親切にしてもらってる」

「トイレと台所共同、風呂無し、木造アパートって聞いたときは大丈夫かって思ったけどな。楽しくやってるならよかった」

車通りの多い道路をはずれ、友親の運転にも少し余裕が生まれた。舜一さんの言葉に「まあね」と笑うくらいには。

「東京では運転してるのか」

友親の危なっかしい運転を眺めながら舜一さんが言う。

「全然。新入生合宿のとき、軽トラを運転したくらいだよ」

「何だそれ、面白いことするんだな」

新入生合宿でれんこんの植え付けをしたことや、ラーメン屋でバイトをしていること。授業のことや友人のこと、旭寮のこと。舜一さんにまだ話していないことを、片っ端から話した。牧場で牛の出産を経験した有馬が「もう牛肉が食えない」と言っていた割に、前期試験が終わった日の打ち上げで、ばくばく焼き肉を食っていたことも。舜一さんは以前と変わらず、友親の話をうんうんと頷きながら聞き、ときどき弾けるように笑った。

そして、あと角を一つ曲がれば家だ、というところで、舜一さんが「そういえば……」とこぼした。

「東京で、涼とは会ってるか？」

自分の娘の名前を。

胸の辺りから冷たい痛みが広がって、体中がかちこちに凍っていくようだった。ハンドルを、それまで以上に強く握り締めた。それさえも舜一さんに見破られてしまったのではないかと、おののきながら。

「この間、一回だけ会ったけど」

新入生歓迎行事という名のケイドロの話は、ややこしくなりそうだからしないでおいた。

「俺が沼袋で、ねえさんは下井草に住んでて、そんなに離れてないから」

「そうか」

頷いたきり、舜一さんはしばらく黙っていた。自宅のガレージに友親が悪戦苦闘しながら何とか駐車し、カローラから降りようとしたとき、喉に力を込めた声で言ってきた。なんてことないことだ、と前置きするような言い方だった。

「涼はな、反抗期が遅れて来ちゃったのかな」

最近、電話もメールも無視されてるんだよなぁ。三省堂の紙袋を膝にのせたまま舜一さんは肩を落とす。

「この間は元気そうだったよ。仕事が忙しくて、それどころじゃないんじゃない?」

「忙しそうなのか、仕事」

「土曜出勤だって、ぶーぶー言ってた」

「本当に、それだけならいいんだけどな」

さっさとドアを開けてしまえばよかったと、友親は後悔した。涼の話なんて切り上げて、家に入ってしまえばよかった。

「涼は、やっぱり再婚に反対だったんじゃないかって思うんだ」

「でも、そんなこと一言も言ってなかったじゃないか」

「『嫌だ』とは言わなかったけど、賛成もしなかったよ」

それを無言の賛成と取るのか、反対と取るのか迷って、俺は自分の判断で君のお母さんにプロポーズしたんだけどね。腕を組んでガレージの奥の暗闇を見つめた舜一さんを、友親は見ないようにしていた。

「なあ、友親はどう思う？」

「どう、って？」

「俺じゃわからなくても、友親ならわかることもあるんじゃないかと思ってさ」

「ねえさんももう大人なんだから、嫌なら嫌って言うでしょ」

「大人だからこそ、言えないことの方が多いんじゃないのか？」

少なくとも俺は、最近そう思うようになったよ。乾いた笑いをこぼしながら、舜一さんはドアを開けた。自動的に車内灯が点《つ》く。明るくなった車内から逃げるように、友親もカローラを降りた。

がさがさと紙袋を鳴らしながら、舜一さんは玄関へ続く緩い階段を上っていく。人感センサーが作動して、玄関前のポーチをライトが照らした。

「涼もそうだし、友親もそうだけど、何年も俺とお母さんの家族ごっこに付き合わせて悪かったと思ってるよ」

確かに、二人が知り合い、恋仲になり、結婚するまでは長かった。何年も何年も、内縁の夫婦の状態が続いた。けれどそれは、互いに子供のいる男女が結婚するために必要な時間だったのだと、友親は思っている。

なのに、どうしてそんな話をするんだ。

「友親もいろいろと気を使うのが嫌になったから、一人暮らしをすることにしたんだろ？」

鼻先に、刃物を突きつけられたようだった。

「そんなことないよ」

「でも、都内ならぎりぎり通える距離だったじゃないか。君は、ちょっと無理してでもお母さんの側にいるものだと思ってたよ」

そうだ。自分だって、そのつもりだった。一年前の夏、あの嵐の夜までは。

「いつか言ってたよな。自分はずっとお母さんの側にいて、幸せにしてやるんだって」

自分が放った言葉が、長い時間をかけて鋭利な刃物になって、ブーメランのように戻ってきた。友親の体を、ぐさりと貫いた。

いつだっただろう。舜一さんと二人で話をしたときだ。夕飯をどこかで食べる約束をしていた日。母が仕事の都合で遅くなってしまい、友親と舜一さんは一足先にテーブルに通された。舜一さんはビールを、友親は烏龍茶を飲みながら、話をした。

そうだ、あれは高校二年のときだ。学校で進路指導の授業があったという話をしたら、舜一さんに「友親は将来どうしたいんだ」と聞かれたんだった。

どういう仕事に就きたいとか、そういうことはまだわからないけど、とりあえず母さんに孝行してあげないとな。

そんなことを言った気がする。本心だった。それが、自分のすべきことだと信じていた。けれどよくよく考えてみると、本当の意味でそれを担えるのは、自分ではなく目の前にいる舜一さんに他ならなかったのだ。そのために母は新しい人を見つけたのだ。子育てを終えた自分と、残りの人生を一緒に歩んでくれる人を。

「君に『幸せにしてあげなきゃ』って思われないように、俺もまだまだ頑張らないと」

そよ風みたいな声で舜一さんは言う。その声に含まれた自嘲《じちょう》に、友親は慌てて首を左右に振った。

「そんなこと……」

「早く、お母さんを預けてもらえるようにならないとな」

誰へ宛てたものなのかわからない舜一さんの笑い声。玄関の扉を開ける。廊下の電気がぱっと点き、母の声がした。「おかえりなさい、友親の運転どうだった？」そんな楽しそうな声が。

「もの凄いのろのろ運転で、逆に心配になったよ」

舜一さんの声は、先程までの真剣で澄んだものとは違った。楽しげで、弾んでいて、いろんな幸せが言葉一つ一つに滲んでいるような声に聞こえた。

そうなんだよな。

自分自身に、友親は言い聞かせた。母は、友親がまだ幼い頃に離婚して一人で友親を高校卒業まで育て上げた母は、今、斎木舜一という男性と結婚したのだと。

新しい幸せを噛み締める母の隣で、自分も笑っていられたらよかった。舜一さんにはできない、息子なりの幸せを、母に贈ることができるだろうに。

あんたなんて大嫌い。

幾度となく吐き捨てられた、涼からの言葉がカサカサと友親の心を引っ搔く。

彼女がいなかったら、とは思わない。

けれど、自分と彼女の間に横たわる大きな大きな過ちさえなければ、この帰省は恐らくもっと長いものになっていたし、そもそも、自分は通学時間が二時間だろうと三時間だろうと、この家から大学へ通っていたのではないかと思う。

息を吸って、吐いて。真夏の夜には眩しすぎる、そして温かすぎるオレンジ色の光の中に、友親は意を決して足を踏み入れた。

◆

もう嫌だ。ハルがそう言って、シャーペンを置いた。図書室なので声は抑えていたけれど、それでも遠くまで聞こえる声だった。数学の参考書とノートをどけて、机に突っ伏す。

図書室でテスト勉強しよう。そう誘ってきたのはハルだった。二人で数学の参考書を広げて一時間半。こうしてハルが勉強を中断するのは五回目だ。それは別にいい。集中力の持続時間なんて人それぞれ。自分がどうこう言うことじゃない。

なのに、机に突っ伏したハルは、腕の間からチラチラこちらに視線を送ってくる。私は今勉強をしたくない。お前も手を止めて私の相手をしてくれ、とばかりに。

もうちょっと頑張れよ。そう声をかけたのは最初の一回だけだった。

もともと勉強する気分でなかったのなら、誘わなければよかったのに。確かにもうすぐ模試があるから勉強したいのは山々だけれど、これじゃあ何も頭に入らない。基礎問題でさえ、全然進まない。

「ねえ若菜、ここ教えて」

ハルが参考書を差し出してくる。シャーペンの先で指し示された問題は、随分前に解いたものだった。そんなに難しい問題じゃない。

ちゃんと教えられる。教えられるけれど。

「それくらい自分でやれよ。上の例題のまんまじゃん」

自分でも怖いくらい素っ気なくそう言って、ノートに視線を戻した。

「それがさっぱりわからないから聞いてるのに」

そう言われれば、仕方なく教えてやるかという気分になる。わかったよ、ほら、問題見せて。そう言おうとした。

「いーですよーだ。ふん」

そう言って、ハルはまた顔を伏せてしまった。けれど、顔は腕の隙間からしっかり若菜が見える位置をキープしている。

駄目だ。溜め息をつきたいのを我慢して、若菜は席を立った。息抜きにちょっと歩いてくる。小さくそう言って、書架の方へ向かう。ハルはついてこなくて、安心した。

人のいない棚を探して行き着いたのは日本文学のコーナーだった。図書室の一番端っこ、日の当たらない場所。壁に寄りかかり、整然と並ぶ本のタイトルを一つ一つ眺めると、不思議と心が落ち着いていく。

ちょっと息抜きに。そう言い張るには長すぎる時間を、若菜はそこで過ごしていた。十五分、二十分、三十分。

いい加減戻らないとまたハルがうるさい。参ったな。

なんて、思ったとき。

「あ、生徒会長」

本の向こうから、そんな声が飛んできた。本と棚の隙間から二つの目が覗く。黒く澄んだ、綺麗な瞳が。

目の前で、炭酸の泡が弾けた気がした。

「どうも、大体一週間ぶりです」

龍ヶ崎さんはそう言って背伸びをしながら若菜と視線を合わせる。

「そうだね。概ね一週間ぶり」

「彼女と図書室でテスト勉強ですか」

「見られてた？」

「恋人同士で図書室で勉強なんてしてたら、結構目立ちますから。嫌でも見ちゃいますよ」

可愛い彼女さんですね。背伸びをしたまま、龍ヶ崎さんは笑う。

「龍ヶ崎さんは？　勉強？　それとも読書？」

「今日は本を読みたい気分なのです」

姿勢を戻し、彼女は本選びに戻ったようだ。横歩きで、少しずつ移動する。それに合わせるように、若菜も位置を変えた。

「ずっとここにいたみたいですけど、彼女さんのところに戻らなくていいんですか」

「戻りたくないからここにいるんだよ」

言ってから、周りに人がいないか確認した。やばいやばい、口が滑った。龍ヶ崎さんの方を見ると、棚の隙間から見えるのは彼女のおでこだけだった。笑っているのか、呆れているのか、その表情を見ることはできない。

「大変ですね。彼女がいるっていうのも」

「別に、ハルが悪いわけじゃない」

龍ヶ崎さんがまた右に一歩動く。若菜も合わせて一歩左にずれた。あと数歩で、棚の端に到達する。そうなったら彼女はどうするのだろう。

「龍ヶ崎さんこそ、あれから大丈夫なの?」

「生徒会長をプールに突き落とした一年生として有名になりましたから。やばい奴ということであまりちょっかいを出されなくなりました」

「そりゃあ、よかった」

先週、彼女にプールに突き落とされてからが大変だった。運悪くその現場を通りがかった野球部の顧問に目撃されて、二人揃って生徒指導室に文字通りしょっ引かれた。本当のことを言おうとする若菜と、それを全力で阻止する龍ヶ崎さんとで話はまとまらず、口調の強さで龍ヶ崎さんが勝った。プールで遊んでいた一年生を生徒会長が注意したら、腹いせに突き落とされたというストーリーが今では学校中に広まっている。

本と本が擦れ合う音がした。龍ヶ崎さんが本を棚から抜き取ったようだ。ページを捲る音。本を閉じる音。本を戻す音。

そして、

「大丈夫ですか、生徒会長」

おもむろに龍ヶ崎さんが聞いてきた。それまでとは違う、少し低くて、真剣な声で。

「何が」

「この間より、ずっと酷い顔をしています」

喉が、きゅっと締め付けられるようだった。

「また、嘘つきかなぁ、俺」

「違います」

残りの数歩を一気に超えて、龍ヶ崎さんは若菜の隣にやってきた。若菜を見上げて、肩をすくめる。やっぱり、という顔で。

「今の生徒会長の顔、人間臭くて私は好きですよ」

「褒められてんのか貶《けな》されてんのか、全然わかんないんだけど」

「生徒会長もいろいろ大変なんですね」

若菜と同じように壁に寄りかかって、彼女は小さく溜め息をつく。

「彼女さんと上手くいってない。受験勉強が大変。友人と仲違いをしている……あとは、何でしょうか」

「家族、かなぁ……」

その単語を口に出せたことに、若菜自身が一番驚いていた。家族。そうだよな。家族だよ。自分の心を真っ黒に侵食しているもの。その大部分を占めるのは、間違いなく家族だった。

「こういうことは、お友達や彼女さんに相談するのが一番なんじゃないですか？」

「できないんだよ、それが」

どうしてできないのだろう。出会ったばかりの下級生にはできるくせに、どうして、ハルやクラスメイトや、美術部の連中には、話せないのだろう。

「人の上に立つ人っていうのは孤独なものだって、昔っからの決まりなんですかね」

「人の上に立ってるなんて、思ってないけどさ」

「生徒会長はそう思ってても、周りはそうは思ってないんですよ。みんな、生徒会長に『こうあってほしい』っていう理想を押しつけてるんです」

そしてあなたは、みんなから渡されたお面を素直につけてしまっている。本棚に目をやりながら、龍ヶ崎さんは歌うように、おとぎ話を読んで聞かせるような口調で言う。

「でも、だんだん息が苦しくなっちゃったんじゃないですか」

「そう思う？」

「だから、プールで泣いたんでしょ？　生徒会長」

下から顔を覗き込まれる。どきりとした。そして、真一文字に結んでいた唇が緩むのがわかった。

「君、尾崎豊が好きなの」

「なんでですか？」

「俺をプールに突き落とした後、悠々と歌ってたじゃない」

思い出したようで、龍ヶ崎さんは「ああ」と上目遣いで言って、「好きですよ」と笑う。そして、赤い舌をちろりと見せた。

「生徒会長をプールに突き落とすのって、結構爽快感がありました。盗んだバイクで走り出すって、こういう気分なのかなって」

私の場合は、十六の昼でしたけどね。そう言って肩を揺らす龍ヶ崎さんに、どうしてだか笑いが込み上げてくる。ずっとずっと、漬け物石のように自分を押しつぶしていたものが、ふっとなくなった気がした。

「なあ、俺、美術部なんだけどさ」

「知ってますよ、生徒会長」

「もうすぐコンクールの締め切りがあるのに、全然描けてないんだ」

「スケジュール管理がなってないですね」

そうだ。龍ヶ崎さんにプールに突き落とされた日、真っ白だったキャンバスは未だに真っ白なままだ。

「あのプールの絵を描いてもいいかな」

えー、と龍ヶ崎さんが若菜を見上げる。そう言う割に、嫌そうな顔はしていなかった。

「まさか、私を描くんですか。同級生にプールに突き落とされた可哀想な後輩を」

「違うよ」

「じゃあ、後輩に突き落とされた哀れな自分を？」

それも違う。

「どこまで描くかは決めてないっていうか、思いついてないんだけど、あの日のプールが描きたいなって思ったんだよ」

尾崎豊の『15の夜』が響くプールサイド。

空に向かって気泡が上がっていく、ソーダ水のような水中。

何かが砕けて、何かが外れて、何かを見つけたあの日の水の匂い。冷たさ。

それらは今でも鮮明に思い出すことができる。資料写真もクロッキーもいらない。色も音も温度も、すべて若菜の体の至るところに記憶されている。

そしてそれをキャンバスに叩きつけ、色をのせる。そのイメージはとうにできていた。

「生徒会長の絵に私がごちゃごちゃ言う権利はないと思うので、お好きなようにどうぞ」

私の顔がちょっとでも出るなら、事前に承諾書を持って来てくださいね。胸の前で腕組みをする彼女を、若菜は笑った。図書室であることは承知の上で、それでも笑った。

「生徒会長、ちゃんと笑うと子供っぽい顔になるんですね」

声を殺して、ほんのちょっと肩を寄せて、互いの顔を見やって笑った。どうしてか彼女には、言うまいと思うことまで言ってしまう。

いつもいつも、言いたいことなど言葉にできないのに。

「尾崎に興味があるようでしたら、今度ＣＤを貸してあげましょうか？」

うーん、でも、生徒会長が尾崎豊って、ちょっとイメージと違うかな。そう続ける龍ヶ崎さんと、しばらく他愛もない話をした。

次に顔を上げたとき、すぐそこにハルがいた。

「あの子、誰」

ハルがそう聞いてきたのは、駐輪場だった。若菜が席に戻るとすぐ、「帰ろうか」とだけ彼女は言った。参考書とノートを鞄に突っ込んで、図書室を出て、校舎を出て、原付きを停めている駐輪場へ。そこでやっと、ハルは聞いて来た。お陰で、言うべき言葉はすべて準備できていた。

「龍ヶ崎由樹」

「名前を聞いてるんじゃない」

「なら、誰なんて聞くなよ」

棘《とげ》のある言い方になった。

「名前じゃなくて、あの子と若菜の関係を聞いてるの」

「なら、最初からそう聞けばよかったのに」

「話を逸らさないでよ。腹立つ」

腹立つ。その一言に、何かがぷつんと切れた。さっき、龍ヶ崎さんといてあんなに穏やかな気分だったのに。

「先週、プールに突き落とされた」

「それって、あの子だったわけっ？　なんでそんな子と仲良くしてるの？　私といるとき、あんなにつまんなそうだったのに、あの子といるのは楽しいんだ？」

「ああ、そうみたいだ」

びっくりした。自分の言葉に、するすると本心があふれ出てくることに。

目を見開いて、ハルは息を飲んだ。

「どうしてだろうな」

自分でも、よく分かんないんだよ。そう続けると、ハルがキッとこちらを睨んできた。ああ、怒るのも無理ない。若菜自身、理解していた。

「そんなの、決まってるじゃない」

スクールバッグの持ち手に両手を通し、背負う。原付きに跨《また》がり、何も言わずハルはエンジンをかけた。若菜を見ず、けれど険しい顔のまま。

そんなの決まってるじゃない。その先は言ってはくれないようだ。

徐行しながら離れていくハルの背中を、ぼうっと眺めていた。駐輪場を出て、校門へ向かう。見えなくなる。それでも、ずっと眺めていた。

ばつの悪そうな顔でハルの横を通り抜けていった龍ヶ崎さんを思い出した。同時に、あの日のプールが乱暴に若菜の脳内を駆け回る。ぐるぐる、ぐるぐる。水の音、冷たさ、色が若菜を蹂躙《じゅうりん》する。そして飛び込み台で歌う龍ヶ崎さんの姿に辿り着く。

＊　＊　＊

自分の部屋を出ると、笑い声が居間から階段まで聞こえてきた。階段を一段また一段と下りるごとに、その声は近く大きくなってくる。

一度、大きく深呼吸をしてから若菜は居間に足を踏み入れた。すでに自分の家族が揃っていた。

「おはようございまーす」

明るく朝の挨拶をして、自分がいつも座っている場所に腰を下ろす。そこには、若菜の分の朝食が準備されていた。

「おはよう、若菜君」

母が若菜の分のご飯と味噌汁をよそって運んでくる。「すいません」と両手で受け取って、若菜は箸を持って両手を合わせた。目の前では妹がテレビを見ながら父と何やら話している。朝っぱらから彼女の好きな男性芸能人がニュースに登場したらしく、嬉しそうに父に彼がどれほど格好良くて、どれほど面白いのかを語っていた。

今日の朝食はハムエッグだった。きんぴらゴボウとキュウリの漬け物、納豆もついている。味噌汁の具は大根のみ。

発泡スチロールのカップに入った納豆をかき混ぜながら、どこに視線をやればいいのかわからなくなってしまった。父と妹と一緒にテレビを見て、会話に加わるべきか。台所をひとしきり片付けて、やっと自分の食事の準備に入った母を待って、話しながら食事をしようか。祖父母は同じ敷地内の別棟で生活しているから、食事の席は別。選択はこの二つしかない。

納豆をご飯にかけ、口に運ぼうとした手が、重くて重くて持ち上がらなくなってしまった。

ハムエッグに醬油をかけよう。

味噌汁を飲もう。

テーブルの中央に置かれた麦茶の入ったガラスポットが空になっていた。母の飲む分がない。温かい緑茶を二人分淹れよう。

そう思うのに、手も足もまったく動かない。箸は若菜の手の中で納豆の糸を身にまとい、うんともすんとも言わない。

これまでも、母の作る食べ物が喉を通らないというか、飲み込むのに酷く力が必要なときがときどきあった。

多分、自分はまだ新しい家族を受け入れられていないんだ。新しい環境に慣れていないんだ。そう自分に言い聞かせて、だましだましここまで来たというのに。

「若菜君、どうしたの？　食欲ないの？」

席に座ったきり箸を進めない若菜に気づき、妹がこちらを見る。父も「なんだ、風邪か」とテレビから若菜へと視線を移した。

背後から、「ご飯、おじやにしてあげようか？」と母が歩み寄ってくる。家族全員の視線が自分に注がれ、全員が若菜の身を案じている。

ゆっくりと箸を置き、立ち上がった。

「食欲ないから、今朝はいいや」

ごちそうさま。一口も食べていないのにそう言って、傍らに置いておいたスクールバッグを肩にかける。

「大丈夫？　学校行ける？　送って行こうか？」

立て続けに母にそう聞かれる。何かいい言い訳をしたいと思ったのに、何も思い浮かばなかった。普段なら、ここで脳味噌をフル回転させて何か捻り出すのに、今日は無理だった。

「大丈夫」

父や母や妹がこちらを見ている。振り返らず、若菜は家を出た。庭先に停めていた原付きのエンジンをかけ、逃げるように走り出した。学校へ着いたら、真っ直ぐ美術室へ行こう。美術室で絵を描こう。あの日の絵を。あの日のプールの絵を。ソーダ水のように美しかった、あの景色を。

タイヤが土を踏む湿った音が鳴る。シャリシャリ、シャリシャリ。エンジン音に混じる。まるで自分の心を、何かが蝕《むしば》んでいくように。

それから逃れるように、いつもよりスピードを上げて走った。頭の中で、龍ヶ崎さんの歌う『15の夜』が響いていた。

四 世界が彼女でできていた頃

開け放った窓からはまったく風が入ってこない。バーナビー先輩が譲ってくれた古い扇風機が、辛うじて部屋の中に空気の流れを作ってくれていた。それでも室温は屋外と変わらない。

畳の上に寝転がって、真っ白なキャンバスを見上げた。絵の具が跳ねてもいいよう壁には新聞紙を貼り、畳の上にも新聞紙。絵の具、筆、油壺、ペンチングナイフ、パレット、筆洗い。道具も一式きちんと揃っているのに、キャンバスは腹が立つほど真っ白だ。

夏休み明けに提出しなければならない課題のうちの一枚が、もうすぐ九月になろうというのに一向に進まない。授業は九月の下旬からだからまだ余裕はあるけれど、それでも徐々に焦りが生まれ始めた。

テーマもモチーフの縛りもない。キャンバスのサイズの指定もない。自由に一枚描いてこい、という課題がこんなに厄介だとは思わなかった。

描きたいものを描けるということだけれど、そう言われて初めて自分に描きたいものが特にないことに気づく。キャンバスサイズは気合いを入れて五十号にしてしまったけれど、それさえ後悔し始めた。

　スマートフォンで時間を確認すると、かれこれ一時間以上寝転がって唸っていることに気づいた。これはまずい。そう思い、勢いをつけて立ち上がった。畳に触れていた場所にじっとり汗をかいていた。

　部屋を出て階段を下り、共同のリビングへと向かう。クーラーはないが、友親の部屋のものよりよほどまともな扇風機がある。同じことを考える輩《やから》は多かったようで、リビングのソファには先客が二人、床にも一人いた。

「おう寺脇、お前もリタイアか」

　ソファに寝転がった日本画学科のバーナビー先輩が顔を上げる。天然パーマの髪が汗で少し縮んでいる気がした。

「詰まって抜け出せなくなりました」

「この気温じゃあ、一度嵌《は》まったら無理だ。無理無理無理」

　床に横になるとフローリングは冷たく心地がよかった。首振り扇風機がときどき風を当ててくれる。共用のテレビからは、今日の東京の最高気温は三十八度になると聞こえてきた。三十八度。そう聞いた途端、リビングにいた全員が「ぐえええ」とうめき声を上げた。そしてそのまま、誰も口を利かなくなる。

だから、縁側の方から聞こえてきた足音に、誰も顔を上げなかった。

「今にも溶けてなくなりそうだな」

足音の主は、若菜さんだった。

「トウモロコシ茹でるけど、食べる奴いるか」

トウモロコシ。その言葉に、まったく動かずにいた四人の顔がずん、と上を向いた。若菜さんの手にはダンボール箱がある。「ほれ」と彼は中身を見せてくれた。余分な葉を切り落とした皮付きのトウモロコシが大量に入っている。

「どうしたんですか、それ」

「新入生合宿で仲良くなったＮＰＯの人が送ってくれた」

彼が一番美人な女性に連絡先を渡されていたのを思い出す。間違いない。彼女からの贈り物だ。

「もしかして、あれから会ったりしてるんですか」

「するわけねえじゃん、めんどくせえ」

「めんどくせえ、って、またそんなこと言う……」

「出会ってすぐの男に連絡先渡した挙げ句に鬼のように連絡寄こして、さらには告白してくる女なんて、面倒臭いに決まってるだろ」

「告白されたんですか……」

「まあな」

嫌そうに言うわりに、なんだかんだでつながりは切っていない。

せっかく好意を持ってくれた相手を飼い殺しにしているような、そんな残酷さを友親は若菜さんに感じてしまう。

「で、このトウモロコシは例の廃校の畑で作ったらしい。結構甘く育ったってさ」

そういえば、合宿中に校舎裏の畑を何度か耕した。あそこにトウモロコシを植えたのか。

「というわけで今からトウモロコシを茹でるけど、食べたい奴は縁側の掃除をしておいてくれ」

それまで溶けたアイスのように床に張り付いていた友親だったが、素早く立ち上がって縁側に出た。トウモロコシから切り落とされた余分な葉や髭が地面に落ちている。リビングにいた面々と手分けして掃除をして、若菜さんが台所でトウモロコシを茹でるのを待った。

「お前ら、食い物がかかると途端にてきぱき動くよな」

大きなザルに茹でたトウモロコシをのせて台所を出てきた若菜さんは、テーブルを台布巾《ぶきん》で拭いている四人を見て肩を竦めた。綺麗になったテーブルに、皮付きのトウモロコシを置く。

「穫れたてなのできっと美味しいです、ということだ」

トウモロコシと一緒に送られてきたらしい手紙を若菜さんが読み上げるも、友親以外はろくすっぽ聞いていない。友親は友親で、若菜さんが手にした手紙の文面が気になってしまっていた。

まだ熱いトウモロコシの皮を剝くと、夏の暑さに負けない白い湯気が立ち上る。まぶしい黄色い実は、齧《かじ》ると驚くほど甘かった。トウモロコシって果物だっけ、と錯覚するくらいに。

「課題、詰まったのか」

トウモロコシの皮を剝きながら、若菜さんが聞いてくる。トウモロコシをがりがりと齧りながら友親は頷いた。

「もう一週間くらいうんうん言ってるんじゃないの」

「なんで知ってるんですか」

「夜な夜な唸ってる声がお前の部屋から聞こえるからだよ」

「……左様《さよう》ですか」

いくら旭寮の壁が頼りないからって、部屋の外に聞こえるほど唸っているとは思わなかった。

トウモロコシを齧りながら、若菜さんはしばらく黙って何か考えているようだった。

同じ油絵学科の先輩として、何かアドバイスの一つでもくれるのだろうか。

次に口を開いた若菜さんが放った言葉は、予想外のものだった。

「もし暇なら、気分転換に面白いバイトでもするか？」

＊　＊　＊

画家の家だなんて一体どんなところかと思ったが、予想以上に普通の家だった。小田原にある新しい実家と大差ない、普通の一軒家。西武新宿線の沼袋駅から下り電車で田無駅まで行って、そこからさらにバスで十分。住宅街の中にその絵画教室はあった。

気分転換の面白いアルバイト。それは、絵画教室でのアシスタントだった。

「若菜さん、長いこと働いてるんですか」

「浪人時代に生徒として通ってて、合格してからもずっと手伝ってるから、かれこれ四年半通ってるよ」

長いこと近くの美大に通う院生が講師をしていたらしいのだが、身内で急病人が出て田舎に帰ってしまったのだという。その穴を埋めるために若菜さんがシフトを増やしたはいいが、それでも人手が足りない状態だということだ。

インターホンを押し、「柚木です」と若菜さんが名乗ると、すぐに玄関の戸が開く。

絵画教室を開いているのは、実際に画家としても活動している三宅篤《みやけあつし》という男性だった。残念ながらその名を友親は知らなかったのだけれど、ネットで調べると作品やインタビュー記事、受賞歴がわんさかと出てきた。

「助っ人、連れてきましたよ」

若菜さんに指さされ、すかさず「よろしくお願いします」と頭を下げる。三宅篤は、ネットで見た写真より痩せこけて見えた。髪の毛は黒く、毛の量も決して少ないわけではない。けれど髪の毛が頼りないくらいに細く、風が吹けば飛んでいってしまいそうだ。年齢は五十六歳だったはずだけれど、もう少し老けて見えた。

「暑い中ありがとう、入りなさい」

あまり渋さの感じられない高い声で、三宅篤は二人を招き入れた。

玄関をくぐった途端、油絵の具の匂いが鼻を満たした。どうやら一階はすべて絵画教室として使われているようだ。外見は一軒家だったけれど、各部屋の壁が取り払われ、一つの大きな教室になっている。窓以外の場所には棚が並べられ、石膏像が大量に置かれていた。静物のモチーフとして使う果物や布、ガラス瓶、花も至るところにある。そして大量のイーゼルと椅子が一カ所にまとめて置かれていた。

教室の隅に小さなテーブルと椅子があり、三宅先生は友親と若菜さんをそこへ座らせると、台所からお茶を運んできた。一人暮らしなのか、家族がみんな出払っているのか、一階の奥の台所からも、二階からも、他の人間の気配は感じられない。

「夏に入ってから受講希望者が増えてね。受け入れはできてもちゃんと指導ができなくて」

受け取ったグラスの中身は冷たい緑茶だった。一気に半分ほど飲んで、火照《ほて》った体を潤す。エアコンの効いた室内は、旭寮が地獄か何かに感じられてしまうくらい快適だ。こんな環境なら、もっとさくさくとあの五十号のキャンバスを埋められるのではないだろうか。

「俺、まだ一年なんで、ちゃんと教えられるか自信ないんですが……」

家庭教師のバイトでもしていたら違うのかもしれないが、バイト先は生憎《あいにく》ラーメン屋だ。

「君が描いた絵を柚木君にこの前、写真で見せてもらったよ。あれだけ描ければ、あとは自分が普段描いている通りに教えてもらえれば充分だ」

心配いらないよと、三宅先生は自分のグラスに口をつける。愛用なのだろうか、ガラスの中で鉄紺色が竜巻のように躍る涼しげな模様のグラスだった。

「本当はもっとゆっくりしてもらいたいんだけど、そろそろ気の早い生徒は到着する頃だ」

残った冷たい緑茶を一気に飲み干し、「大丈夫です」と改めて頭を下げる。若菜さんは席を立ち、今日使う予定の石膏像を棚から出して木製の台の上に並べていった。

三宅絵画教室は、中学生向け、高校生向け、社会人向けとそれぞれ曜日をわけて教室を開いている。今日は中学生向けの教室の日で、美術科のある高校への進学を目指す子から、趣味で絵を描く子まで十数人がやって来る。

「まだキャンバス張りが上手にできない子もいるから、寺脇君にはそのへんの子のサポートを頼むよ」

わかりました、と返事をするのと同じタイミングでインターホンが鳴り、生徒がやってきた。私服だったり制服だったり、学校指定のジャージを着たりした中学生が、次から次へとやって来る。「暑い！　死ぬ！」なんて叫びながら元気に教室に駆け込んできた男の子の集団もいた。生徒達は、クーラーの風が一番強く当たる場所で涼んだあと、各々の定位置へとイーゼルや画材を運んでいく。始まりと終わりを厳しく決めていないようで、来た生徒がそれぞれ自分の頃合いで絵を描き始めた。

油絵を初めて描くという中学生の女の子、新田《にった》さんに指導することが、友親に与えられた仕事だった。夏休みに絵画展を見に行って油絵をやろうと決心したという彼女に、まずは道具の使い方から説明する。

その間、教室の中央では生徒が皆デッサンに励んでいる。グループに分かれてそれぞれ石膏像を囲み、鉛筆を動かす。彼らは美術科のある高校を目指す生徒達だ。違う場所では油絵を描くグループもある。こちらは受験どうこうというより、学校で美術部に入っていて、レベルアップのために教室に通っている。三宅先生は受験組を、若菜さんはそれ以外の生徒を一人ひとり見て回り、あれこれと指導していく。

高校時代に友親が通っていた予備校はスパルタなところだった。自分の作風がどうとか、描きたいものがどうとか、そんな御託《ごたく》は大学に受かるまで捨てろと。とにかく美大に入らなきゃスタートラインにつけないんだと。そういう理念のもと、ビシバシ鍛えることで有名な教室で、しょっちゅう講師の怒鳴り声が飛んできた。

それに比べると三宅絵画教室は静かだ。美大受験を目的とした生徒が集まる日でないせいかもしれないけれど、あからさまな緊迫感はない。じゃあ絵画教室らしくわいわいガチャガチャしているかといわれると、そういうわけでもない。みんな黙々と鉛筆や筆を動かし、三宅先生や若菜さんの指導にうんうんと頷く。

「よーく観察するんだ、観察。ものの質感によって、光の当たり方とか、全然違うから」

近くの生徒にアドバイスする若菜さんの声が聞こえてくる。

別に写真じゃないんだから、写実的に描く必要はないよ。でも、モチーフはよーく見ないと駄目だ。明るいところと暗いところをしっかり見て。ナイフを使うのもいいけど、無理して使うことないから。絵の具が乾く前に次の色をのせるのも面白いよ。大丈夫、失敗したって乾いたら修正できるんだから。

それもこれも、聞き覚えのあることばかりだ。予備校時代に散々言われた言葉。けれど大学生になるとあまり聞かなくなった言葉でもある。結局、絵を描くスタートはそこなのかもしれない。見て、見て、観察して。色、形、明るさ、暗さ。穴が空くほど、見て。そして描け。

若菜さんの声を聞きながら、友親はモチーフの並ぶ棚の前に立った。せっかくだから、新田さんのモチーフには果物を選んだ。植物の方が描いていて楽しいかと思ったけれど、数週間かけて描くならすぐ枯れてしまう花より果物の方がいいだろう。リンゴをバスケットに入れ、テーブルクロスを敷いた台の上に置く。テーブルクロスは折り目をつけて動きを作った。それを見た初心者の新田さんは「おおー」と感嘆の声を漏らした。「まだ何も描いてないじゃん」と笑うと、えへへ、と笑い返してくる。

「まずは鉛筆で下描きするけど、絵の具を塗ったら見えなくなっちゃうから、あんまり気にせず好きに描いてみなよ」

あとは若菜さんの受け売りだ。よく見て、観察して。でも、見たまますべてを描かないといけないわけじゃないから。

新田さんの初めての絵画教室は、下描きを終えて下塗りに入るところまでいって、終わった。

＊＊＊

窓を打ちつける風が強くなってきた。アシスタントのバイトを始めて二週間。関東地方には、台風が迫っていた。雨はまだ降らないけれど、雨雲が近づいてきているのがわかる。窓の外はまっ暗になっていた。

「今日は早く上がりにした方がいいかもしれないですね」

窓辺に立った若菜さんが、教室の中央をうろうろする三宅先生に声をかける。外の様子を流し見た彼は、「そうだねぇ」と呟き、電車やバスで来ている生徒を中心に、切りがいいところで終わろうと言って回った。

「新田さんも区切りのいいところで終わろうか」

黙々と筆を動かしていた新田さんは、手を休めることなく「はい」と返事をした。前回から本格的に描き込みを始めたのだが、「よく観察して」という友親の言葉を忠実に守り、彼女はモチーフのリンゴをこれでもかと見つめながらキャンバスに色をのせる。

「この間はぺたっとした絵だったけど、今日で随分立体的になったじゃん」

新田さんの絵を後ろから覗き込んだ若菜さんが言う。デッサンという意味ではまだまだ甘い。下手くその部類に入る。光の加減はおかしいし、バスケットの形も狂っている。

折り目が入ったテーブルクロスは、鉄板のような質感だ。それは新田さん本人もわかっているようで、どこか納得のいっていない表情だった。

「これを描き上げたら次からはみんなと交ざって描くといいよ。上手い人の絵をしっかり見て、いいところを盗むといい」

はい、じゃあ早く帰ろうね。新田さんの肩を叩いて、若菜さんは一向に作業をやめない生徒達に声をかけ出した。

最後の生徒が教室を出てしばらくすると、風が一層強くなってきた。傘は持ってきているけれどあまり役に立たなそうだ。

「どうする？　収まるまでしばらくゆっくりしていくかい」

温かいほうじ茶を淹れてくれた三宅先生から湯飲みを受け取った若菜さんは、スマホで雨雲レーダーでも確認したのか、首を横に振った。

「これ、降ってきたらしばらくやみそうにないですよ。酷くなる前にさっさと帰ります」

若菜さんの言葉に頷き、友親は出されたほうじ茶を飲み干した。

「じゃあ、雨合羽《あまガッパ》を貸そうか。上にいくつかあったはずだ」

そう言って三宅先生は二階へと階段を上がっていった。テレビもない一階は、風の音しか響かなくなる。

「三宅先生って、ご家族はいないんですか」

風の音と共にふっと飛んできた疑問を、友親は言葉にした。

この家に三宅先生、講師、生徒以外の人間がいたのを見たことがない。家自体はそこそこ大きく、家族で住むには充分なスペースがあるのに。

「ここは仕事場で、自宅は別にあるとか？」

ほうじ茶の入った湯飲みにゆっくりと口をつけながら、若菜さんは首を横に振る。

「独身なんですか」

「いや、バツイチ」

嫁さんと娘が、出て行っちゃったんだよ。低い声で若菜さんが言うと同時に、二階から足音が響いてきた。雨合羽を二つ抱えて、三宅先生が下りてくる。礼を言って雨合羽を受け取るも、友親の思考はまったく別の方向を向いていた。風の音しか聞こえない静かな空間。この場所がかつて、先生の妻と子供が暮らす場所だったことに。

自分がアシスタントをしているこの場所は、一体どんな部屋だったのだろう。リビングだろうか、寝室だろうか、子供部屋だろうか。ここで何があって、三宅先生は何を思って部屋を潰して絵画教室にしたのだろう。

自分には何一つ関係ないことなのに、考えずにはいられなかった。これが壊れた家族のなれの果てだと。家族の場所でなくなってしまった場所に違うものを詰め込んで、埋めて、形を変える。

どうか、自分の家族はそうならないでほしい。こんな寂しい場所に、どうかならないでほしい。

「そろそろ雨が降ってきそうだ。気をつけて」

先生に玄関まで見送られ、雨合羽を着込んで外へ出た。室内で聞くより風の音はずっと大きく、風圧も強かった。ぽつ、ぽつと、冷たい雫も風と一緒に飛んできた。

「寺脇君」

お疲れさまでした、と言おうとしたのを遮って、先生は友親を呼び止めた。

「こんなときになんだけど、後期の授業が始まってからもうちを手伝ってはくれないか」

「俺でいいんですか？」

先生の声は風の音で掻き消されそうだった。

「部活の先輩みたいで、生徒達も話しやすくていいだろうから」

よかったら、考えておいて。胸の前で手を振って、先生は扉を閉めた。「よかったな」と、若菜さんが友親の雨合羽のフードを被せてきた。

「いいんすかね。俺、まだ一年ですけど」

「中高生からしたら、雲の上の人だよ」

さあ、バス停まで走るか。そう言って若菜さんは門を開け、駆けだした。雨合羽を着ているとはいえ、この風に加えて雨が降り出したら、あまり意味がないだろう。

「電車、止まりませんかね」

「西武線を信じよう」

バス停まで走っていき、ちょうどやって来たバスに乗り込む頃には雨は本降りになっていた。満員のバスに揺られてなんとか田無駅まで行くと、西武新宿線は幸いにも遅延無しで運行していた。鷺ノ宮で急行から各駅停車への乗り換え待ちをしているとき、若菜さんのスマホが鳴った。

バーナビー先輩からの「旭寮が雨漏りしている」という連絡だった。

「……タイミング悪いな」

電話を切った若菜さんは、がっくりと肩を落とした。ハナビの学生ばかりが集まる旭寮。九月のこの時期、各部屋には夏休み明けに提出する課題が山になっている。

「梅雨のときも、先月の台風も大丈夫だったんですけどね」

「本当にな」

沼袋駅につくと、駅前が水浸しになっていた。歩くたび、くるぶしまで水が来る。

「こりゃあ旭寮の前の道路、冠水してるかもな」

若菜さんの言葉の通りだった。旭寮の前の道はすっかり水を被っていた。幸い旭寮に浸水はしていないようだったけれど、その代わりに雨漏りだ。

共同リビングには日本画学科のバーナビー先輩がすでに自分の作品を避難させていた。帰ってきた友親達を見て、「二階組は早く自分の部屋を見てこい」と階段を指さす。雨合羽も脱がず、友親は自分の部屋に駆け込んだ。

六畳一間の友親の部屋には、一カ所だけ畳に染みができていた。ぽたり、ぽたり。速いペースで天井から雫が垂れる。とりあえず目についた筆を洗うための容器で雨漏りを受け止める。それ以外に濡れている箇所がないか確認して、念のため夏休みの課題をすべて一カ所に固めて上からゴミ袋を被せた。

廊下に出ると、二階に住む学生が部屋の戸を開け放ってばたばたと忙しなく動き回っていた。

隣の若菜さんの部屋は大丈夫だろうか。半開きになった戸から中を覗くと、なぜか目の前に暗幕が張られていた。室内はまったく見ることができない。

暗幕を捲り、若菜さんがキャンバスを抱えて出てくる。「大丈夫だったか？」との言葉に、「一カ所だけでした」と人差し指を立てた。

「こっちは三カ所も雨漏りしてる」

「荷物出すの手伝いましょうか」

大丈夫、と若菜さんは八十号はありそうなキャンバスを廊下の壁に立てかける。下塗りだけが済んだ描きかけのものだ。

「台所から雨漏り受けられるもの持って来て」

そう言って再び暗幕の向こうへ消えていく。言われた通り台所から適当なサイズの丼と鍋を持って二階へ戻ると、廊下に出された若菜さんの絵のうちの一枚が倒れていた。手が濡れていないか確認して慎重に元に戻すと、絵を被《おお》っていた布がはらりと落ちた。

アサザの絵だった。

六十号の大きなキャンバスを埋め尽くすように、黄色い花をつけ水面を漂うアサザの花が描かれている。以前見た、ありったけの色彩でこちらを攻撃してくる「はまなす」とは違い、少ない色数で仕上げたしっとりと落ち着いた雰囲気の作品だった。鮮やかな黄色の花は見事なのに、どこか物寂しさを感じてしまう。ここからまだ描き込むのだろうか。それも見てみたいけれど、できることならこのまま完成としてしまった方が、絵の雰囲気は保たれる気がする。

キャンバスに布をかけ直し、部屋の中の若菜さんに声をかける。友親から丼と鍋を受け取ってしばらくして、額の汗を拭きながら部屋を出てきた。

「一枚犠牲になった」

「大丈夫なんですか」

「まだ下塗り段階だったから、傷は浅くて済んだかな」

こりゃあ、台風が行っちゃったら屋根の修理だな。天井を見上げて若菜さんが肩を落とす。

部屋から避難させた作品を廊下に置いておいたら、そこでも雨漏りが起きた。そんな悲鳴を聞いて、友親は二階の奥へと走っていった。一階からは、玄関に水が入ってきたという怒鳴り声が響いてきた。

＊　＊　＊

「なあ寺脇、これでいいと思う？」

割れた瓦《かわら》をパテで接着したものを、彫刻学科の白州《しらす》先輩が見せて来る。地べたに胡座をかき、ヘラで悪戦苦闘しながら割れた瓦を修繕している。

「さあ？　瓦の形はしてるんで、いいんじゃないですか？」

油絵学科の俺に聞かないでくださいよ、と友親は自分に宛がわれた木材をのこぎりで切る作業に戻る。

「お前な、彫刻学科がこの手のものをなんでもこなせると思うなよ」

旭寮の命運を俺に委ねないでくれ。ぶつぶつ言いつつ、白州先輩は瓦の修繕に集中し始める。

「てーらーわーき！」

頭上から声がして顔を上げると、二階の屋根の上から若菜さんがこちらを見下ろしていた。

「今切ってる板、切り終わったら持って来て」

友親が切っていた木材を指さし、その指で中庭に立てかけられた梯子を指す。

「了解でーす」

のこぎりの柄を両手で持って、前後に動かす。柄はあまり強く握り込まない。押すときはあまり力まず、引くときに力を入れる。それを繰り返し、曲がらないよう、真っ直ぐに切っていく。

切り終えた板を抱えて梯子を登ると、二階の屋根の上では若菜さんとバーナビー先輩が瓦を剝がした部分を見下ろして何やら話し合っていた。

「若菜さーん。持って来ましたよ」

板を掲げると、若菜さんは瓦の上をひょいひょいと歩いて来て受け取った。命綱一つつけずに屋根の上をうろうろして、二人とも命知らずだ。

「白州は瓦を修理できそうか」

「なんとかなりそうでしたけど」

「じゃあ、瓦の下の穴を塞ぎながら、白州を待つか」

ズボンのベルトに挟んでいた金槌を手に、若菜さんは「さーて、やるか、やるか」と屋根に空いた穴に向かって歩いて行った。

中庭に降りて白州先輩の手伝いでもするか、と梯子を一段、二段と下りたときだった。

「よかったな」

突然、若菜さんがそう言った。「はい？」と間抜けな声を出して顔を上げた友親に、彼は手にしていた板を見せる。その断面を、指ですっとなぞってみせた。滑らかで真っ直ぐな切り口を若菜さんの長く細い指が撫でていく様に、友親は草原を風が吹き抜けるような爽快感を覚えた。

「新入生合宿でやったこと、役に立ったじゃん」

な？　そう笑う若菜さんに、友親は言葉を返すことができなかった。れんこん畑に頭から突っ込んだことを思い出した。和尚先輩に叩き起こされジョギングをしたことも。廃校の壁にペンキをひたすら塗ったことも。木製のベンチやテーブルを延々と作ったことも。

あの六日間のすべてが、鮮明な色を持って蘇った。

◆

どうしたんだと、その週だけで五人くらいに聞かれた。もちろんそれは「ハルとまさか別れたのか？」ということだ。

そんなの、振られた方に聞かないでくれ。これが一時的なものなのか、未来永劫のものなのか、こちらには判断できないのだから。ただ、ハルはもう放課後になっても若菜の元には寄ってこず、こちらからメールをしても返事はない。

このまま別れたのか別れていないのか明確にならないまま、有耶無耶《うやむや》になっちまうんじゃないか。友人である勇二郎《ゆうじろう》の的確な見解に、若菜は頷かざるを得ない。

「何があったか知らんけど、とりあえずさぁ、さっさと謝っちまえよ」

六限の体育は水泳だった。着替えを終えて教室に戻る途中、勇二郎はおもむろにそう話を切り出した。一日中、タイミングをうかがっていたのかもしれない。

「自然消滅するルートに入っちまうと、あとであれこれしても全部手遅れになるって、絶対」

それが問題なんだけどさ、と若菜は濡れた水着の入った手提げ袋を抱え直す。拭き足りなかったのか、前髪から雫が滴《したた》った。

「自分でも怖いくらいなんだけど、このままでいいやって、思ってる」

「マジで」

「うん。マジ」

勇二郎が白い目で見てくる。大丈夫かこいつ、そんな顔をして。

「そもそも、喧嘩の理由は？　のらりくらりしてないで、さっさと教えろよ。ハルちゃんも、誰にも言ってないんだから」

「理由なぁ」

たいした理由でもないんだけど。そう口にしようとして、ふっと上を見上げた。目の前に建つ校舎は四階建て。美術室や音楽室といった教室が入る特別棟だ。

その窓の一つに、人影が見えた。

四階の端っこ。美術室の窓から、こちらに向かって手を振る人が。

逆光に目を凝らす。その人に見覚えがあるとわかったとき、若菜は無意識に手を振り返していた。「どうした？」と勇二郎が振り返る。若菜の視線の先にいる人物を見上げ、あからさまに渋い顔をした。

「お前、まさか……お前をプールに突き落とした凶悪な一年生と、デキてたのか」

チクリと針を刺されるように、そう言われた。

「それがハルちゃんを怒らせた原因かよ」

「まあな」

でも、別にあの子と付き合ってるわけじゃないよ。そう付け足して、若菜は自分の教室のある教室棟ではなく、目の前の特別棟へと足を向けた。次もまだ授業があるのに、どうしてそうするのか、自分でもわからなかった。

ただ、彼女のところに行きたかったのだ。

「呆れた」

勇二郎が溜め息をつく。「知らんぞ」と言って、彼は教室棟の方へと歩いて行った。

特別棟の玄関で靴を脱ぎ、裸足で階段を上った。プール後の湿った足には、リノリウムの無機質な冷たさが心地いい。四階の教室で授業をしていたクラスはないようで、美術室のあたりは異常なまでに静かだった。

使い慣れた美術室。高校へ入学してから幾度となく開けてきた引き戸に手をやる。開ける。

窓から入り込んできた風が廊下へと抜けていった。

開け放った窓を背にして、龍ヶ崎さんはそこにいた。

「三年生は体育だったんですね」

「そっちはサボり？」

「はい、サボりです」

彼女の長い髪が風にそよいで、生き物のようにうねる。

「授業中にちょっと気分が悪くなって保健室に行こうとしたのですが、行ったらそのまま早退させられそうな気がしたので、せっかくならここで先輩を待ってみようかなと」

「俺が来るって、どうしてわかったの」

「放課後には絵を描きにここに来るんじゃないかと思って。まさか、プールから真っ直ぐここに来るとは思いませんでしたけど」

手にしていた手提げ袋を机に置いて、さてどうしようと若菜は困ってしまった。考え無しに美術室まで来てしまった。そういえば、次の英語は小テストがあるのに。

「どうするんですか？　次の授業、一緒にサボります？」

若菜の心を読んだように、龍ヶ崎さんは首を傾げる。

その瞬間、授業の始まりを告げるチャイムが鳴り響いた。普段もこんなに大きな音で鳴っていただろうか、と疑問に思ってしまうくらい、大きく鋭く、重く、けれど清々しい音だった。

その音に体をのせるようにして、とん、とん、とん、と龍ヶ崎さんは軽やかに窓辺から離れる。そして、美術室の隅に置かれっぱなしになっていたイーゼルに近寄っていった。

そこにあるのは、若菜の絵だった。

「この間は全然描いてないって言ってたのに、随分進んだんですね」

彼女の言う通り、先週まで真っ白だったキャンバスは、青色の絵の具で埋め尽くされていた。

「まだ下塗りに毛が生えたようなもんだよ。それも今日の朝、色をのせたばっかりだし」

「油絵のことはよくわかりませんが、それでも進んでるようならよかったです」

テーブルの下から椅子を引き出して、龍ヶ崎さんは若菜の絵の前に腰を下ろす。

「未完成だから、あんまりじっくり見られると恥ずかしいんだけど」

「あの日のプールをちゃんと知ってるのは私だけなんですから、いいじゃないですか」

彼女は絵から視線を逸らさない。仕方なく、若菜も椅子を持って来て絵の前に腰掛けた。

イーゼルの下には放課後にまた使おうと置いておいた画材がある。絵の具がのったままのパレットと筆を取り、キャンバスに色をのせていった。

「青いものを描くときって、青い絵の具を使うだけじゃないんですね」

赤や緑といった絵の具がのったパレットを、龍ヶ崎さんが覗き込んでくる。

「あえて正反対の色を使ったりとかするね」

「面白いですね」

英語の小テストなど、もうどうでもいいやと思った。ひたすら今日の朝の続きを描いた。目を閉じてあの日のプールを思い出し、目を開いて絵の具を置く。そんな作業を、龍ヶ崎さんは静かに隣で見ていた。別に、そこまで面白い光景でもないだろうに。

ときどき窓から風が吹き込み、彼女の髪を揺らした。

「興味ある？」

「はい？」

「油絵」

やってみる？　と試しに絵筆を差し出すも、龍ヶ崎さんは受け取らなかった。

「この絵、そんな易々と他人が手を加えていいものじゃないでしょう？」

「そうだけど」

確かに、普通なら自分の絵に他人の手など絶対に加えさせない。若菜自身だって、他の部員がどんな絵を描いていたとしても、こうしたらもっとよくなるとわかっていたとしても、自分でそれをどうこうしようとは思わない。

けれど、あの日のプールの色や匂いや温度を共有している彼女なら、アリかと思った。

「じゃあ、ちょこっとだけ」

若菜の手から筆を取り、普段の言動とはかけ離れた慎重かつ怯《おび》えた手つきで、龍ヶ崎さんは筆の先をキャンバスへと持っていった。若菜が直前まで緑色をのせていた場所に、そっと筆をつける。

　恐る恐る、筆を動かしていく。

「あの日、このまま心臓麻痺か何かで死なないかな、って思ってたんですよね」

　おもむろに、彼女はそんなことを言った。

「プールの水が冷たすぎて、そのまま死んじゃう。そんなふうにならないかなって。確かに冷たかったけど、気持ちいいくらいでしたね。全然、心臓麻痺とはほど遠かった」

　筆を動かす彼女の横顔を、じっと見た。悲壮感もなければ怒っている様子もなく、淡々と口と手を動かしていた。

「心臓麻痺は起こらなかったけど、代わりに先輩が空から降ってきました」

「そんな劇的な登場をしましたっけ？」

「私がプールから顔を出したとき、ちょうど先輩がプールサイドに落ちてきたんですよ。本当に、空から降ってきたみたいだった」

「大嫌いな生徒会長で悪かったね」

「ええ、当時は大嫌いでした」

　当時は。意味深な言い方に言葉を失う。構わず、龍ヶ崎さんは筆を動かし続けた。緑色は少しずつ面積を大きくし、キャンバスの中で主張をし始めた。それに彼女も気づいたようで、「もしかして、塗りすぎですか」とぎこちない動作で若菜を見た。

「別に、大丈夫だよ」

「こういう抽象的な絵って、難しいです」

若菜に筆を返し、彼女は立ち上がる。肩が凝ったと大きく腕を回して、開け放った窓の枠に腰掛けた。落下防止用の手すりに背中を預け、そして、歌い出す。

「この方が、先輩はあの日のプールが思い出せていいんじゃないですか？」

なんて言って笑いながら、尾崎豊の『15の夜』を歌う。

本物の尾崎豊とは似ても似つかない女の子の高い声。けれどどこまでも本物で、どこまでも本当で、他の誰の言葉よりも深く深く若菜の中に入ってくる。

父の言葉よりも、母の言葉よりも、ハルの言葉よりも、勇二郎の言葉よりも。

自分自身の言葉よりも。

「どうして尾崎豊なんだ」

気持ちよさそうに一曲歌い終えた龍ヶ崎さんに、そう問いかけた。

「どうして尾崎豊が好きなんだ」

「別に煙草が吸いたいわけじゃないし、バイクを盗みたいわけじゃないですよ」

ただ。少し声を低くして、彼女は言う。

「言いたいことをちゃんと自分の言葉で言う人が好きなんです」

彼女に「嘘つき」と言われたことを思い出した。動かし続けていた筆を筆洗いへ入れ、自分の絵を正面からまじまじと見た。この絵は嘘つきだろうか。嘘つきが描いた絵だろうか。せめて、ほんのちょっとでいいから、「そうでない柚木若菜の絵」であってほしいと、心から願った。

龍ヶ崎さん、と彼女の名前を呼ぼうとして、あえて言い換えた。

「ヨシキ」

彼女は、目を少し見開いて若菜のことを見ていた。

「ユキ、ですってば」

「最初に間違ったせいか、ヨシキの方が妙にしっくり来るんだ。なんだか強そうじゃん」

強そう、という表現が気に入ったのか、彼女はそこまで気を悪くしなかった。「ああ、そうですか」と表情を柔らかにして、「じゃあ、先輩はそう呼んでいいですよ」と笑った。

「あだ名をつけてもらったの、初めてなので、大目に見ます」

なんだ、満更でもないみたいじゃないか。若菜がそう思ってしまうくらいに嬉しそうな顔を彼女は——ヨシキはした。そしてまた、機嫌良く歌い出す。今度は同じ尾崎豊でも、『15の夜』ではなかった。一曲、二曲、三曲。いろんな曲をどんどん歌っていく。

四曲目を彼女が歌い終えたのに合わせて振り返ると、彼女は全身を手すりに預けるようにして、両足をぶらぶらと前後させていた。

「危ないぞ」

落ちたらどうする。若菜の言葉に被せるようにして、ヨシキは「いいんですよ」と言った。

「別に、落ちちゃってもいいかなって」

「冗談でもそういうこと言ってると、本当に落ちるぞ」

「冗談じゃないですって。プールに落ちて心臓麻痺が起これぱいいって願ってたのと一緒」

頭を窓の外に投げ出したヨシキの髪が、柳の枝のように風になびく。そのまま彼女の体ごと、どこかへ飛んでいってしまいそうだった。

それほど広くない美術室の中で、どうしてだか彼女までの距離が遠く感じてしまった。なるべく重々しい言い方にならないよう、言葉を選んだ。もちろん、冗談にも聞こえるように。

「本気で言ってる？」

風がヨシキの髪を撫でる。前髪がふわりと浮き上がり、額が覗く。

「うん。本気」

肩をすくめ、彼女は笑った。

音を立てずに立ち上がり、若菜は静かにヨシキに歩み寄った。少しでも急いだら、駆け出したら、彼女がそのまま落ちていく気がした。ゆっくりと、一歩一歩足の裏で床を摑むようにして彼女へ近づき、先程まで絵筆を握っていた右手でヨシキの左腕に触れた。

彼女の左腕に、わずかに力が入るのがわかった。

「どうして」

どうしてそんなに死にたいの。

そう続けると、ヨシキは表情を変えず、けれど少しだけ腰を浮かして自分の隣に若菜が腰掛けるスペースを作った。

「別に、死にたいわけじゃないですよ」

でも。

風に溶けてしまいそうな声でヨシキは言う。

「何かの間違いで、例えば突然この手すりが外れたとか、そんな風に、勢い余って落ちちゃうなら、いいかなって思ってました」

どうして、とは聞かず、右手に力を込めた。

本当はまだ、あいつらに酷いことされてるんだろ。

俺がお節介を焼いたせいで、もっと酷くなったんじゃないか。

俺なんかが知らないところで、死にたくなるくらい嫌なことがあったの。

どの問いにも、ヨシキは頷かなかった。全部外れです、と笑みまでこぼしてみせた。

「なんとなーく、勢い余って死んじゃってもいいかなってとき、あるんですよ。生徒会長にはわからないかもしれませんけど」

喉がぎゅっと締め付けられる感覚がした。心臓を誰かに握りしめられているみたいだ。黙ったままの若菜に、ヨシキは表情を崩さない。目に、耳に、鼻に、そして肌に、あの日のプールの色や音や匂いや冷たさが蘇る。そしてヨシキの歌が耳の奥に響く。鮮明に、火花が散るように。

「……生徒会長って呼び方、やめてくれないかな」

「どうしてですか」

「俺だって、勢い余ってどっかに行っちゃいたいとき、あるんだから」

「気が合いますね」

彼女の腕を放し、隣に腰掛ける。肩に手をやって、ゆっくりゆっくりヨシキの体を引き寄せ、その髪に頬を寄せた。ヨシキは文句も言わず抵抗もせず、若菜の肩に頬を置いた。

「先輩は、どういうときどこかに行っちゃいたくなるんですか」

耳元で言われる。

「俺は家族が嫌いだ」

告白というより、呟きだった。ヨシキへではなく、自分自身へ向けた言葉だった。

「父親が再婚してから、家族が大嫌いになった」

「義理のお母さんと仲良くできないんですか？」

首を横に振る。

「新しい母親とも妹とも、よくやれてると思うよ。いい人のお面を被って」

「優しくて気が利いて、家の手伝いや妹の世話もきちんと焼ける、文句の付け所のないお兄ちゃんですね」

「その通り」

去年まで住んでいた家を引き払い、再婚相手の実家に引っ越した。代々和菓子屋を営んでいる家に婿養子に入った父は、毎日店に出て和菓子職人見習いとして働いている。市内ではそれなりに知られた店だ。若菜も小さい頃、今は亡くなった祖母に連れられてよく行った。祖母が店主と長話をしている間、若菜の相手をしてくれていた女性が、今は若菜の母だ。店のすぐ近くにある新しい我が家には、若菜の部屋もある。

住み始めて半年、そこを自分の部屋だとも、自分の家だとも思ったことはない。

「親父も義理の母も妹も、結構いい家族なんだよ。みんなそれまで、それなりに苦労もしてきたから、やっとちゃんとした家族になれたんだ。俺だけ違うみたいなんだよな、どうも」

その一員になろうと思って努力した。けれど頑張れば頑張るほど、自分の気持ちは彼らから離れて行ってしまう。無理矢理その距離を縮めようとすると、徐々に自分が壊れていくのがよくわかる。

ヨシキの言う「いい人のお面」を何枚も何枚も重ねて、どんどん息が苦しくなっていく。

「どうしてかな」

「何がですか？」

「父親が再婚するんじゃないかって気づいた頃から、言いたいことは何も言えなかったのに、ヨシキにはなぜか言えるんだよな」

「彼女さんやお友達が悲しむんじゃないですか？　自分達を差し置いてこんな奴がそんな重要なポジションに収まったら」

ハルには、どうしても言えなかった。父親の再婚の話をしたときの彼女の反応は「素敵じゃない！」だった。ずっとお父さんと二人暮らしだったんだもの、その方がいいに決まっている。やっぱり父と母、両方揃わないと。それに妹ができるなんて羨ましい！

若菜の言いたいことを、そんな言葉ですべて消し去ってしまった。

「ヨシキの側にいれば、俺はちゃんと呼吸できるのかもしれない」

ヨシキは何も言わなかった。呆れられたのかもしれない。けれど、若菜の腕を振り払おうとはしなかった。

五　緑色の鼓動

「次、油絵一年、寺脇君」

名前を呼ばれ、友親はキャンバスを抱えて前に出た。何重にも円を作って、数十人の学生が友親を取り囲む。慎重にキャンバスを壁に立てかけ、直立した。

森屋《もりや》先生の美術特別実習は、毎週金曜の五限目に行われる。やることはいたってシンプルだ。年に三回、作品を描いて提出する。合評会は一年間で五回行われるから、そのどれか三回に自分の作品を出して、教員や学生からの批評を受ける、というものだ。キャンバスのサイズは自由。大きくても小さくても構わない。この授業はやけに人気があって、一度履修した上級生が聴講しに来たり、他学科の連中がわざわざ履修していたりする。

夏休み明けの合評会は、全員が作品を出すことを命じられている。友親が夏休み中もっとも苦しんだ課題が、この授業のものだった。

考えた結果、静物も風景もいいけれど、一番描いていて楽しい人物画にした。

「油絵一年の寺脇です。どうぞよろしくお願いします」

頭を下げると、いくつもの視線が自分に突き刺さるのを感じた。

五十号のキャンバスに、旭寮を週一で掃除しに来る大家の染子さんを描いた。わざわざモデルになってもらったのではなく、共用の台所の掃除を手伝ったときの顔が鮮明に記憶に残っていたから、それを描いた。台風の後の天気がいい日で、窓から差し込む光がシンクのタイルとそこに広がる水をきらきらと輝かせた。色あせたタイルの花模様も綺麗だった。昔はもっと花模様の数が多かったのに、なんていいながらたわしでタイルを擦る染子さんの姿はなかなかいい絵になった。

「いいね、いい表情だね」

絵の正面に座った森屋先生が誰よりも早くそう言った。

「モデルになってもらったってわけじゃないんだろ」

友親が頷くと、先生は「ふーん」と鼻を鳴らして、絵をじっくりと観察する。

「よく見て描けてるね。表情が凄くいい。寺脇は夏休み前の人物デッサンも表情がよく描けてたな。普段から人の顔がちゃんと見えてるんだろう」

他、意見がある者。森屋先生が周囲を見回すと、一拍置いていくつか手が挙がる。ちょっと構図が単調すぎる。タイルや水や光の表現も綺麗なのに、存在感がありすぎてどこを見ればいいのかわからない絵になっている。シンク以外の背景はもっと描き込んでもよかったんじゃないのか。そんな意見に、一つ一つ友親は頭を下げて礼を言っていった。

合評が終わって自分の陣取っていた椅子に戻ると、近くにいた友人数人に「お疲れ」と肩を叩かれた。緊張から解放され、大きく息を吐き出す。途端に視界がクリアになった。

学籍番号順にどんどん進む合評は、自然と上級生が後半に回ってくる。聴講生かつ四年生の学生に、森屋先生は「二回目の上に最高学年なんだから」と作品を作る上で一つの縛りを設けた。作品は必ず、三枚出すこと。年間三枚でなく、一度の合評会で三枚。それを三回だから、合計九枚。三人いた聴講の四年生の悲鳴が上がったのをよく覚えている。

その中には、若菜さんもいた。そしてその若菜さんの合評の順番が、授業終了の十分前に回ってきた。

彼が持ってきたのは、なんと八十号のキャンバスだった。小学生の身の丈くらいはあるキャンバスが、しかも三枚。旭寮が雨漏りした日、下塗りされたものが廊下に避難させられていたけれど、そのうちの三枚だと友親は気づいた。

一瞬だけ教室が静まりかえり、ざわめいて、また静かになる。その中で「描いたなぁ。柚木、描いたなぁ」と森屋先生が感嘆の声を上げた。

一枚目に描かれたのは黒髪の少女。畳部屋。青いカーテン。窓の向こうには緑が広がっている。畳に両足を投げ出した少女は、唐草模様のブックカバーをかけた文庫本に視線を落とす。

二枚目のキャンバスが返される。それも同じ少女の絵だった。本から顔を上げ、こちらを見ている。いつも描いているプロのモデルじゃない。描き手に見つめられることも、ましてや絵のモデルにされることにも慣れていない少女の表情が、そこにはあった。恥ずかしさと照れくささが混ざり合い、少し不機嫌さが見え隠れする。「なに勝手に描いてんのさ」に始まり、「今回だけは大目に見てあげるから、可愛く描いてよね」という声まで聞こえてきそうだった。

その上、彼女が着ているのは学校の制服だ。紺色のプリーツスカートに、胸に校章らしきマークが入った白いワイシャツ。赤いリボン。黒いハイソックス。スカートの丈もリボンの長さも靴下の形も、きっとすべて校則通り。

三枚目のキャンバスを若菜さんが表にする。多分このキャンバスにも、同じ少女が描かれている。一体、どんな顔をしているのだろう。自分の心臓の音が少し大きくなるのを自覚しながら、友親は若菜さんの一挙手一投足に、意識を集中させた。

三枚目がお披露目された瞬間、教室中からうめき声が上がった。

一、二枚目と同じ部屋に、同じ少女がいた。全裸でいた。膝丈のスカートも真っ赤なリボンも身につけず、膝を抱えていた。視線はこちらに向いている。友親を見ている。けれどさっきまで聞こえていた彼女の声は、もう気配すらない。二枚目と同じように、羞恥《しゅうち》と照れが混ざり合った表情。恥ずかしいまでの素人臭さと相まって、胸の奥が背徳感でざわつく。

目眩がした。

同時に、あの日の場面が脳裏を過《よ》ぎった。顔も違う、体つきも違う。絵の中の彼女とは似ても似つかない人物が、自分に馬乗りになっていたときのことを。

胸の奥がキンと冷えて、眉間からじくじくと痛みが全身に広がっていく。

そんな友親のことなど知ったことかという様子で、絵の中の彼女はそこに居続ける。けれど、さっきよりずっと優しい顔を彼女はしていた。

若菜さんが唐突に友親の部屋の戸をノックして、「お前の部屋、カセットコンロある?」と言ってきた。引っ越しのときになぜか母が持たせてくれたものがあると伝えたら、自転車でどこかへ出かけ、コンビニの袋を抱えて戻ってきた。

自室でカセットコンロを準備して待っていたら、大きな鍋を手に若菜さんがやってきた。大根、コンニャク、卵、昆布、つみれ、白滝、ちくわ、はんぺん。だし汁の中で具だくさんに揺れていたのは、おでんだった。

「なんで今頃おでんなんですか」

コトコトと温まり始めた鍋を覗き、次に若菜さんの顔を見る。

「コンビニでおでんセールやっててさ、食いたくなって。嫌だったか？」

「いえ、そういうわけじゃないですけど」

「じゃあ、食え食え」

いただきます、と友親が合掌すると同時に、若菜さんが鍋の中のつみれに箸を伸ばした。

「あとは、今日の合評会お疲れさんっていう意味も込めて」

「ああ、なるほど」

結局今日の合評会で出した絵は、昨日の夜中まで描き終わらなかった。それを知っているから、若菜さんはわざわざおでんを友親のところへ持って来てくれたのだろう。

小皿にはんぺんをよそい、よーく息を吹きつけて冷ましてからかぶりつく。

「あの絵、よかったな。今度染子さんに見せてやったら？　喜ぶと思うけど」

缶ビールを勧められ、一口だけ飲んでみる。苦いだけで美味しいとは思えず、冷蔵庫に入っていた烏龍茶のペットボトルを開けてグラスに注いだ。

「そうですね。そのうち見せてみます」

「構図は確かに単調かもしれないけど、綺麗に収まりすぎてて逆に清々しい感じだったし」

「綺麗に収めちゃうの、俺の悪い癖みたいなんですよね。予備校通ってたときも、よく講師に言われました」

「そういう性格っぽいもんな、お前」

合評の話になったのだから、若菜さんの絵の話をしてもいいのだろうか。あの三枚の絵に描かれた少女の顔を、友親は今一度思い浮かべた。同時に、校内展に出品されていたはまなすの絵も。

「若菜さんの絵も、凄かったですね」

試しにそう言ってみる。顔色を変えることなく、若菜さんは缶ビールに口をつけた。

「三作品を三回って言われたときは死ぬかと思ったけどな」

「でも、八十号なんて凄いじゃないですか。三枚なんて、よく描きましたね」

「昨日の夜は泣きたくなってたけどな。ていうかほぼ泣いてたわ。お前が唸ってる隣で」

結局徹夜したよ。苦笑いしながら若菜さんは鍋に箸を伸ばす。おでんが食べたいと言って持ってきたのに、あまり箸が進んでいないようだった。ビールばかりが減っていく。

「あれ、誰かモデル立てたんですか？」

さり気なく、そう聞いてみる。若菜さんは二本目の缶ビールを開けた。

「いや、知り合いだから」

「でも、制服着てましたよね」

「まあね」

「高校時代の知り合いとかですか」

「そこから先は企業秘密だ」

そう笑い、出汁の染みた大根を箸で半分に割り、さらにもう半分にして、口へ放り込む。これはどんなに聞いても無駄だろう。諦めて友親はおでんを食べ進めながら話を変えた。たわいもない、どうでもいい話に。

しめに雑炊を食べ終える頃には、若菜さんは畳の上に両手を広げて眠ってしまった。よくよく見ると、目元にはうっすらと隈ができている。今日の発表で出した絵は、本当に徹夜で仕上げたものだったのだろう。

一晩部屋に泊めるくらい構わない。敷き布団はないが、冬用の掛け布団と予備のタオルケットならある。友親は押し入れからそれらを引っ張り出し、卓袱台《ちゃぶだい》を部屋の隅に寄せた。

そのとき、見つけた。

若菜さんの傍に、彼がいつも愛用しているブックカバーのかかった文庫本が置かれていた。常に鞄やらズボンのポケットに入れて持ち歩いている、四隅が擦れて黒くなった、唐草模様のブックカバー。

今日、発表で見せられたあの三枚の絵の中の少女が読んでいた文庫本にかけられていたのと、同じものだった。

「知り合いって、絶対嘘だろ」

思わず、そうこぼしていた。何が知り合いだ。そんな生半可なものじゃないだろ。お金で雇ったモデルでもなく、気軽に目の前で裸になってくれるセックスフレンドでもなく。揃いのブックカバーをかけた本を持ち歩くような、もしくは自分の愛用のブックカバーを相手に贈るような、そんな深くて湿っていて、青臭い関係なんだろう。

若菜さんが寝ていてよかった。彼が起きていたら、そう聞いてしまったかもしれない。どうせ若菜さんは涼しい顔で、先程と同じようにはぐらかすのだろうけど。

冬用の掛け布団の上に若菜さんを移動させようとしたとき、気づいた。

泣いていた。

仰向けになって寝息を立てる若菜さんの両目から、涙が筋を作っていた。目尻からこめかみを伝い、耳の後ろを通って髪の毛に吸い込まれて行く。

どうしてだか、若菜さんの涙の原因はあの絵の女の子のような気がした。同じ柄のブックカバーでつながった二人に一体何があったのか、どんな言葉を交わし、どんな風に笑い合っていたのか、友親には想像もつかない。

そのとき、ズボンのポケットの中でスマホが震えるのを感じた。バイト先か、有馬か、同じ授業を取っている友人知人か、それとも母か。

どれもハズレだった。

短いメールを寄こしたのは、友親の義理の姉、斎木涼だった。

＊　＊　＊

旭寮から徒歩で行ける中野駅を待ち合わせにしてくれたのは自分への配慮かと思ったけれど、彼女の職場は新宿だから単に自分が来やすかっただけだと、北口広場で顔を見て気づいた。

涼は、円形のベンチに腰掛け両足を投げ出し、スマホに見入っていた。指を動かしていないから、メールか何かを読んでいるようだった。友親が近づいても気づかない。

「義姉さん」

そう呼ばれてやっと顔を上げる。友親を見つけると、鼻で笑いながら立ち上がる。

「行くよ」

振り返ることなく涼は広場を抜け、商店街を進んで行く。パン屋の角を曲がって細い路地に入ると途端に薄暗くなった。パチンコ屋やカラオケ店のネオンの光が、目に痛い。

仕事帰りなのだろう。Ａ４のファイルがすっぽり入りそうな大きなトートバッグを肩にかけた涼は、白いフレアスカートを翻しながら歩く。目的地ははっきりと決まっているようだ。

涼に連れて行かれた先は、路地を何度も曲がった先にある個室居酒屋だった。本来なら恋人同士がデートに使うような二人用の個室に通され、涼が一人でどんどん料理を注文していった。

お通しの大根サラダとジョッキのビールが二つ来たとき、やっと声を上げることができた。

「あの、俺まだ未成年……」

「つべこべ言わない」

ビールを呷った涼は、ジョッキの半分ほどを一気に飲み干してしまった。吐息と共に大きく肩を上下させ、大根サラダに箸を伸ばす。仕方なく友親は舌先で舐めるようにビールを一口だけ口にした。

「私の奢《おご》りなんだから、きりきり飲みなさいよ、きりきりと」

そう言われ、口いっぱいにビールを含んでみる。舌全体を、独特の苦みが押しつぶそうとしてくるようだった。反射的にしかめっ面になってしまい、涼にまた鼻で笑われた。

昔から、涼と初めて会った小学五年のときから、ずっとこうだ。涼は常に自分を嘲笑う。馬鹿な子、哀れな子、見ていて本当に腹が立つ。そう言いながらもちょっかいを出してくる。友親をいたぶって、何かの鬱憤《うっぷん》を、恨みを晴らすかのように笑う。

わかっていて、けれど友親は涼に応えてしまう。

「今日は取材でも行ってたの？　随分きちんとした格好してるから」

この前はワンピースだったのに、今日は紺色のジャケットに大振りのフリルが胸元についたブルーのブラウスを着ている。座敷に上がる際に脱いだパンプスも、黒い地味なものだった。

「企業の偉い人の取材撮影だったからね」

「まだ二年目なのに、そういうとこも行くんだね」

「そうまでしないと人手が足りないってことでしょ。よくもまあ大学出たての奴にぽいぽい仕事を投げて寄こすよね」

涼の視線の先にはさっきまで肩から提げていたトートバッグがあった。黒いダブルクリップで留められた紙の束と、そこを縦横無尽に走る赤ペンの文字が見える。

市ヶ谷にある大学を卒業後、新宿の広告代理店で働き出したことは知っている。けれど、どんな仕事をしてるのかとか、どんな人と付き合いがあるかとか、友親は全く知らない。家が下井草にあることもこの間初めて知った。

知らないのだ。母と舜一さんが結婚して、本当に自分達は義理の姉弟になったというのに、自分は涼のことを何も知らない。

むしろ、年々彼女がわからなくなっていく。

運ばれてきた焼き鳥をぱくぱくと食べていく涼を尻目に、彼女が手をつけなかった串を摘んでいく。ウズラの卵に鶏皮、椎茸。串からバラして食べようか？　なんて聞かれないし、聞くこともできなかった。

ビールをまた飲んでみた。変わらず苦い。美味しいとも思わない。

「嘘でもいいから美味そうに飲みなさいよ」

「だって、不味いもんは不味いし」

「社会人になったら、不味いもん美味いって言わないとだし、嫌なことも嬉しいって言わないといけないのよ」

そう言いつつ、涼は通りがかった店員に追加注文をした。運ばれてきたワインボトルとグラスは自分の手元に置き、友親にはスライスレモンの浮かんだグラスを差し出す。ロンググラスに入れられた琥珀《こはく》色の液体は、個室の照明にゆらゆらと揺れるように光った。

「何これ」

「コーラとレモンジュースで作ったお酒。紅茶みたいな味だから、お子ちゃま舌なあんたでも飲めるよ、きっと」

自分はワインボトルのコルクを開け、グラスに注いでいく。渡されたグラスに唇を寄せ、舐めるように一口飲んでみる。確かに紅茶の味だった。レモンティーみたいなものだ。

「うん、ビールより飲める」

礼を言おうとしたとき、「ねえ、これ見てよ」と涼が自分のスマホを投げて寄こした。スマホの小さな画面には、友親の母の名前があった。

「あんたの母親がさ、この間いきなり仕送りしてきたんだよね。米とか野菜とかさ。いきなり母親面しちゃって、鬱陶《うっとう》しいったらありゃしない」

母から涼へのメールの内容は、さつまいもをご近所さんからもらったから送るというものだった。そういえば先日友親のところにも来た。仕送りの類はお金も食べ物もいらないと言ってあるのに、来た。

「もう仕送りはいいって自分で言えばいいじゃない」

口に放り込んだイカの刺身は、なかなかかみ切れないくらい硬かった。

「へえ、言ってもいいの？」

目を厭《いや》らしい半月の形にして、涼は笑う。

「あんたの声も言葉も送られてくる食べ物もお金も全部鬱陶しい。私はあんた達から離れたくて今こうしているの。そういうところ、どうして理解できないわけ？　本当、人を気にかけてる振りして自分のことしか考えてないんだから」

って、あんたの大好きなお母さんに言っちゃってもいいの？　涼がそう言い終わらないうちに「義姉さん」と声を大きくしていた。

勝ち誇った顔で、涼が自分を見下ろした。

「あんたもさ、わかってるんじゃないの？　もうあんたの母親と私の父親とで、立派な一つの家族になってるの。ちょっと高齢出産になるけど、子供でもできたら完璧に新しい家族になるの。古い家族はリセットされて、新しい家族にリロードされるの。私らはね、最高に邪魔っ気な存在なわけよ」

「そんなこと……」

「あんただって気づいてるでしょ？　いつまでもいい子ちゃんぶってないでさ、素直に認めちゃいなよ」

あんたの望んだ家族像は、もうどこにもないんだって。焼き鳥串ですっと友親の顔を指して、首を傾げてみせる。かんかん、かんかん。涼の言葉が、石のみとハンマーになって友親を端っこから少しずつ砕いていく。

「そうだよね。あんたは私のお父さんとあんたのお母さんが付き合い始めた頃からずっと、いい家族になろうと頑張ってたもんね。父の日のプレゼントを考えようって私のところに来たりさ。父さんのことなんて、これっぽっちも好きじゃないくせに」

「だから、そんなことないって」

そんなことない。そんなことない。そんなことない。

「嘘つき」

「嘘なんてついてない」

嘘なんて、ついてない。

「俺はただ、家族仲良くやっていけたらいいなって思ってるだけだよ」

「その割には、お盆も三日かそこいらしか帰省しなかったらしいじゃない」

彼女の言葉はいつも友親の喉を詰まらせる。反論も弁解も、すべて封じられてしまう。

自分の掌で踊る友親を笑いながら、涼はワインを手酌でグラスに注ぐ。ときどき料理に手を伸ばしては、箸先で弄《もてあそ》ぶようにして口に運んだ。

「大学といえばさ」

また何か閃いたのだろう。意地悪く笑って涼は続ける。

「この間見かけたよ、あんたの先輩」

「先輩って、若菜さんのこと？」

「そう。あんたさ、あの人と仲いいの？」

「それなりには」

「気をつけた方がいいんじゃない？　あの人」

どういうこと？　と友親が聞かなくても、涼は心底楽しそうな顔で教えてくれた。

「先週末、新宿のちょっといいお店にご飯を食べに連れて行ってもらったの。ここみたいに完全な個室じゃなくて、暖簾《のれん》とパーティションで区切られてるようなところだったんだけどね。若菜とかいう子が、おっさんと食事してたの」

「おっさん？」

「そう。うちの父親より年上かなー？　六十歳ちょっと過ぎって感じの人」

「父親とかじゃないの」

「私も最初はそう思ったの。ところがところが、私がトイレ行こうとその個室の前を通りかかったら、おっさんが若菜って子に思いっ切り頭下げてた」

「頭下げてた？」

「すまん、すまん、頼む、頼む、恩に着る。そんなふうにぶつぶつ言いながら、テーブルにおでこ擦りつけてた。しかも彼の手を両手で握り締めながら」

冷え切った芋餅に伸ばしかけた箸を止め、友親は眉間に皺を寄せた。

「そのあとトイレに行ったら、ちょうど男子トイレから彼が出てきて挨拶されたの」

「会話、したんだ」

「『この間はどうも』なんて顔で会釈されたから、言ってやったの。あんた、借金取りでもしてるの？　って。もしくは売春か何か？　って」

よくもまあ、一言二言しか会話したことのない人間を相手に、そんなことが言えたものだ。

　随分前、進藤さんと話したのを思い出す。柚木若菜が詐欺や売春をしていないと、お前は自信を持って言えるのかと、そう言われたことを。そのとき若菜さんではなく、涼のことを思い浮かべたことを。

「……それで？」

　恐る恐る聞くと、涼は勝ち誇った顔で「知りたい？」とテーブルに頬杖を突いた。頷くと、一瞬友親の手元にあるカクテルのグラスに視線を落とした。半分ほどに減ったグラスを見て、なぜか笑う。

「まあ、そんな感じです、だって」

　先週末。その頃の若菜さんの様子を思い出す。そういえば日曜の夕方、ラーメン屋のバイトから帰ったときに共用リビングでバーナビー先輩と話す若菜さんを見た。いつもと変わった様子はなかった。それくらいしか印象がない。

「というわけで、ただの大学生じゃないと思うよ、あの人」

　何も言わない友親を、涼は満足げに眺めていた。

「なに？　その目。私が嘘を言ってるとでも思ってるの？」

「……違う」

借金取り。売春。その言葉が奇妙な色に姿を変え、若菜を飲み込んでいく。あの薄い壁を隔てて生活している柚木若菜という人間は、進藤さんの言う通り、自分が思っている人間像とかけ離れた存在なのかもしれない。落雁と金鍔を抱く姿。白いクリームソーダ。背中に走る稲妻。NPO法人のスタッフの女性。トウモロコシ。はまなすの絵。いろんなものが交錯して、柚木若菜という人間をわからなくさせる。

思考が同じ場所をぐるぐると回り始めた。考えがまとまらない。頭の芯が熱くなって、じんじんと脈打っているようだった。

喉が渇いて、半分ほど残っていたカクテルを飲み干した。喉から熱が這い上がってきて、脳味噌を包む。今度は頭から手先、足先まで一気に下っていく。

真っ直ぐグラスを置いたはずなのに、なぜだかグラスは大きく左右に揺れてテーブルに倒れた。氷が転がる。

「あーあー、こぼしちゃった」

涼の手がテーブルに落ちた氷を拾う。グラスを立て、氷を入れる。カラン、と綺麗な音が鳴った。どうしてだろう。視界がもの凄く狭くなって、彼女の指先にしか意識が行かない。

「そろそろ二軒目に行こうか」

まだ中身の残っているワインボトルを涼は鞄にしまう。いつ外したのだろう。フリルブラウスは第二ボタンまで外されて、立体的なフリルの向こうに微かに谷間が覗いていた。

　何とか立ち上がれた。鞄も持てた。くらくらとは来ない。けれど頭がぼーっとして、あまり多くを考えられない。

　会計を済ませた涼は、友親を連れて中野駅に向かって歩いた。何も言わず、ついて行った。涼の足取りは自分と違って確かで力強く、おとなしく従うしかない。

　ガード下を抜け、南口のバスロータリーに出る。数分のことなのにとてつもなく長く感じた。何時間にも思えた。他人との距離が異様に近く感じられ、誰かとすれ違うたびに恐怖まで感じた。このまま二軒目には付き合えそうもない。北口からバスに乗れば、旭寮へ帰れる。

　そう言おうとしたとき、涼が突然振り返った。

「顔色悪いけど、大丈夫?」

　大丈夫じゃない。だんだん気持ち悪くなってきた。喉がすぼまって声が出ない。

「ちなみにあんたがさっき飲んだカクテル、アイスティーみたいな味してるくせに、めちゃくちゃアルコール度数高くて、男が女を酔い潰して落とすときに使うんだって。あんたが一気に半分も飲んじゃったの、笑い堪えるの大変だった」

　肩を揺らす涼を睨みつけたかった。なのに、目元に力が入らない。

バスロータリーを抜けて路地に入っていく。しばらく歩くと、とあるビルの前で涼は立ち止まった。看板を見て、友親は息を止めた。

これは、怒るしかない。

「なに、ここ」

「何って、見てわかんないの」

一見ただのマンションのように見えた。けれど確かにブルーの看板が掲げられている。その下に「休憩五千円から、宿泊七千円から」という料金表まであった。

「わかるから、何って聞いてるの」

何するつもり、どうするつもり。立て続けに聞いて、涼から目を逸らす。軽蔑の気持ちを込めて、逸らす。

およそ一年前。友親は新宿の美術予備校の夏期講習に夏休みの間通っていた。

あれは、台風の日だった。雨も風もやむことのない、嵐の夜だった。

「二軒目、付き合ってくれないの？」

あの夜の続きを、この女はしようとしている。全身が粟立って、掌と掌をこすり合わせた。指を絡めて、一歩また一歩と後退る。

「付き合うわけないだろ」

「どうしてよ」

わかっている。彼女は別に本気で友親とそんなことをするつもりなんてない。これは嫌がらせだ。あの嵐の夜以来の、そして嵐の夜以上の、「あんたなんて大嫌い」という涼からの拒絶だ。

「お前、義理でも一応姉弟なんだってこと、わかってんの？」

「わかってるに決まってるでしょ」

「じゃあ、どうして」

「何を今更焦ってるわけ」

「そういう問題じゃない」

その声は自分が思っていたよりずっと大きくなった。喉を塞いでいた蓋が、やっと外れたようだった。

「あのときのことだって、一体何だったんだよ。未だに俺、わけわかんないよ」

涼はトートバッグに手を伸ばし、居酒屋から持ち出したワインボトルを取り出す。栓を開け、友親の襟元を乱暴に摑み、注ぎ口を友親の口内に突っ込んできた。ラブホテルの壁に背中を押しつけられ、ワインボトルの中身を一気に体内へ注ぎ込まれる。むせ返りワインを吐き出す。それでも涼は手加減しない。

「義姉さん！」

友親の叫び声に怯《ひる》むことなく、最後には残っていたワインを友親の頭にぶちまけた。

堪らずアスファルトに尻餅をついて、頭を抱えて倒れ込んだ。

頭の横で、ボトルが投げ捨てられ割れる音がする。その破片が目の前まで飛んできた。

「本当、あんたってむかつくわ。初めて会ったときから、ずっと、そう」

声は先程までと変わらないトーンなのに、見上げた涼の顔は驚くほど無表情だった。本当に忌々しいものを見る目だ。

「……ごめん」

謝る必要なんてこれっぽっちもないのに、条件反射で謝罪の言葉がこぼれた。

そういえば、あのときもそうだった。自分の上に馬乗りになった涼は、今と同じ顔をしていた。あの夜の友親も、涼に謝ってしまった。

「白けちゃった。今日はもういいわ」

さよーなら。ボトルの欠片を踏みつけて、涼の足音は遠ざかっていく。立ち止まることもなく、振り返ることもなく。道行く人の足音に紛れて、消えてしまう。

「涼……」

試しに名前を呼んでみた。返事なんて、当然無いのだけれど。代わりに、こちらを睨みつける涼の顔が浮かんだ。

あれは確か、自分が小学六年生で、涼が高校二年のときだった。

来月の母の日のプレゼントは、自分と涼と二人で買って渡さないか。もちろん、再来月の父の日も。舜一さんの家に母と二人で遊びに行った日、二人の隙を見て涼の部屋をノックし、ドアを開けて、そう言った。涼は嫌だと言った。何度誘っても嫌だと言った。仕方なく、自分一人でプレゼントを選んで、カーネーションを買った。

母にそれを手渡したのも、舜一さんの家だった。四人で一緒に夕飯を食べた。舜一さんが「何だ、涼は何も用意してないのか？」なんて彼女の肩を叩いたものだから、咄嗟に言ってしまったのだ。

——ねえさんと、ふたりで考えて買ったんだ。

何だ、そうだったのかと舜一さんは笑った。母も喜んだ。友親の嘘に二人が気づいたのは、ずっとずっと後、涼が家を出た後だった。

あの日、涼だけが鬼のような形相で友親を睨んでいた。

肩を揺すられた。名前を呼ばれた。アスファルトの上は冷たくじっとりと湿っていた。

寺脇さん、と聞き覚えのあるとげとげとした声で名前を呼ばれた。

「寺脇さん、ねえ、ちょっと！　死んでるんですかっ？」

頰を引っぱたかれた。重い瞼《まぶた》を上げると、黒髪の女性の顔があった。あれ、なんだか見覚えがあるな。眉間に皺を寄せた怪訝な顔も、知っている。

そうだ。あのストーカー女だ。

視界は狭く混濁しているのに、その顔ははっきりと進藤恭子という名前と合致した。友親の傍らに屈み込んだ進藤さんは、倒れたままの友親の顔を覗き込む。

「なんか……お酒臭いんですけど」

「ごめん……」

体を起こすと目が回った。脳味噌が頭蓋骨の中をあっちこっちへ好き勝手に動き回る。脳天から流れ星が飛び出して、天高く弾けるようだった。

「どれだけ飲んだんですか、未成年のくせに」

進藤さんの背後には大学生らしき男女が十人ほどいた。みんな半笑いで友親を見ている。女が「やばいっしょー、あれ」とこちらを指さす。

男が笑いながら、あんまり近づかない方がいいよ、とさり気なく女の肩を抱く。

気を抜いたらまた地面に倒れ込んでしまった。旭寮まで帰れるだろうか。このまま酔いが引くまでここで横になっていた方がいい気がする。

呆れた、という言葉と共に溜め息が降ってきた。

「ごめん、この人を家まで送ってくる」

後ろにいる大学生を振り返り、進藤さんは確かにそう言った。途端に奴らは声を大きくして友親達を取り囲んだ。

「なになになにっ？　恭子ちゃん、この人知り合いなの？　どういう関係？」

「彼氏？　彼氏なの？」

「えー、いないって言ってたじゃん」

「ていうか、この人やばくない？　やばいって、絶対」

四方八方から声が飛んできて、頭の中がぐちゃぐちゃになる。どうしたもんか。耳を塞ぎたい衝動に駆られた友親を見かねたのか、進藤さんは彼らの方を見ずに、少し声を張った。

「彼氏じゃないけど知り合いなの。放っておけないから、今日はここで失礼させていただきます」

それでも彼らは進藤さんを一緒に連れて行こうと粘ったけれど、彼女は譲らなかった。

「恭子ちゃんって、結構我が儘なんだね」なんて棘のある言葉を吐きながら、彼らは近くのカラオケボックスへと消えていった。

同時に、進藤さんは深々と溜め息をついた。俯き、前髪で目元が隠れる。友親からも彼女の表情が確認できなくなった。

「さあ、行きますよ。まずはなんとか立ってください」

進藤さんの肩を借りて立ち上がる。けれどとても自力で立っていられず、ラブホテルの壁と進藤さんに挟まれる形で大きく深呼吸をした。

「あんまりくっつかないでくださいよね」

「が、頑張る……」

中野駅南口のロータリーまで、進藤さんの細い足に爪先を踏まれたり、逆にこちらが踏んでしまったりを繰り返しながら、時間をかけて歩いた。

進藤さんはロータリーで客待ちをしていたタクシーを拾って友親を放り込み、自分も一緒に乗り込んだ。後部座席のほとんどを占領して仰向けになった友親の鞄を漁《あさ》って、学生証の裏に記入された住所を告げる。

中野通りを走り出したタクシーに揺られ、友親はゆっくりと目を閉じて進藤さんに礼を言った。

「ごめんね。友達と一緒だったのに」

「友達なんかじゃないです。大学の同じゼミの人達です」

「ゼミ飲みって奴だ」

「一人のときは静かなくせに、友人と一緒になると周りの迷惑なんて微塵《みじん》も考えず馬鹿騒ぎするんです。内輪ネタで盛り上がって、乗り切れない人は置いてけぼりです。そういうの嫌いなんですよ」

「なるほどね。確かに、そう見えたよ」

「逃げ出す機会をうかがってたんで、ちょうどよかったです」

「ははは、そりゃあどうも」

通りを直進してる間はよかった。西武新宿線の踏切を通過し、一方通行の細い路地を何度も曲がりながら走るタクシーの中で、徐々に気分が悪くなっていく。目が回る。ぐるぐるぐるぐる。それはだんだん頭から下ってきて、胃のあたりで悪さをし始めた。胃が一定間隔で中身を吐き出そうと痙攣《けいれん》し始める。

腹の下に力を入れて、なんとかタクシーが旭寮の前で止まるまで耐えた。進藤さんが料金を払って先にタクシーを降り、友親に手を差し伸べる。支えられながら地面に足をついたのはいいが、そのまま崩れ落ちた。

走り去るタクシーを尻目に地面に両手を突く。吐けば少しは楽になる。わかっているのに、胃だってさっき食べた焼き鳥や刺身を吐き出したいと思っているのに、どうしても出ない。

「げっ、ここが寺脇さんの家ですか」

ぼろっ……と遠慮なく旭寮への感想を述べて、進藤さんは友親を見下ろした。

「寺脇さん、自分の部屋まで行けます？　せめてトイレで吐かないと、通行人の迷惑になりますよ」

「うち、トイレ共同だから……」

「この際どっちでもいいでしょ。トイレまで這ってでもいいんでなんとか行ってください」

「ごめん、無理そう」

大きく口を開けて喉を広げているのに、吐けない。

進藤さんが隣に屈み込んで、静かに背中を撫でてくれた。背骨に沿って上下にゆっくりと、痙攣する胃を宥《なだ》めるように。

「今日は、随分優しいんだね」

「偶然とはいえ、死ぬほど嫌だった飲み会から逃げ出す機会をくれましたから」

「そんなに嫌だったんだ」

「それに、ここで恩を着せておいて、損はないかと思って」

お礼、ちゃーんとしてもらいますから。そう言いながら背中をさする進藤さんの手が、一層優しくなった。

「さあ、余計なこと考えている暇があるなら、とっとと吐いて！」

どん、と背中を叩かれる。喉が飛び上がる。けれど、肝心のものが胃から吐き出されない。

そのときだった。

「なにやってんの」

よく通る声と共に、足音が近づいてきた。

見上げなくても、若菜さんだとわかった。手拭いと石鹼の入った洗面器を小脇に抱えてゴム草履という出で立ちは、銭湯帰り以外の何者でもない。やばい。これはやばい。

何せ今自分の背中をさすっているのは進藤さんだ。

柚木若菜をストーキングしている、進藤恭子。

進藤恭子からこの四年間逃げている、柚木若菜。

この二人が顔を合わせてしまって、何も起こらないわけがない。

進藤さんを見る。友親の予想に反して、彼女は冷静だった。怖いくらい静かな顔で、若菜さんを見上げている。

対する若菜さんも、取り乱すことなく友親と進藤さんを見下ろしていた。街灯が若菜さんの顔を照らす。しかし、ＬＥＤの鋭い明かりに照らされた若菜さんの顔は間違いなく、いつもより温度が低かった。

「寺脇」

進藤さんとは反対側に片膝を突いた若菜さんは、友親の肩を叩く。

「吐きそうなの？」

頷く。

「酒、しこたま飲んだって感じ？」

また頷く。笑ったような溜め息をついたような、どちらとも取れる声が降ってくる。

「吐き方もわかんないくせに、大酒なんて飲むなっての」

左肩を強く摑まれ、無理矢理立たされる。進藤さんよりずっと強い力で道路脇の側溝まで連れて行かれた。正面に回り込んだ若菜さんが、友親の顎に手をかける。

「絵描きの手、嚙んだら重罪だからな?」

そう言って、問答無用で右手の人差し指と中指を、友親の口に突っ込んだ。上顎に沿って遠慮なしに侵入してきた指は、友親の喉の奥を優しく突いた。

若菜さんの指に、胃も食道も喉も肺も、すべてが痙攣して、出そう出そうと思っても一向に出てこなかった胃の中身が這い出てきた。さっと若菜さんが指を抜き、反対の手で前髪を摑まれて側溝に顔を持って行かれる。ゆっくりと、意志を持っているかのように、うごめくように胃の中身が口から吐き出されていった。

「もうちょっと、我慢して」

嘔吐《おうと》が治まるとまた若菜さんの指が突っ込まれる。出し切った気がしたのにまた吐いた。

しばらくそれを繰り返してやっと、ああ、もう全部出たんだ、と思えるタイミングがやってきた。胃が空っぽになった。体が少し軽くなった。吐き気がすうっと消えていった。

「歩ける?」

促され、試しに立ち上がってみた。ふらつくけれど、さっきよりはずっといい。

「とりあえず、リビングまで行くぞ」

若菜さんに抱えられるようにして旭寮の敷地内へ入る。進藤さんが門を開け、玄関の戸を引く。近くにいた金鍔と落雁がさっと逃げていった。

進藤さんが玄関に散らばった靴をどかして道を作ってくれた。靴を脱いでしまえば、共用のリビングは目の前だ。幸い今夜は誰もいないので、四人掛けのソファにそのまま寝転がった。

仰向けになろうとしたら、若菜さんに頬を軽く叩かれる。

「誤嚥《ごえん》の危険性があるから、仰向け禁止。横向いて寝て」

言われるがまま体を横に向ける。若菜さんは台所の方に消えたかと思うと、大きなグラスになみなみと水を注いで、それに食卓塩を振りかけながら戻ってきた。

「時間かかっていいから、全部飲め」

受け取ったグラスはずっしりと重かった。自分の馬鹿さ加減を叱咤《しった》されているような重さだった。しょっぱい水を一口飲んで、一度床に置く。床に両膝をついた進藤さんが、グラスが倒れないよう両手で支えてくれた。

視界の隅を、漂白剤のボトルを持った若菜さんが通過した。玄関でサンダルをつっかけて外へ出て行く。吐物《とぶつ》の処理までさせてしまった。

「進藤さん」

傍らに腰を下ろす進藤さんを横目で見る。

「よかったの？　会っちゃったじゃん、若菜さんと」

「会ってしまったものはしょうがないです。事情は後日、ちゃーんと教えてもらいますから」

「事情？」

「どうして、若菜君が寺脇さんと同じアパートに住んでるのかって」

言葉に詰まる。勝手知ったる様子でてきぱきと友親を介抱する若菜さんを見られてしまっては、今更違うなんて言えない。

「……ごめん」

そうこぼしたら、若菜さんがリビングに戻ってきて、空になった漂白剤のボトルをゴミ箱に投げ入れた。ソファから少し離れたところに立ち、友親と進藤さんを、じっと見てくる。

「さて」

長い沈黙の末に、若菜さんはゆっくりと口を開く。

「どうして君がこんなところにいるの？　恭子ちゃん」

擦れるような声で、若菜さんは進藤さんの名を呼ぶ。

「寺脇さんとは知り合いですから。私、白築に行ってるんで」

若菜さんの眉間に皺が寄った。自分のテリトリーに進藤さんが入ってきたことに、嫌悪感を示している顔だった。

「中野で同じゼミの子達と食事してたら、寺脇さんが倒れてたんで、タクシーで送ってきたんです。まさか、若菜君が同じアパートに住んでるなんて知らなかった」

私がここに来たのはあくまで不運な偶然なの。そう強調する進藤さんは、怖いくらいに冷静で、普段若菜さんのことを話すときの爆竹みたいな激しさは全くなかった。

「そう」

素っ気なく言うと、若菜さんは再び台所に消えた。大きな溜め息をついて、進藤さんは音もなく立ち上がる。

「帰ります」

「うん。いろいろごめん。ありがとう」

友親がそう言うと、彼女は突然自分のスマホを差し出してきた。

「感謝しているのなら、連絡先を教えてください。いつまで私にストーカーをさせる気ですか」

ストーカーの自覚はあったのか。その言い様におかしくなって肩を揺らすと、途端に頭がずきずきと痛んだ。大人しくポケットから自分のスマホを取り出して、渡す。進藤さんは友親の連絡先を自分のスマホへと移し、友親のズボンのポケットへとスマホを戻した。

「では後日、連絡します。いろいろ聞きたいこともあるんで。今日のことはそれでチャラにしてあげます」

さようならと踵を返すと、進藤さんはもう振り返らなかった。玄関で靴を履いて、戸を開ける。水色のフレアスカートが吹き込んできた夜風にはためいた。白い脹ら脛をちらりと晒《さら》して、消えていった。


それからしばらくして、うつらうつらとしていた友親の元に若菜さんがマグカップを持って現れた。お湯に蜂蜜を垂らしただけのものだったけれど、気づかないうちに体温が下がっていた体には優しく染み渡っていった。

その夜はそのままソファで眠った。翌日目が覚めたら自分の部屋で布団にくるまっていた。

枕元に「二日酔いには肉うどんかしじみ汁。ちなみにうどんなら冷蔵庫に俺のがある」と書かれた付箋が置いてあった。癖のある達筆で書かれた字は、若菜さんのものだった。

その文字一つ一つから、細かな留め撥ね一つ一つから、敗北感が湧き起こる。自分が情けなくなる。

大学に入学して、早く自立したいと思った。母のことも舜一さんのことも、頼らなくても生きていける自分になりたかった。自分のことを心配する二人を、笑い飛ばせるくらいに強くありたいと思った。そうでないと、あの二人の幸せを、母の幸せを、保つことができないのだと。

そんな理想とはほど遠いところに自分はいるのだと思い知らされて、頭から布団を被って、真っ昼間から泣いた。

◆

「相手がいい気分になれるように気を使って振る舞うなんて、そんなの、相手のことが『嫌いだ』って言っているようなものじゃないですか」

何でもないことのようにヨシキは言うのだ。そして、カップ麺の蓋をぺりぺりと剝がし、立ち上る湯気に嬉しそうに頰を緩ませるのだ。

「嫌いってわけじゃ、ないんだけど」

「こういうことをやったら相手が喜ぶとか、こうすれば相手は気持ちがいいだろうとか、そんな風に考えて接している時点でもう、冷め切ってるじゃないですか」

先輩のここ、そう言ってヨシキは若菜の胸を割られていない箸ですっと指して見せた。ちょうど心臓のあるあたりを。

「別にそれは、先輩が悪いとか相手が悪いとか、そういうことじゃなくて。しょうがないことなんだと思いますけど」

「でもさ」

「だって、大きな理由もなく人を好きになったり嫌いになったりすることって、どうしたってあるじゃないですか。生理的に受け付けないとか、雰囲気が駄目とか。家族にそれが当てはまることもありますよ。ましてや、先輩の場合は母親も義妹も、もともと他人なんだから」

そして家族だったはずの父親がどんどん遠くに行く。お腹の底でくすぶって、けれど見ないようにしていた本音を、ヨシキはあぶり出すように、ほじくり返すように一つ一つ取り上げては言葉にしていった。

そうやって過ごす昼休みは、苦しいのに、胸が痛いのに、なぜか自分がきちんと呼吸していると実感することができた。息を吸って、吐いて、心臓を動かして、肺を膨らませて、生きていると。

「先輩、彼女と別れたじゃないですか。どうして別れたんですか。大喧嘩したんですか？」

「してないよ」

どうして、と理由を聞かれたことは何度かある。何度もある。

「なんとなく、なのかな。もしくは」

「もしくは？」

言葉に詰まる。決定打はあの図書室での出来事だったと思うけれど、あれがなかったとしても別れるのは時間の問題だった気がする。言葉にできないくらい細かくて、些細なことが積み重なって、気がついたら一緒に帰ることがなくなり、メールや電話の回数が減り、そして自然と、なかったことになっていたのかもしれない。

「……わかんないや」

でも唯一わかる。同じ理由で、自分は母も妹も父も煩わしいと思っている。

「そんなもんですよ。人間の心って、ものすごーく複雑で、不可解な作りをしてるんですから。真面目に考えたって答えなんて出ませんよ」

ずるずるー、ずるずるー。醤油ラーメンのこうばしい香りと共に、麺を啜る音が人気《ひとけ》のない非常階段に響く。屋上と非常階段を隔てる扉の前に座って弁当を食べるのが、最近の日課だった。

隣にはいつも彼女がいる。購買でカップラーメンを買って、お湯を入れて非常階段に来たと思ったら、母親に作って貰った弁当を若菜に押しつける。

結果として、若菜は二人分の弁当を食べる羽目になる。

「どうして、いっつもカップ麺なの」

弁当作って貰ってるのにさ。赤い弁当箱に詰められた卵焼きを箸で摘んで見せるも、涼しい顔でヨシキはラーメンを啜った。

「うち、やたら健康志向な家っていうか、インスタント食品とか冷凍食品とかコンビニ弁当とか、ほとんど食べないんです。お弁当も毎日毎日母が手作りするし」

「いいことじゃん。何が嫌なのさ」

「それでも、食べたくなるときってあるじゃないですか。カップ麺とかファストフードとか」

「なら、作らなくていいってお母さんに言えばいいのに」

「お弁当作るのが生き甲斐みたいな人なんで、やめてって言っても作るんですよ。でも先輩のお陰でお昼に隠れて食べたいものを食べられるようになったんで、ラッキーです」

「そうですか」

それにしても、今日のヨシキの弁当は量が多い気がする。昨日までとは弁当箱のサイズが違う。ご飯の量だって二倍だし、昨日は二切れしか入っていなかった卵焼きが四つも入っていた。

その答えは、五限のチャイムが鳴る十分前にわかった。

教室に戻ろうと階段を下りて三階の踊り場まで来たとき、空になったカップラーメンの容器を両手で抱えたヨシキが、意地悪い顔をしながら若菜を振り返った。

「先輩、今日は自分の分のお弁当、食べなかったんですね」

「だって、ヨシキの弁当が無駄に量が多かったから」

「義理のお母さんが作ってくれたお弁当は、どうするんですか」

「いいよ、夕方にでも食べるから」

「ああ、そうなっちゃいますか」

呆れた、と歯切れよくこぼし、ヨシキはファスナーが開けっ放しになっている若菜の鞄に手を入れた。青いバンダナに包まれた弁当箱を取りだしたかと思うと、駆け足で三階の廊下に入っていった。小走りで追うと、ドアを開けてすぐのところにあるゴミ箱に、カップラーメンの容器を捨てているところだった。

若菜を見る。若菜を見つめたまま、バンダナの結び目をほどき、若菜の弁当の蓋を開ける。

「ちょっと……」

中身をそのまま、ゴミ箱に捨てた。ずん、という湿った音とともに何もかも、綺麗に落ちていった。その音が不思議と耳の奥まで響いて、脳味噌に刻みつけられるのを感じた。

明日も明後日も来週も来月も数年後も、きっとこの音を自分は覚えているに違いない。

「お母さんに、最近お腹が減ってしょうがないからお弁当の量を倍にしてくれってお願いしたんです。先輩が自分の分を食べなくてもお腹いっぱいになるように」

多分、ヨシキの言葉も、覚えているのだろう。

醤油のパックとか、アスパラのベーコン巻きに刺さっていた爪楊枝とか、紙製のカップとか。それらもすべて捨ててしまった。拾って弁当箱に戻して持って帰るか。学校で弁当箱を洗って、ゴミも捨てて来たよと言うか。

そんなふうに考えてしまう自分が、心底、殺したいほど嫌いだった。

「うんざりしちゃうような正しさを大事に抱えているより、間違ってるかもしれないけれど、自分に嘘をついていない生き方の方が、ずっといいなって。そう私は思うんですけど、先輩はどうですか」

お前の答えはわかっている、という顔でヨシキは首を傾げてみせる。

「……なあヨシキ、今日の帰りに、ラーメン食べにいこうか」

「私、昼もラーメンだったんですけど」

呆れ顔で笑いながら、ヨシキは空になった弁当箱をバンダナで包み直し、若菜に返してくる。

「カップ麺なんかよりずっと美味しいところ」

「夕飯は家族と一緒に食べる。そのために、元カノさんと放課後にどこかへ行くこともほとんどしなかったって言ってたじゃないですか」

「いいんだよ」

たった今、よくなったんだよ。そう言うと、ヨシキは白い歯を見せて思いっ切り笑った。レモンの実が、若菜の目の前で弾けたみたい。

「いいですね！　私、豚骨ラーメン食べたいです。スープがもの凄く濃くて、チャーシユーがいっぱいのった奴。ご飯もつけたいです。ノリをスープでびちゃびちゃにして、ご飯にのせて食べたいです」

＊　＊　＊

夏休みに入ってすぐに一度連れて行った喜多方ラーメンの店を、ヨシキは酷く気に入ったようだった。行くたびにメニューの左端から、ラーメン、ネギラーメン、チャーシュー麵、ネギチャーシュー麵……という具合に順々に食べていき、ついこの間全メニューを制覇した。流石にもうラーメンそのものに飽きるかと思ったのに、ヨシキはまたメニューの左から二周目を食べ始めた。

ヨシキが一番気に入ったのは、小振りのチャーシューが十枚ものり、大量の辛味ネギが添えられたネギチャーシュー麵だった。

ラーメンで早い夕飯を済ませ、コンビニで飲み物を買って、ヨシキを家まで送る。それが若菜の放課後の過ごし方になった。家族と夕飯を共にすることはきれいさっぱりなくなった。平日だけでなく、土日も。規則正しく起きるのをやめて、昼近くまで寝ていることが多くなった。炊飯器にわずかに残ったご飯でお茶漬けを作って食べて、夜はコンビニの弁当で済ませる。初めこそ、「今日は夕飯いらないです」と義母に伝えるのに勇気が必要だった。それがだんだん、心が動かなくなった。いっそのこと、平日も休日も三食すべて外食やコンビニでいいのではないかという気にもなっていた。

ヨシキがドリンクコーナーの冷蔵庫を開ける。ミルクティーの紙パックを取り出すのを目で追いながら、若菜はその下にあるコーヒー牛乳を手に取った。

「お腹、いっぱいですね」

そう言いながら先に会計を済ませたヨシキがコンビニの外へ出て行く。コーヒー牛乳の代金を店員に差し出しながら、若菜は少しだけ肩を竦めた。

ヨシキと一緒にいるようになってから、勉強する時間は増えた。ハルと付き合っていたときの倍の時間は、受験勉強に充てていると思う。さっさと大学生になって、アルバイトをして、こうやって買い物をする金も、学校に払っている金も、何もかも自分で済ませられるようになりたい。

自分の生活の中から、父と義母と義妹の匂いを消したい。そんな思いは、ヨシキと過ごす時間が長くなればなるほど、強くなっていった。

ヨシキは若菜の原付きのシートに跨がってミルクティーをストローですすっていた。近くの車止めに腰を下ろし、若菜は紙パックを開けた。

「夏期講習が終わったら、もう夏休みも終わりですね」

「そうだな」

「後半の講習が始まる前に、海にでも行きませんか？　泳ぐのは嫌ですけど、眺めるだけ。近くにある公園のはまなすも見頃らしいですよ」

「わかった」

　自分達の通う高校は、夏休みの始めと終わりに四日間ずつ夏期講習を行う。大学進学希望の若菜は強制参加だが、一年生であるヨシキは参加自由だ。けれど彼女は、前半の講習も律儀に朝から夕方まで授業を受けていた。

「一年なら夏期講習は欠席しても何も言われないのに、偉いよな」

「だって今から勉強しておかないと、行きたい大学に行けないかもしれないじゃないですか」

「どこ行きたいの、大学」

「まだわかりませんけど、もし二年後も先輩と付き合っているなら、先輩と同じ大学に行きたいですし」

　さらっとそんなことを言うものだから、コーヒー牛乳が変なところに入った。むせ返る若菜を見下ろして、ヨシキはにたにたと笑っていた。

「でも、私、絵心がないので、美術の先生になる学部は無理かな。先輩が行こうとしてる大学、他に学部ありますよね？」

「同じキャンパスに人文学部があるけど」

「じゃあ、そこでいいです」

「そこでいい、って、まあまあ偏差値高いんだぞ」

「時間はありますから、いっぱい勉強しますよ」

飲み終えたミルクティーのパックを手に、ヨシキは原付きに跨がったまま振りかぶる。「えいっ」という掛け声と共に宙を舞った紙パックは、コンビニの入り口に設置されたゴミ箱を大きく逸れた。

「ノーコン」

自分のコーヒー牛乳を飲み干し、地面に落ちたミルクティーのパックと一緒にゴミ箱に入れた。振り返ると、ヨシキは慣れた様子でヘルメットを被っていた。

薄暗くなったアスファルトをライトで照らしながら、ヨシキの家に向かって走り出す。彼女の家は山間の奥まった集落にある。自分の家に帰るには遠回りになるけれど、彼女と話しながら坂を上って下って、林を抜けて、田圃に囲まれた細い道を走るのは悪い時間ではなかった。

止まって、ねえ先輩止まって。そうヨシキに言われ、坂を登り切ったところで原付きを停車させた。荷台から降りてヘルメットを脱いだヨシキは、「ちょっと歩きましょう」と県道から延びる細い小道に入っていった。薄暗くちょっと不気味な山道に、彼女は戸惑うことなくずかずかと入っていく。

「わざわざそんな草だらけのところ進まなくてもいいだろ」

文句を垂れつつも、原付きを押しながらついて行く。まだ日が落ちきっていないけれど、街灯もない木に被われた山道は、日没後にはまっ暗になるだろう。

「ここ、小学校のときに登下校の近道に使ってたんです」

車一台が辛うじて通れるような、舗装されていない土の道。車も人もほとんど通らない道のようで、土も草や木の根で被われていた。

「ここ、愛のトンネルみたいだと思いませんか？」

若菜より少し先を歩くヨシキが言う。

「愛のトンネル？」

「知りませんか？　ウクライナにあるんですよ。線路の周りに木が生い茂って、緑のトンネルみたいになってるんです」

二人分の足が草と木の枝を踏む、さくさくという乾いた音が規則的に響く。県道からどんどん離れて山を下っていくので、車の音も人の声も聞こえてこない。

「なんでそれが愛のトンネルになるわけ」

「そこを恋人同士で手を繋いで歩くと願いごとが叶うらしいんですよ。あと、恋人のいない人はそこを歩けば素晴らしいパートナーが見つかる、なんて言われてるんですよ」

日本人も外国人も変わりなく、そういうのが好きなんですね。そう呟いたヨシキは、何も言わず、大股で若菜の隣へやってきた。

一瞬、手を繋いでくるのではないかと思った。たった今語った、愛のトンネルの言い伝えのように。

「先輩」

歩みを止め、若菜の顔を覗き込みながら彼女は言う。

「今からする話、驚いてもいいし、信じてくれなくてもいいんですけど、最後まで聞いてくださいね？」

一呼吸置く。ただそれだけなのに、長く感じた。

「私、明日死ぬかもしれないんです」

真剣という顔でもない、ふざけている顔でもない。淡々とした口調で、彼女は言った。

「心臓には血液を送り出す弁があるの、知ってますよね。私、そこに障害があるんです。身長も体重も、平均ちょうど。視力も聴力も握力も、同い年の子と変わらないのに、心臓だけ、駄目なんです。弁膜症の上に、そもそも心臓のポテンシャルがあんまり高くないんです。手術一回するのも命がけ。踏んだり蹴ったりなんです、この身体」

私って、そういう子なんです。ヨシキはそう言って強く自分の胸を叩く。

小学校のときなんて、学校に通っていた期間と入院していた期間とが、ほとんど変わらない。小学六年生のときにやっと手術ができて、中学校では部活だってやるつもりだった。けれど結局それも叶わなかった。

高校入学直後も、一ヶ月間登校できなかった。

「入院期間が長いと、退院して学校に戻っても、みんな私のことなんて忘れちゃってるんですよね。私と友達だったことなんてなかったことにして、別の友達と仲良くしてるの」

どうして、という若菜の問いに、ヨシキは肩を竦める。

「いつ入院しちゃうかわかんない子と友達してたら、その子が入院したら独りぼっちになっちゃうじゃないですか。仕方なく一人でいると、澄ましてて生意気だ、私らを馬鹿にしてるって、よく知りもしない子に虐められるし。私の人生、谷ばっかりですよ。あ、でも、今は元生徒会長の彼女、なんて凄いポジションにいるんで、誰からもちょっかい出されてないですから、安心してくださいね」

飄々《ひょうひょう》とした口調で言うものだから、悲壮感はない。けれどそれがまた痛々しい。安易に言葉を発することができない。何を言っても間違う気がする。

かけるべき言葉なんて、どう足掻いたって見つけられない。

「蟬《せみ》、鳴いてます」

少し離れたところから蟬の鳴き声が聞こえた。それがどうした、と力なく呟くとヨシキは声を弾ませて語り出した。

「蟬って凄いって思いません？　人間がこの体のサイズで出せる声ってたかが知れてるじゃないですか。でも蟬は、あんなちっこい体でこんなに喚《わめ》き散らせるんですよ。どんだけのエネルギーを鳴くことに費やしてるんだって話ですよね。そりゃあ死にますよ、一夏で」

死。ヨシキの言葉に心臓が軋《きし》む。

「蟬ってよく、ひっくり返って死んでますよね。蟬の体は羽を動かすための筋肉が一番重いんで、平らな場所で裏返ったら起き上がれないんです」

そのまま、コンクリートの地熱で死んじゃうんです。ぱき、ぱきと木の枝を踏みながら、ヨシキは蟬のうんちくを語る。だんだんそれが、ただ自分の知識を披露しているわけではないとわかってきた。

「蟬が裏返って、それでもジージー喚いてのたうち回っているのは、必死に生にしがみついている状態ということです。私、こんな体で十六年も自転車操業してきたんで、こういう話はよーく覚えてるんですよね」

そこまで言って、彼女は黙った。口をつぐんだまましばらくまがい物の愛のトンネルを歩く。その隣で若菜は先程より重くなった原付きを押し続けた。何も言えない自分に憤《いきどお》り、腹を立てながら。

蟬の鳴き声が近づいてきた。このあたりの木に止まっているようだ。試しに近くの木を見つめてみたけれど、それらしい姿は見つからない。

「……私」

同じように木を見上げながらヨシキが呟いた。

「さっき自分が二年後の話をしているのに、もの凄くびっくりしたんです。十年生きるかもしれないし、明日突然死ぬかもしれないのに、先輩と同じ大学に行きたいなんて、思うようになっちゃったんですよね」

人って、ここに心臓があるんだ。はっきりわかるくらい、心臓が脈打って、じくじくと痛むのがわかった。

「この意味、生徒会長にはわかります？」

言葉がない。この心境を表す言葉が柚木若菜という人間の中にない。

「やめろって、いつも言ってるだろ。その生徒会長っていうの……大体もう、生徒会長じゃないし」

目元と鼻の奥に力を入れて、拳を握り込んで。笑顔を崩さないヨシキの口元に、噛み締めた唇を押しつけた。

長い長い時間を経て、何も言わずヨシキから離れると、彼女は俯いた。ごめん、と謝ろうと思った。けれど同時に、それは嫌だとも思った。

代わりに、「しないから」と彼女の肩に手を置いた。

「なかったことになんか、しないから。ヨシキを置いてどっかに行くことも、しない」

「私がどこかに行っちゃうのが先でしょうからね」

笑う。俯いたまま口元に手をやって、くすくすくすくす、無理矢理胸の奥から笑い声を絞り出すようにしながら。

「若菜先輩」

顔を上げたヨシキは泣いてはいなかった。口元にだけ淡い笑みを作り「尾崎が聴きたいです」と言った。「ウォークマンじゃなくて、先輩のアカペラがいいな」と。

「『I LOVE YOU』を歌ってくださいな、若菜先輩」

六　プールサイドに君がいない

美術特別実習が行われる大教室に、友親は一番に入った。別に、合評会の翌週だからとやる気に満ちあふれていたわけじゃない。夏休みの間に画材を一式旭寮へ持ち帰ってしまったので、宛がわれているアトリエにそれらを運び、そのまま特別実習の教室に向かったら随分と早く着いてしまったのだ。

いや、一番ではなかった。すでに教室には一人の女子学生がいて、教室の真ん中寄りの場所にイーゼルを立て、カッターナイフで鉛筆を削っていた。友親が教室に入ってきた音に気づき、顔を上げる。目が合った。

前期の授業では見たことのない人だった。何より、目の下にできた大きな隈が、あまりに印象的だ。真っ黒なミディアムボブに包まれた顔は小さく白いから、余計に隈が悪目立ちしてしまっている。

友親が会釈すると、すうっと、まるで蠟燭《ろうそく》の火が消えるように目を逸らされた。

絵の具塗《まみ》れの緑色のジャージを羽織り、中学か高校の制服のような紺一色のプリーツスカートを穿《は》いたその姿は、普通の学生には見えなかった。旭寮の玄関口で猫を愛《め》でる若菜さんと、同じ匂いを感じた。友親にはどうしたって干渉できない世界に、片足を踏み入れている人の匂い。

その正体は、授業が始まる直前にわかった。

「小夜子さん、久しぶり」

他の学生の声が飛び交う中、よく通る若菜さんの声がしたのだ。そして、緑色のジャージを着た彼女の肩を叩いた。

小夜子さんと、彼は言った。小夜子。その名前を、友親は夏休み前に目にしている。ギャラリーでの校内展入選作品。佳作特別賞を受賞した、明石小夜子。「無題」と名付けられた不気味な絵の作者。絵が描けなくなって、自殺未遂をした人。

「復学したはいいけど、先週は全然見かけなかったから、心配してたんだよ」

単位登録とか、ちゃんと済んでるの？　という若菜さんの問いに、明石先輩はミディアムボブを揺らして頷いた。友親の位置からは若菜さんは背中しか見えないけれど、明石先輩の表情ははっきり見える。

「柚木君、特別実習取ってたんだね」

明石先輩の声は思っていたよりころころとした可愛らしいもので、あんな禍々しい絵を描く人の声とは思えなかった。けれどその割に表情が硬く、顔の半分をほとんど動かしていない。

「二年のときに受けちゃったから、聴講だけど」

「私も後期から受けることにしたの。先週の合評会は休んじゃったけど」

そう、頼りなく笑う。笑うと目元の隈が際立った。

「四年の課題だけ、えげつないことになってるよ」

年三回、一度に三作品提出。四年生に課せられた課題を若菜さんが教えてやると、明石先輩は「ええっ？」と右手で口元を被った。

「それ、早く教えてよ。私もう、森屋先生に聴講しますって言っちゃったのに」

「じゃあ、地獄まで一緒に落ちていこうか」

逃がさないから、と不敵な笑みを浮かべながら、若菜さんは明石先輩のジャージの裾を摑む。「嫌だ、放して」と抵抗しながらも、明石先輩はそこまで嫌そうな顔はしていなかった。


「その女の人、黒髪じゃありませんでした？」

無糖のアイスコーヒーをストローで啜りながら、進藤さんはどうしてだか友親を睨みつけてくる。たまらず視線を外して、自分のアイス豆乳ラテを口に含んだ。

中野駅付近で酷い目に遭った数日後、彼女は早速友親に連絡を寄こした。落ち合う場所は、白築学園大学近くのコーヒーショップだ。

　若菜君は普段、どんなふうに生活してるんですか。学校では。どんなものを食べているの。アルバイトは。交友関係は。恋人はいるの。どんな絵を描いているの。

　そんな質問を捲し立てられ、今日の特別実習のことを話した。そして明石先輩に、進藤さんは何か引っかかりを覚えたようだ。

「確かに、黒だった」

「他にはどんな特徴がありますか？　その明石先輩って」

　ストローの先でグラスの中の氷をがらがら掻き回しながら、立て続けに聞いてくる。

「肩につくくらいのボブカットで、黒髪で、緑のジャージの上着に紺のスカート穿いて」

「身長は」

「あんまり高くなかったと思うけど」

「太さは」

「細身だったかな」

「目の大きさは？　唇の厚さとか、顔のパーツのバランスとか要するに美人なんですか、どうなんですか」

「綺麗な顔の人だったと思うけど」

「どうしてもっとちゃんと覚えてないんですか。写真の一枚も撮っておいてくださいよ。調査員失格です」

そんなこと言われたって、まじまじと見たわけでもない人の顔を鮮明に覚えているはずがない。ましてや写真なんて撮れるわけがない。

「でも、寺脇さんの話で大体想像がつきました」

「想像？」

「明石先輩とやらは、ある人に顔つきや雰囲気がよく似てるんだと思います。だから、若菜君は明石先輩に優しくするんです」

「ある人って何よ、恋人とか」

何も言わず、進藤さんがこちらを流し見る。

「え、マジでっ？」

唇を尖らせる進藤さんに、友親は口をあんぐりと開けた。それはもう、正解ということじゃないか。

「でもさ、前に進藤さん、若菜さんが付き合ってた彼女を手酷く振って音信不通になったって言ってたじゃない？　振った女に似てるから優しくするってどういうこと？」

ずずずーっとアイスコーヒーを啜った進藤さんは、ストローを摑んでいた手を右目の下に持って行く。舌をちょっとだけ出して、友親に向かってあかんべーをした。

「それ以上知りたいなら、もっと有益な情報を持ってきてください」

「何をもって有益なのか、俺にはちっとも判断がつかないんだけど」

そこまで言って、先週の合評会のことを思い出した。そうだ。あの日、若菜さんが提出した三枚の絵。あの絵の女の子も、黒髪だったではないか。そして「はまなす」に描かれた女性の髪も、黒だった。

「若菜さん、黒髪の女の子のヌードを描いてたよ」

「ヌード？　ヌードって、あのヌード？」

テーブルの下で進藤さんが拳を握り締めるのがはっきりとわかる。「ヌードっ？　全裸？　全裸ぁ？」と繰り返す進藤さんは滑稽だった。

「知り合いがモデルだって言ってた」

口の中でぶつぶつと言葉を転がしながら、進藤さんはがっくりと肩を落とした。

「……そうですか」

「有益な情報じゃなくて悪かったね」

「いえ、とても有益ですよ。私がこの数ヶ月で当たった人の誰よりも、有益な情報を寺脇さんは持って来てくれそうです」

「まさか、あれから本当にいろんな人にストーカーを頼んだわけ？」

「ストーカーとは心外ですね。それに、誰も乗ってはくれませんでしたよ」

アイスコーヒーを音を立てて飲み、進藤さんは溜め息をつく。けれどその表情はいくらか穏やかになっていた。

「でも、よかったです。寺脇さんが協力してくださることになって」

「待って。もしかしてこの話って、明日以降も継続するの？」

今日一回ぽっきり。そのつもりで来たのに。

「え、まさか、今にも死にそうなあなたに肩を貸してタクシーに乗せ、タクシー代を奢り、家まで連れて行ってあげたというのに、これでお礼を終わる気ですか」

テーブルの下で、膝小僧に痛みが走った。狭いテーブルの下で、進藤さんが友親の膝をつねったのだ。

「また連絡しますので、よろしくお願いしますね」

ふふふ。肩を揺らして笑いながら、進藤さんはさらに友親をつねる指先に力を込めた。

＊＊＊

花房美術大学は、十月の中旬に入った瞬間に色が変わった。夏の暑さと課題に体力を削られた学生達が突然息を吹き返し、目の色を変えてキャンパス内を闊歩《かっぽ》し出す。うちの大学にはこんなに人がいたのかと疑問に思ってしまうくらい、人が増える。

花房祭が始まるとは、そういうことだった。

「学祭の準備って、もっと盛り上がるっていうか、みんなでわいわいするっていうか、そういう非日常を楽しむものだと思ってたんだけどな」

同じアトリエを使っている有馬は、先程から手も休めないけれど口も休めない。八十号のキャンバスに筆を走らせ、ペンチングナイフで絵の具を剝ぐ。ナイフのエッジを器用に使って、細かい線を引いていく。

有馬に背を向ける形で自分の作業スペースでキャンバスに向かう友親は、彼の愚痴を話半分に聞いていた。

ハナビの学園祭——花房祭は毎年十一月の頭に三日間行われる。ハナビではこの学祭を課外活動の一環として扱っているため、学部生も院生も参加必須だ。準備期間四日、学祭期間三日、整理期間三日。十月下旬から十一月上旬にかけての合計十日間は、花房祭のためにある。

各部活やサークルが屋台や展示、発表のために忙しく走り回るのは他の大学と変わらないかもしれないけれど、それ以外に学部生は展示用の作品を作らねばならない。大学は学祭を外部へ向けた日々の成果発表の場と位置づけているから、作品の展示は絶対だ。

そして友親や有馬を始めとした油絵学科の学生は、展示用の作品を準備期間二日目の今日もせっせと描いている。

「有馬は、マジック研究会の方は行かなくていいのか」

「午後にはそっちに行くよ。それまでに一区切りつけないと」

マジック研究会は毎年大教室を使ってマジックショーをやるらしい。衣装に凝るだけでなく、椅子やテーブル、照明に至るまで一から自分達で作って、観客には料理まで振る舞うとか。

「寺脇は？　まさか四日間ずっとアトリエに籠もる気？」

まさか。そんな孤独な学祭準備期間なんて、耐えられない。

「旭寮の学生で毎年屋台をやるらしくて、その手伝いに行くよ」

「へえ、面白そうじゃん。学祭始まったら覗きに行くわ」

花房祭での利益は自分達の懐に入れることができる。サークルをやっている連中からすれば活動費の足しなのだろうが、旭寮の住民にとっては先日壊れてしまった共用テレビの買い換え費用だ。ブラウン管な上に、画面がやたらと黄色く映る年代物だったけれど、壊れるときは一瞬だった。いろんな人間が代わる代わる修理を試みたけれど、結局駄目だった。

有馬が「今日はひとまずこんなもんかな」と筆を置いたところで、友親も手を止めた。描きかけのキャンバスを見上げ、自問自答する。こんなところだろうか、明日、半日作業すれば、なんとかなるだろうか。

せっかく花房祭に出品する作品なのだからと、百号のキャンバスを選んだ。真っ白なキャンバスの前に立ったときは、その大きさに尻込みした。この白い枠の中をなんとか埋めなくてはと筆を動かし、何か違うなと思い立って別の色を重ねて消し、重ねて消し。それを繰り返して、なんとか形になってきた。

「じゃあ俺は、サークルの方へ行きまーす」

絵の具塗れのつなぎを脱いでパイプ椅子に放り投げ、有馬はさっさとアトリエを出て行った。旭寮の方に合流したらどうせ力仕事を任されるだろうから、この半年ですっかり絵の具塗れになったつなぎを着たまま、中庭に向かった。

アトリエ前の廊下も、すでに花房祭の色に染まりつつある。どこぞの画家がなんとかという賞を取ったとか、なんとか展の作品募集が始まったとか、そんなニュースが紹介されている学科の掲示板まで、風船や花や謎のオブジェで飾り付けられていた。

そんな、日常と非日常が中途半端に入り交じった校舎から中庭に出ると、屋台を出店する学生達が準備に当たっていた。昨日までは影も形もなかった屋台の骨組みが現れ、気が早いところではコンロに火を入れ、何やらいい匂いをさせていた。

その一角に、旭寮の学生が出店する屋台がある。すでに木材は屋台の形になっていて、日本画学科のバーナビー先輩、彫刻学科の白州先輩を中心に、刷毛《はけ》とローラーを使ってペンキを塗っていた。「お疲れさまです」と声をかけると、無言でペンキの入ったバケツと刷毛を渡された。

「小汚い居酒屋風に頼むぞ」

屋台の設計図も一緒に渡される。屋台本体は使い古されたように汚しを入れる。けれど木目は綺麗に。バーナビー先輩の真似をして、綺麗なベニヤ板を古びた屋台の壁に変えていく。

旭寮が今年出店する屋台は、ザンギだった。唐揚げではなく、ザンギ。バーナビー先輩曰《いわ》く、彼の地元である北海道ではメジャーな食べ物なのだという。試作品も食べさせてもらったけれど、唐揚げとの違いを友親には見つけられなかった。

「バーナビー先輩が道産子《どさんこ》だとは知りませんでした」

柱に青い絵の具を使って汚し加工を施すバーナビー先輩は、「まあな」と筆先から目を離さず言った。

「俺のあだ名、そのせいでつけられたんだし」

「……そうなんですか」

バーナビー、バーナビーと呼ばれているから、ついつい彼の本名を忘れてしまう。恐らくハナビにおいて和尚先輩の次に本名が知られていない人物だ。

「旭寮に引っ越してきた日の夜、俺にあだ名をつけようってなって、誰かが釧路市はカナダだかどこかのバーナビー市と姉妹都市だってことを突然調べてきて、それでバーナビーになった」

「それ、どうして拒否しなかったんですか」

「だって、バーナビーかホルムスクの二択だったんだぞ。そりゃあ、バーナビーを選ぶだろ」

お陰で、大学じゃあ誰も俺を本名で呼んでくれないよ。そうやって友親と話をしている間に、彼は柱に汚れを入れる作業を終えてしまった。茶色をベースに着色された柱は青や緑といった色を重ねられ、年季の入った柱に化けていく。柱の色に青が混ざると、あっという間に青色の要素が消え、しっとりとした染みに変わる。多すぎず少なすぎず、バランスよく。それを試し塗りもなしに、バーナビー先輩はさくさくとこなしていく。

隣でそれを真似ながらしばらく作業をしていると、若菜さんと大学院生のテツさんが大きな鍋を三つ抱えてやって来た。ザンギを揚げるための鍋を、旭寮から運んできたのだ。若菜さんの手には、鍋以外にもスーパーの袋がぶら下がっている。調理用の鶏肉の搬入は花房祭前日だから、あれはきっと――。

「差し入れにカツサンド買ってきたぞー」

若菜さんがこちらに向かって手を振る。二本目の柱に取りかかったきり手を休めることのなかったバーナビー先輩が、すっと顔を上げた。

＊＊＊

醤油、砂糖、酒、ニンニク、生姜、塩コショウを混ぜ合わせて作る特製ダレに鶏腿肉を漬け込み、卵、小麦粉、片栗粉をまぶして油で揚げる。一度揚げたらバットの上で冷まし、注文が入ったら二度揚げして提供する。串に刺したものは一本百円。小サイズの紙コップに入れたものは三百円。中は六百円。大は八百円。ザンギを揚げる音と匂いは老若男女誰にとっても魅力的なようで、花房祭開催直後から旭寮のザンギ屋台は盛況だった。

午前九時の開場と同時に大勢の人で中庭は埋め尽くされた。朝っぱらからそんなに焼きそばが食いたいのか、大判焼きが食いたいのか、ビールが飲みたいのか。そう一人ひとりに問いかけて回りたいくらい、手に食べ物を抱えた人が中庭を行き来している。

屋台の裏でひたすら鶏腿肉をタレに漬け込むのが友親に与えられた仕事だった。一度に大量に仕込んでしまえばいいと思ったのだけれど、それだと味にムラができるし、長く漬け込みすぎるとしょっぱくなるとバーナビー先輩が許さなかった。

業務用スーパーで安く大量に買った材料は瞬く間になくなり、寂れた居酒屋を模した屋台の中に積まれていたクーラーボックスはどんどん空になっていく。

「これは、明日の朝、もう一度買い出しかもしれないですね」

「そうだなぁ」

同じく仕込みを担当しているはずの若菜さんはパイプ椅子に浅く腰掛けて、鍋の隅から小さなザンギを割り箸で拾っては口へ放り込んでいる。

手伝ってくださいよ、と言うのはとうに諦めた。

「若菜さん、それ、どこで入手したんですか」

彼の頭部を指さし、今更のように友親は聞いた。若菜さんは朝からずっと頭に羽根冠を被っている。アメリカ先住民族の、それもかなり偉い人が被るような、足下まで鳥の羽根が連なった冠だ。赤、白、青、黄色、黒。色とりどりの羽根が、若菜さんが頭を動かすたびに揺れる。私服でそんなものを被っているから、アンバランスで不可思議極まりない。

「今日のために作ったに決まってるだろ」

課題提出が押し迫っているのに、花房祭用の衣装を作る時間と気力は捻出できるのか。

「羽根冠は作ったのに、服は作らなかったんですか」

煉瓦敷きの地面に落ちる羽根の先を拾い上げた若菜さんは、「これを縫い付けるのに今日の朝方までかかったんだよ」と笑った。

「花房祭って、そういうもんですか」

「一年のときに何もできなくて寂しい思いをして、みんな二年から本気を出すんだよ」

今朝大学に来た時点で、学内は仮装する学生であふれていた。歩くスカイツリーも見たし、桃太郎もマリー＝アントワネットも乾電池も見た。全身を風船で埋め尽くして歩くたびにパンパンと破裂させている奴もいた。

そこまでされると、普段とまったく変わらない姿で花房祭に参加している自分が、もの凄く馬鹿みたいだった。

バーナビー先輩は鶏の着ぐるみを着てザンギを揚げているし、白州先輩は彫刻学科お馴染みの法被を着て接客している。恐らく午後から交代でやって来る旭寮の住人も、何かしら仮装しているだろう。

「高校の文化祭とは、だいぶ違うだろ？」

カリカリに揚がった鶏皮を味わいながら、ザンギと一緒に売っているビールを勝手にプラスチックカップに注いで飲み始めた若菜さんが、突然そう言い出した。

「大学の学祭なんて、もっと淡泊なものと思ってたんですけどね」

ビニールの手袋をつけて鶏肉の塊に手を突っ込む。タレと混ぜ合わせ、鶏肉全体に味を行き渡らせる。

「高校の文化祭より、みんなよっぽど真剣にやってますよ」

「そうだろうよ」

校舎の東棟と西棟を繋ぐ連絡通路には「花房ロマンチック街道」という今年の花房祭のテーマが書かれた横断幕が掲げられている。けれど、その下にはそれよりずっと大きな文字で「明日は筋肉痛！」という謎のメッセージが記されている。果たして俺は明日、筋肉痛になれるのだろうか。そんな寂しい不安が頭を過ぎった。

遠くから「マジック研究会でーす！」という威勢のいい声が聞こえた。有馬を始めとしたマジック研究会の面々がシルクハットやマントといったマジシャンの装いでビラを配って回っている。マジシャンだけでなく、バニーガールまでいた。男臭いボロアパートで日々生活する旭寮の住人がその太腿や大きく開いた胸に釘付けになっている隙に、マジック研究会はザンギ屋台に並ぶ客に片っ端からビラを配っていった。若菜さんまでが、ひゅーと口笛を吹く。

赤と黒の気取ったタキシードを身にまとった有馬が友親を見つけ、ピースサインを送ってきた。一番高い大サイズのザンギを二つ売りつけてやった。

午後になってシフトを交代してもらい、キャンパス内の催しをぐるりと回ってから、自分のアトリエに戻った。マジック研究会のステージや映像学科のミニシアター、手作りのアスレチックで遊び回る子供達の声が響いていた彫刻学科の作業場に比べたら、油絵学科のアトリエは静かなものだった。

基本的に学生の作品展示ばかりだから、黙って見て回る来場客がほとんどだ。

自分の作品を展示するスペースを覗くと、一人の女性がたたずんでいた。友親の足音に気づき、すっと顔を上げてこちらを振り返る。目を逸らして隣のブースへ移動しようとして、名前を呼ばれた。

なんだ、寺脇さんですか、という、聞き覚えのある心ない言い方で。

「……進藤さんか」

今日の進藤さんの服装は、いつもとちょっと違った。中野で助けられて以来何度か会っているけれど、彼女の服装はいつも淡い色のスカートに、落ち着いたデザインのフリルのついたブラウス。スカートは絶対に膝丈。華奢なパンプスのヒールはあまり高くない。世間一般の人がイメージする清楚なお嬢様像を忠実に守っているのが、進藤さんだった。けれど今日の彼女は黒く長い髪を一つにまとめ、黒縁の眼鏡をかけ、パーカーに七分丈の細身のパンツという出で立ちだった。リュックサックまで背負っているし、足下はスニーカーだ。

「なんでちょっと残念そうなんですか」

「いや、いつもと随分格好が違うので」

「変装ですよ、変装」

ほら、と彼女はリュックから帽子を取り出して被って見せた。これでバッチリでしょう、と。

「そ、そうだね」

友親の同意を得られて満足したのか、進藤さんは再び友親の絵に視線を戻す。花房祭用に描いた絵が一枚と、授業課題として描いたものを五枚、折り重ねるようにして飾った。その一つ一つに目をやって、進藤さんは言う。

「寺脇さんって、結構上手なんですね、絵を描くの」

「それ、全然褒め言葉じゃないから」

がっくりと肩を落とし、友親は首を左右に振る。

「どうしてですか。褒めてますってば」

「実技試験をクリアして入学してるんだから、みんな上手くて当然だろ」

自分で言うのもおこがましいけれど、絵が上手いなんて美大生なら当然だ。絵が上手いから美大生をやってるんだ。そんな連中に「上手いですね」なんて、なんの褒め言葉にもならない。

「大袈裟な話に聞こえるかもしれないけど、プロのカメラマンに『写真上手ですね』とか、プロの歌手に『歌上手ですね』なんて言える？」

「だって寺脇さん、まだアマチュアじゃないですか」

それに、あなたって画家志望だったんですか？　たたみ掛けるようにそう聞かれる。

そう言われるとこちらの分が悪くなってしまう。

「……そういうわけじゃないけど」

「じゃあ、将来は何になりたいんですか？　デザイナー……なら、デザイン学科に行きますもんね普通。何を志望してるんですか？」

進藤さんに悪気がないのがわかるから、下手にはぐらかすことができなかった。

まあ、なんだ、なんだろうね。そんなあやふやでふわふわした言葉を繰り返し、なんとか絞り出した。

「正直言うと、何かになりたくて美大に入ったわけじゃないんだ」

ただ、絵を描くのが好きで、周りの人からも上手いって褒めてもらえて、美大に行った方がいいって言われて。ただそれだけだったんだよ。そう続けると、進藤さんは「へえ、そうなんですか」とたいして気に留めることもなく、友親の隣のブースの絵を見に行った。友親もその後ろに続く。若菜さんのことでなければ、彼女は友親にそこまで関心を寄せない。

心底、それをありがたいと思った。どうして？　どうして？　と？マークを並べ立てられたら、きっとどんどん答えられなくなってしまう。

同じアトリエの人間の絵は、制作途中から散々見てきた。けれど改めてこうして展示されているものを見るのは、また気分が違う。丸一日同じ部屋で過ごすことも多いから、自然と相手のことがよくわかる。会話も多い。どういった理由でハナビに来たのか、どうして油彩なのか、将来はどうするのか。

　二年、三年と進級していったら、そんな話は恥ずかしくてできなくなる。現実とか、将来とか、そんな言葉が迫ってくるから。一年生の今だからこそできる会話だった。なのに、友親はいつも会話の輪に飛び込んでいくことができない。一歩引いて、見ている。話はするけれど、自分の奥の奥にある大事なところを語れない。

　なぜなら、本当に、そんなものがないからだ。

　突然、廊下から歓声が聞こえてきた。有馬の絵を見上げていた進藤さんがアトリエの扉から声の聞こえた方を覗き込む。

　どうしてだろう。アトリエ棟には名前の通りアトリエが何部屋もあり、この階だけでも十室近くある。なのに、この歓声がどこから聞こえてくるものなのか、友親にはわかった。

「若菜さんのアトリエだよ、多分」

　行ってみる？　と進藤さんに問う。迷った末に彼女は帽子を目深に被り、頷いた。

　花房美術大学のアトリエは、各階にさまざまな学年のアトリエがごちゃ混ぜになっている。

　その理由はきっと、こういう状況を作り出すためなのだと、友親は若菜さんの使っているアトリエに足を踏み入れて思った。

柚木若菜を始めとした数人の四年生が使用するアトリエは、まず展示されている作品の数が違った。友親達のアトリエの倍は軽くあった。大小さまざまな油絵に加え、水墨画や彫刻、陶器まであった。

そしてアトリエの一角を、友親が見たこともないような巨大なキャンバスが占領し、友親の身の丈はありそうな巨大な花が描かれていた。刷毛とローラーを使って、四年の先輩がさらに花や葉を描き加えていく。オアシスの『Whatever』がBGMとして流れていた。リアム・ギャラガーの透き通った高音の歌声に合わせ、ダイナミックに両手をキャンバスに振り下ろす。けれどキャンバスからいびつな音は響かない。白地の上を駆けるように色が伸び、重なり混ざり、花や葉の一部になる。ただの線や色の塊が花に姿を変えるたび、アトリエに集まった観客からは歓声や拍手が起こった。絵を描く工程までをパフォーマンスとして見せる——ライブペイントがこのアトリエでは行われていたのだ。

『Whatever』が終わると、隅に置かれたスピーカーからは違う曲が流れ始めた。イントロに合わせ、パーティションの陰から若菜さんが現れる。頭には羽根冠を被ったままなので、観客からは笑いがこぼれた。進藤さんだけが、「意味がわからない」という顔をしていた。

羽根を揺らして観客にお辞儀し、若菜さんは巨大な筆を持つ。彼のライブペイントのBGMは、尾崎豊の『卒業』だった。

リアム・ギャラガーとは正反対の低く力強い歌声に、若菜さんは筆の動きを合わせることはしない。けれどときどき、故意なのか偶然なのか、筆の流れが歌声と重なる。声が絵の具を伸ばすように、美しく筆と歌がつながる。そんな動作一つ一つに見入っている間に、あっという間にキャンバスは埋まっていく。赤、青、黄色。透き通るような羽を持った蝶が、花の周りを飛び交った。

若菜さんの口が、確かに『卒業』の歌詞を口ずさむのがわかった。

『卒業』が終われば、また違う曲が始まる。違う四年生が絵を描く。巨大なキャンバスは徐々に一つの絵画に姿を変えていった。花々と戯《たわむ》れる蝶。その向こうの青空はどこまでも高い。雲がゆっくり流れていき、山は青く霞《かす》む。

穏やかで美しいのに、絶望的なくらいに力強い絵が友親の目の前に生まれた。

青臭い夢や目標や幻想を抱えて大学に入学した一年生が、四年生の作品を見て現実を知る。自分の未熟さを思い知る。憧れて嫉妬《しっと》して落胆する。その逆だってきっとあるのだろう。そういう状況を作り出すのだ、このアトリエ棟は。

「……困るんだよ」

友親の呟きに、進藤さんがこちらを振り返る。キャスケット帽のツバの奥から二つの目が、訝しげに友親を見つめた。

ライブペイントを行った四年生が絵の前に集まって挨拶を始める。その前に友親はアトリエを出た。進藤さんも小走りでついてきた。

「何が困るんですか」

後ろから進藤さんが聞いてくる。

黙っていたかった。けれど、廊下を歩く自分の足の動きに合わせるように、口が勝手に動く。

「俺みたいにさ、なんとなく大学に来ちゃった奴にはさ、ああいうのはきついんだよ」

空っぽの奴には、あんな熱意と努力の塊みたいなものは毒だ。焦りや嫉妬ややる気を生み出す前に、胸に空虚な風を吹かせる。お前はここにいちゃいけないと、耳元で囁《ささや》かれる。どうしてお前みたいな求める未来も覚悟もない奴が、彼らと同じ場所にいるんだと。

「美大生も大変なんですね」

進藤さんの呟きに立ち止まり、大きく深呼吸をした、体から力が抜け、壁に寄りかかった。掲示板を覆う風船やオブジェ、さまざまな企画のビラが、頬や襟足をくすぐった。

「母親がさ」

「母親？」

文春文庫

文春文庫のぶんこアラです。
みんなと本で楽しくつながりたいです。

詳しい情報はこちら↓

「『あんたは絵が上手い』って、昔から褒めてくれたんだよ」

突然の身の上話に、進藤さんは首を傾げる。けれど、やめろとは言わなかった。

「『絵が上手いから、大学は美術系に行った方がいいよ』『絵の勉強をしたら、もっともっと上手になれるよ』って、高校のときに言われたんだ」

「それで、ハナビに来たんですか？」

頷く。

「だから、画家になりたいわけでもないし、デザイナーになりたいわけでもない」

四年生になって、卒業制作に追われながら就職活動をする必要に迫られたとき、自分は果たしてどうなるのだろう。

画家になる根性などないし、やっていけるとも思えない。美術の教員になりたいわけでもない。働きたいと思う業界や職種もない。

「眩しすぎて目が焼けるよ」

若菜さんだけじゃない。同級生だって、他学科の学生だってそう。ときどき見せる眩しすぎる一面に、目を焼き切られそうになる。

溜め息をついた瞬間、友親の息に煽《あお》られるようにして掲示板に飾られていた風船が落ちた。

風船の下には、普段貼られているアート関係の新聞記事の切り抜きやポスターがそのままになっている。ちょうどそこには、十月上旬に行われたとある展覧会を特集した雑誌の記事があった。

大賞を取ったと、三宅篤の名前が大きく出ていた。ああ、先生、この展覧会に出品してたんだ。

三宅先生の作品が、先生の写真と共に掲載されていた。白壁に飾られた絵の横に立った三宅先生は、普段絵画教室で見ている姿より少しだけ凛々《りり》しく、文化人らしい雰囲気を醸していた。

けれど、先生の作品を見て、友親は息を止めた。喉の奥がひび割れたような、そんな音がした。

「……え？」

大賞を受賞した三宅篤の作品は、アサザの絵だった。

六十号の大きなキャンバスを埋め尽くすように、黄色い花をつけ水面を漂うアサザの花が描かれている。

少ない色数で仕上げたしっとりと落ち着いた雰囲気の作品だった。

鮮やかな黄色の花は見事なのに、どこか物寂しさを感じてしまう。

そんな絵だった。

「……これ」

風の音が聞こえた。風が旭寮の壁を、窓を揺らす音。

雨漏りが、丼に落ちる音。

既視感がありすぎて、吐き気がした。

「若菜さんの絵だ」

友親の言葉に、進藤さんが「はい？」と記事を覗き込んでくる。

「全然違うじゃないですか。誰ですか、このおじさん」

違う違うと首を横に振って、彼が三宅篤という画家で、彼の経営する絵画教室で若菜さんはアルバイトをしていること、最近自分もアシスタントをしていることを説明した。

そしてこの雑誌に掲載されている大賞受賞作品は、若菜さんの部屋にあったのだと。

「どうして、三宅先生が若菜さんの絵を自分の名前で出品してるんだ」

三宅先生の作品を、若菜さんが自室に置くわけがない。先生が若菜さんに自分の作品を預ける理由だって、思いつかない。あんな、雨漏りはする、虫は出る、鼠は出る、近くの線路を特急が通過したら震度三くらいの揺れを記録する旭寮に、大事な展覧会の出品作品を置いておくなんて。

探しても探しても、適当な理由が見つからない。

むしろ考えるたび、最悪な想像をしてしまう。

「柚木若菜は」

まさかまさかまさか。そんなわけがあるか、考えすぎだ。何度自分に言い聞かせても、掻き消されてしまう。

「三宅篤のゴースト作家……？」

＊＊＊

三日間にわたる花房祭は、あっという間に最終日の夜を迎えた。人気の屋台はすでに完売してしまい、まだ売り切っていない屋台は半額で余った商品を売りさばいている。中庭の特設ステージでは最後の催し物が行われ、校舎の至るところから最終日に相応《ふさわ》しい派手な音楽が轟《とどろ》いていた。

そんな喧騒から遠く離れた校舎の四階で、友親は進藤さんと二人きりでいた。

彼女から連絡が来たのは、花房祭二日目の夜だった。「人目につかないところで話をしましょう」という彼女の提案にのり、東棟の四階の一室でやっている紅茶研究会の企画である喫茶店へ来た。紅茶の茶葉の種類から淹れ方、壁面の装飾、テーブルや椅子などの調度品、カップや紙ナプキン、店員の衣装にまでこだわり、古き良きヨーロピアン・カフェを完全再現している。それが評価され、花房祭実行委員会から企画賞を与えられ、今はその授賞式の真っ最中でみんな出払っている。客も友親と進藤さんしかいない。

薄暗く人気のない静かな室内は、内緒話をするにはぴったりだった。

若菜さんは、三宅先生のゴースト作家なのではないか。花房祭初日の午後にそんな疑念を進藤さんへぶつけたら、彼女は青い顔をして、その日はそのまま帰ってしまった。

「若菜君には、あの絵のことは聞いてないんですか」

ホイップクリームが山盛りになったウインナコーヒーをちびちびと飲みながら、進藤さんが聞いてくる。

「聞けなかったよ」

何度か、聞こうと思った。けれど駄目だった。きっと友親が思いつかないような理由があるに違いないとどんなに信じても、それ以上の恐怖に押しつぶされる。

もし本当だったら、どうするんだと。

「まず、寺脇さんにお伝えしたいことがあります」

カップを置き、両手を膝の上にやって、改まった様子で進藤さんは友親の目を真っ直ぐ見据えた。

「私と若菜君は、義理の兄妹の関係にあります」

「兄妹っ？」

身を乗り出して確認すると、進藤さんは「義理の」と強調して大きく頷いた。

「若菜君のお父さんは再婚するときに進藤の家の婿養子になりました。若菜君は旧姓を名乗ったままだから、私と苗字が違うんです」

そう前置きして、進藤さんは深く息を吸った。吐き出すと同時に、話し始めた。おとぎ話でも語るような口ぶりで。

「両親が再婚したのは、私が中学二年生で若菜君が高校三年生のとき、今から五年前です」

一つの家族が生まれて、そこからポンと放り出されてしまった男の子の話を。

その男の子が一人の少女と出会う話を。

「私の実家は和菓子屋をやっていて、母はそこの一人娘でした。若菜君のお父さんである幸司《こうじ》さんが婿養子に入って、うちの和菓子屋を継いでくれています」

へえ、進藤さん、和菓子屋の娘なんだ。そんな合いの手を入れようとして、やめた。

「若菜君は当時、高校の美術部の部長であると同時に、生徒会長もやっていて、しかも顔がその頃人気だった俳優に似ているとかなんとかで、高校ではそれなりに人気者でした。そんな人と私は兄妹になり、一緒の家に住むようになりました」

「あの人、昔からそんな完璧人間だったんだ」

「多分、今よりずっとずっと、百倍くらい、完璧超人でした」

眉間に皺を寄せ、進藤さんは話を続ける。

「再婚前から幸司さんと若菜君と母と、私とで食事に行ったり、休日に出かけたりしていて、若菜君がどういう人なのか、私なりに理解しているつもりでした。何より優しいんですよ、あの人。それに幸司さんより気が利くんです。例えばレストランでサラダが運ばれてきたら、真っ先に綺麗に取り分けてくれるんです。トマトとか、スイートコーンとか、均等にみんなの皿にのるようにしてくれて。椅子を引いてくれたり、ドアを開けて待っていてくれたり。母のつまらない話もにこにこにこにこ聞いてくれて、私の面白くもない学校や友達の話にも、ちゃんと相槌《あいづち》を打ってくれた。再婚してからもそれは変わらなくて、母と料理をしたり、掃除や洗濯を手伝ったり、一緒にテレビを見たり、学校の話をしたり。定期テストが近づくと私の勉強だって見てくれた。そういうのが、若菜君の本当の顔だと思い込んでいた」

けれど、ある日を境に若菜さんは帰りが遅くなるようになった。夕飯も友達と食べてくると言って、同じ食卓に着くことが減った。淡々と、進藤さんはそう語る。

「私や母と、そして父と一緒にいるのを嫌がるようになって、部屋に籠もっていることが多くなった。両親は、受験生だからピリピリしてるんだ、こんなもんだって言ってました。考えが及ばなかったのか、そもそもそんなこと考えたくなかったのか、あの二人は若菜君の本心になんて、全く目を向けていなかった」

「若菜さんの本心？」

「ええ。当時は私も気づいてなかったので、両親のことはとやかく言えないんですけどね。でも私、中二の夏休みが始まってすぐ、若菜君をショッピングモールで見かけたんです。私は友達と買い物に来ていました。若菜君の隣には、黒くて長い髪が印象的な女の子がいました。パッと見て、若菜君が変わった理由はこの人だってわかりました」

それが、「はまなす」に描かれていた人。そして、若菜さんが実習で提出した三枚の絵の中の少女。そうに違いないと、進藤さんは言った。

「若菜君が一度だけ、その人を家に連れてきたことがあったんです。両親も祖父母も店に出ていて、母屋には私しかいなかった。急な夕立にずぶ濡れになった二人が、静かに玄関に入ってきた。私を見た若菜君が、ちょっと眉間に皺を寄せたのを、よーく覚えてます。若菜君はその人のことを、ヨシキと呼びました。ちなみに、ヨシキというのはあだ名で、本名は龍ヶ崎由樹《ゆき》さんといいます」

龍ヶ崎由樹。刀のような鋭さを持ったその名前を口の中で転がしていると、進藤さんが一度大きく息を吐き出した。

「雨が止んでしばらくたったら、二人は若菜君の部屋から出てきました。玄関で靴を履いたヨシキさんが、ノートを忘れたと若菜君に言って、若菜君が二階の自分の部屋まで取りに戻りました。私は、玄関まで駆けていって、ヨシキさんに言ったんです」

あなたと付き合い始めてから、若菜君は家族の時間を大事にしなくなったって。

あんまり、私のお兄ちゃんを束縛しないでって。

「そしたらヨシキさん、言ったんです、靴下の位置を直しながら、何でもないことみたいに、『私、近々死ぬ予定だから、そんなに心配しなくても大丈夫じゃない？』って」

「死ぬ？」

「中学生だからって、からかってるんだと思った。だから、ふざけたこと言わないで、って言ったんです。でもヨシキさんは『本当だよ』としか言わなかった。意地悪そうな、にやついた顔で言うんです。でも、嘘だとはどうしても思えなかった。笑ってる癖に、目だけ、あの人の目だけ、大真面目だったんです」

ウインナコーヒーのクリームが溶けていく。それを、友親はただ見つめていた。

「ヨシキさんの言葉が真実だったとわかるのは、随分後のことです。若菜君がその頃それを知っていたかどうかは、私にはわかりません」

進藤さんが話を一度区切ったせいで、喫茶店の中は一気に静かになった。中庭の騒ぎは大きくなるばかりだ。花房祭の終わりに向けて、学生たちの熱気は最高潮だった。

「その後、二人はどうなったの」

声が擦れてしまった。コーヒーカップに手を伸ばし、ウインナコーヒーを口に含む。先程は甘く感じたのに、苦みが舌を刺してくる。

「若菜君は、それからもずっとヨシキさんと付き合っていました。本格的に家族を顧みなくなった、って言ったら変かもしれないですけど、ヨシキさんとの時間を、何より大切にしてた。家族と会話しなくなって、家に帰らないこともあった。食事なんて、全く一緒に取らなくなった。父とは何度も喧嘩してました」

それでも、二人は一緒にいた。それが五年前。現在を知っている友親は、否応なくその物語の結末を理解してしまう。

「翌年の、センター試験が終わった直後でした。若菜君が事故を起こしたのは」

「事故?」

「センター試験の自己採点を持って学校に行って、先生と面談をする日だったんです。その帰り道、原付きに乗っていた若菜君は交差点で事故を起こしました。雨や雪が降っていたわけでも霧が濃かったわけでもない。夕方の、薄暗い山の中の交差点で、乗用車と出会い頭にぶつかった。若菜君は黄色信号になった交差点に入ってきて、相手ももうすぐ青になるからと直進してきた。どっちも悪いです」

「若菜さんの背中にある傷って」

「そのときの傷です」

友親の目の前を、若菜さんの背中にある傷のような稲妻が走った。何かが切り裂かれる歪な音と共に胸が抉られるように痛む。

「怪我だけじゃないです、それから三ヶ月間、若菜君は意識が戻らなかった」

寺脇さん。重々しく友親の名を呼び、進藤さんは肩を強《こわ》ばらせた。

「ここから先を聞きたいなら、お願いがあります」

それ以上は、何も言わない。ここで友親が黙って席を立ってしまっても、彼女は黙ってその背中を見送るのだろう。

「お願いって？」

「もし若菜君が何か間違ったことをしているなら、殴ってでも止めてあげてください。若菜君をどうか、助けてください」

ゆっくりと、嚙み締めるように言い、黒く長い髪をさらりと揺らして、進藤さんは友親に深々と頭を下げた。

「わかった」

釣られるように、友親は言っていた。そしてずっと胸にあった疑問を、彼女にそっと投げかけた。

「進藤さんが白築に入ったのって、やっぱり若菜さんが近くにいるからなの？」

再びカップに口をつけ、進藤さんは小さく首を縦に振る。

「私の偏差値だと、ちょっと厳しいランクだったんです。白築って」

「そうなんだ」

「模試の合格判定もDで。第一志望から第三志望まで、違う大学だったんです。出願締め切り直前に、ちょっと気がふれたっていうか」

「白築を受けて、もし奇跡的に合格したら、若菜君を諦めないでみようって思ったんです。受かったのは本当に奇跡だったと思います。試験問題、私の得意なところとか、直前に復習したところばかりが出て。十年分くらいの幸運を、すべて使っちゃったと思います」

私がムキになっていた理由は、こういうことです。そう笑った進藤さんだったけれど、すぐにそれも引っ込んでしまった。

「では、その後の話をします。若菜君がこの世界に独りぼっちになってしまった、その後の話を」

それは、よくある恋愛小説の成れの果てだった。主人公の男が恋に落ちる。魅力的で少しミステリアスな、何やら秘密を抱えた美しい女の子と。主人公は彼女の隣にいることに安らぎを覚え、彼の世界は徐々に彼女を中心に動き始める。

ところがそんな二人は、彼等の力ではどうにもできない悲劇によって引き裂かれる。主人公は一人、世界に取り残される。彼女のいない世界を彼は生きていく。彼女の笑顔と言葉を抱えて、生きていく。

「泣いた」とか「感動した」とか。そんな声に埋もれて見えなくなった、主人公のその後の物語。

「気がふれた？」

◆

あれは夏期講習の最終日だった。自宅の庭に蟬が死んでいた。太陽光の降り注ぐ日向で、蟬は黒い染みのようだった。

この恐怖に、俺は耐えられるのだろうか。あの子がいつかこんなふうにいなくなってしまうことに、耐えられるのだろうか。その「いつか」を待ちながら、それでも笑って彼女の隣にいられるのだろうか。

涙が、次から次へとあふれた。彼女が自分よりずっと早くこの世からいなくなって、そのときもこうやって泣くのだろうと——馬鹿なことを思って泣いた。

そうだ。

そういうこともあった。残される自分を想像して、耐えきれずに泣いたことがあった。馬鹿だった。こうして病院の天井を見つめながら、思う。自分は愚かだった。そんな簡単なことじゃなかった。

「若菜君？」

枕元で恭子が若菜の顔を覗き込んでくる。天井は白く、掛け布団も敷き布団も枕も、自分が普段使っているものとは違う。病院独特の嫌な匂いがする。これが嫌で、小さな頃から病院が嫌いだった。誰にも言ったことはなかったけれど、嫌いだった。

「私のこと、わかる？」

私が今言ったこと、理解できた？　という顔をしていた。何ヶ月かわからないけれど、長い長い眠りの中で、柚木若菜が別の人間にすり替わってしまったとでも思ったのだろうか。

「わかってるし、しっかり君の話も聞いてたよ」

久々の発声だったせいか、喉が上手く動かなかった。声が擦れ、胸に何かつかえてしまったようなぎこちない言い方になった。

構わず続けた。

「俺が事故を起こして意識不明になってる間に、ヨシキが死んだんだろ？」

簡単にまとめようと思ったら、本当に短い言葉になってしまった。恭子が言葉を選びながらたどたどしく長々と話してくれたのが、馬鹿らしく思えてしまうくらいに。

センター試験の結果をもとに担任と面談をした帰り道、柚木若菜は事故に遭った。怪我はたいしたことはなかったけれど、命にも別状はなかったけれど、意識が戻らなかった。いつ戻るのかもわからなかった。

そうしている間に、あいつは、龍ヶ崎由樹は、手術を受けることにしたのだという。確かに彼女は十月頃から体調を崩して、短い間に二度も入院した。クリスマスも年越しも、結局病院で迎えた。大晦日の前日に、「このまま手術を受けるのか」と聞いたとき、ヨシキはきっぱりと否定したのに。

『手術が成功する可能性が五分五分なら、現状維持。冒険はしません。私、そこまで運がよくないですから』

笑いながらそう言った。彼女がそう言うなら、それ以上は何も言うまいと思った。

自分が事故を起こして、意識不明になっている間に、彼女にどんな心境の変化があったのか。

「龍ヶ崎さん、ちょっとでも若菜君と一緒にいられるように、手術を受けたんだと思う」

自分が寝ている間に、ヨシキと恭子がどんな話をしたのかはわからない。聞こうと思えば聞けるけれど、そんな気力は湧いてこなかった。

センター試験の結果は、まずまずだった。少なくとも第一志望だった国立大学の教育学部の二次試験には進める点数だった。だから、あの日の担任との面談も、それほど気は重くなかった。予定通り第一志望に出願でいいんじゃないのか、なんて話をして、あとは帰るだけだった。

家に帰るのが若干憂鬱だった。前日に父親から、「受験生だからって甘ったれるな」と言われたばかりだったから。

帰って久々に絵でも描こう。好き勝手に描きたいものを描こう。

そう思ったところまでは、記憶している。山の中の、見通しの悪い交差点だった。信号の色は、覚えていない。さすがに赤信号の交差点に突っ込んでいったなんてことはないだろうけど、注意不足だったのは否めない。

「もう、お葬式も四十九日の法要も終わっちゃったんだけど、龍ヶ崎さんのお母さんが、お線香をあげに来てほしいって」

そう、伝言を頼まれた。

絞り出すように恭子が言う。唇を不自然に歪めて、膝の上に置いた両手を強く握り込む。そんな彼女を、まるで他人事のように眺めていたら、枕のすぐ横に何か置かれているのに気づいた。

ウォークマンだった。紺色のボディに黒のイヤホン。いつも、ヨシキが制服のポケットに入れているものだった。

尾崎豊ばっかり入った、今時の女子高生っぽくないウォークマンだった。

「それ、手術の何日か前に龍ヶ崎さんが置いていったの」

「……そう」

たどたどしい手つきでウォークマンを摑み、真っ白な天井にかざすようにして見つめる。イヤホンが落ちて、頰に当たった。「龍ヶ崎さん、ちょっとでも若菜君と一緒にいられるように、手術を受けたんだと思う」なんて恭子は安っぽい表現をしたけれど、どうやらヨシキは、生きるか死ぬかが五分五分なのは重々承知していたようだ。病院も医者も悪くない。強いて言うなら、ヨシキの心臓だけが、悪かった。手術に耐えられなかった。そういうことだ。そして、呑気《のんき》に寝ていた柚木若菜が、そんな彼女の決断や世界のスピードに置いて行かれた。

ただ、それだけだ。

七　君の命の味がした

嵐のような花房祭が終わり、それを境に季節は一気に早歩きを始めた。冬になった。三宅絵画教室でのアルバイトも続いているけれど、あのアサザの絵の真相を友親は若菜さんにも三宅先生にも聞くことができないでいた。何事もなく大学生活も旭寮での日々もアルバイトも過ぎ去る。日常は平然と、アサザの絵など友親の勘違いであったかのような顔をしていた。

けれど油絵学科のアトリエ前の掲示板に、三宅篤の記事は貼られ続けている。

＊　＊　＊

大きなキャンバスが歩いていた。ぴょこ、ぴょこ、と可愛らしくリズミカルな動きで、少しずつ油絵学科のアトリエ棟へ向かっていく。同じくアトリエへ向かっていた友親の方が断然スピードが速く、あっという間に追いつき、追い越してしまった。

決してキャンバスが自分で歩いているわけではない。キャンバスの陰に隠れて、持ち主が一歩一歩覚束《おぼつか》ない足取りで歩いていた。キャンバスのサイズは八十号だろうか。それを三枚も重ねて抱えている。

ちらりと振り返ったら、持ち主と目が合ってしまった。

「……明石先輩」

明石小夜子だった。彼女も立ち止まり、友親の顔を見る。「どちらさま？」という顔をされた。当然だ。彼女とは一度も話したことがないし、向こうは友親の名前だって知らないだろう。

「柚木君の、お友達？」

若菜さんとたまに一緒にいる奴、くらいには記憶していてくれたようだ。その瞬間、少し強めの風がキャンパスを吹き抜けて、明石先輩の持つキャンバスが大きく揺れた。

「わあっ……」と悲鳴を上げてよろける明石先輩に駆け寄り、キャンバスに手を添えた。

「ごめんね。家に持ち帰ったまではよかったんだけど、持ってくるのが大変で」

ボブカットの黒髪に、絵の具塗れの緑色のジャージ。紺色のスカート。授業でよく目にするお馴染みの装いだ。

「手伝いましょうか？　アトリエまでですよね」

「え、いいの？」

どうぞどうぞ、と明石先輩からキャンバスを受け取る。自分の方が肩幅もあるし手も長いから、よほど安全に作品を運ぶことができる。キャンバスを地面に引き摺《ず》らないように注意しながら、友親はアトリエのある建物に向かってカニ歩きを始めた。

「三枚あるってことは、これってもしかして森屋先生の実習の課題ですか」

「そう。苦しいね、三枚とか」

キャンバスサイズは八十号。それが三枚。若菜さんが合評会に出したのと同じだ。校内展の受賞作品をギャラリーで見たときの有馬の言葉が脳裏をかすめる。四年生は三枚出せと言われているけれど、キャンバスのサイズは指定されていない。もっと小さいキャンバスに描いたって構わないのだ。若菜さんを意識してのことなのだろうかと、嫌でも勘ぐってしまう。

二階から四階のすべてを油絵学科のアトリエが占めている第二アトリエ棟のエントランスに入ると、途端に油絵の具の匂いが濃くなる。落ち着く匂いだと言う学生もいるけれど、友親はいつもこの匂いに焦りを覚える。

「明石先輩のアトリエ、何号室ですか」

「二〇八」

その部屋番号を聞いて、キャンバスを取り落としそうになった。

二〇八号室。そこは、柚木若菜のアトリエでもあるからだ。花房祭でライブペイントが行われた、あの場所だ。

「若菜さんと一緒なんですね」

「そう、一年のときからね」

エレベーターで二階に上がり、「208号室」というプレートのついたドアを明石先輩が開ける。ドアクローザーにキャンバスをぶつけないよう注意して入室し、一度床に置く。

そして気づいた。

無人だと思ったアトリエの中に、若菜さんがいた。

「若菜さん」

名前を呼ぶも、全く反応がない。聞こえなかったはずはないのに。

「絵に集中してるから、呼んでも耳に入らないよ。あと、希《まれ》に聞こえていても無視するから、この人」

明石先輩がキャンバスを一枚ずつ抱えて自分の作業スペースへと運んでいく。

「一度描くことに集中すると、彼、しばらくこっちに戻ってこないの」

その言葉通り、二人で三枚のキャンバスを移動させる間も若菜さんはこちらを振り返らなかった。三枚とも運び終え、友親はアトリエを見回した。広さは自分が使っているところと変わらない。天井の高さ、窓の数も一緒だ。けれど、置かれている道具の数、作品の数が違う。四年生のアトリエだけある。壁は立てかけられたキャンバスで埋まり、絵の具が垂れてもいいように敷かれた新聞紙のせいで、木の床材がほとんど隠れている。そしてなぜかアトリエの中央にはこたつがあり、週刊誌と将棋盤が乱雑に置かれていた。隅にあるシンクにはガスコンロと電子レンジ。シンクの隣には冷蔵庫。完全にキッチンとして扱われている。

「あなた、そういえばまだお名前を聞いてなかった」

明石先輩が友親を見上げて聞いてくる。

「若菜さんと同じアパートに住む、寺脇友親です。油絵の一年です」

「たまに見かける子だなとは思ったの。寺脇君って言うのね」

スイカバーとガリガリ君、どっちがいい？

唐突にそう聞かれて、思わず首を傾げてしまった。

「手伝ってくれたお礼に、一個あげる」

そう言って明石先輩はシンクの方へ駆けていった。冷蔵庫を開けて、冷凍室からアイスの箱を取り出した。中を覗いたと思ったら、突然「ない！」と大声を上げた。

「もう、誰？　私がストックしておいたガリガリ君食べちゃったの」

ごめんね、スイカバーしかないや。そう言って差し出されたスイカバーを受け取り、頭を下げて袋を破った。

「勝手に食べる人、いるんだよね。柚木君もちゃっかり食べちゃうことあるし」

文句を言いつつ、明石先輩もスイカバーを齧る。そのままこたつに電源が入っていることを確かめ、のそのそとこたつに当たった。勧められた座布団に腰を下ろし、下半身をこたつで温めながら、友親は若菜さんの絵を描く姿を眺めていた。

あれは多分、百号だ。巨大なキャンバスの前に仁王立ちした若菜さんの背中を、友親は見上げた。

絵の具塗れのエプロンと手。キャンバスはむせ返るような緑色。百号のキャンバスの隅々まで緑色が埋めている。ときどき、白や青や赤がまだらに散っている。放っておいたらキャンバスからじわりじわりと滲み出て、世界中を覆い尽くしてしまいそうな、緑。

若菜さん、やっぱりあんた、凄いっすよ。

花房祭のときとは違い、素直な感嘆が友親の胸を満たした。

友親の心の声が聞こえたかのように、隣に座る明石先輩が大きな溜め息をついた。さり気なく彼女の横顔を見つめる。薄《うっす》らと隈のできた目元と、少し痩《こ》けている頬が、何か言いたげに若菜さんを見つめていた。

そのとき、若菜さんの右手から刷毛が落ちた。床に敷かれた新聞紙を緑色で汚し、木製の柄が高い音を鳴らす。

そして若菜さんの細い体は、ゆっくりと、床に倒れていった。糸が切れた操り人形みたいに、電池が切れたおもちゃみたいに。受け身を取る様子もなく、頭から、重力に逆らうことなく、綺麗に。

「ちょ、ちょっとぉ！」

立ち上がった。駆けだした。間に合わないかと思ったけれど、小学二年生のときの、キックベース大会以来のスライディングをした。

若菜さんは背中を強く打ったけれど、頭は友親の体が間に入って強打せずにすんだ。それでも、彼は目覚めなかった。

「え、何これっ？　大丈夫なの？」

気絶しているのか眠っているのかわからない。真っ白な顔で口を半開きにして、手足を四方に投げ出していた。

「大丈夫じゃないかな」

焦る友親に、スイカバーを持ったままゆっくり近づいてきた明石先輩が言った。スカートの裾を押さえて友親の傍らにしゃがみ込み、若菜さんの顔を見下ろす。

「一年のときからそうなの。彼、絵を完成させるとよく倒れるの」

「いや、全然大丈夫じゃないでしょ、それ」

「しばらくするとちゃんと起きるから。一回みんなで無理矢理病院まで連れて行ったことがあるんだけど、何も異常はなかったし」

何でもないことのように言うものだから、慌てた自分が馬鹿みたいだ。

「でも、倒れたってことは、完成したんだ」

またまた、凄いのができたなぁ。そんな顔で明石先輩は若菜さんの絵を見上げた。友親も同じようにした。木だろうか、草だろうか。濃い緑、薄い緑、淡い緑。いろんな緑がキャンバスの中で渦を作っているようだった。風がそよいで、今にも緑の隙間から木漏れ日がこぼれてきそうだ。

「きっとこの絵も、どこかで賞を取る」

「わかるんですか」

「柚木君が倒れるまで描いた絵は、大抵高く評価されるの。ずっと、そう。命がけで描くんだもの、それくらい当然なのかもね」

明石先輩は一口分残ったスイカバーを指で摘んで棒から外し、若菜さんの口元へ持って行った。小さな欠片は若菜さんの唇に吸い込まれ、すぐに溶けて消えた。

五限は一般教養の考古学だった。授業を終えて大教室を出ると、中庭から明石先輩が駆けてきた。あまり走るのは得意じゃないのか、スカートを揺らして、ばたばたと不格好に走る。

すれ違い様に友親を見つけると「ああっ！」と声を上げた。友親より先に、隣にいた有馬が驚いていた。

「寺脇君、ちょうどいいところに！」

切りそろえられたボブカットが乱れている。それを直すこともせず、明石先輩は手に持っていたコンビニの袋を見せた。

「柚木君が、大変！　あのままじゃ溶けてなくなりそう」

そう言う明石先輩に、有馬が気圧《けお》されてあたふたと友親を見てくる。

「悪い、ちょっと行ってくるわ」

そう告げて、何か言いたげな有馬を置いて明石先輩について行った。向かった先は、若菜さんと明石先輩が作業するアトリエ。昼間倒れたのと同じ場所で、若菜さんは横になっていた。どこから出してきたのか布団まで掛けられている。

「もう五限も終わるし、いい加減起こした方がいいかなって思って揺すったり叩いたりしてたんだけど、ドン引きするくらい顔が熱いの」

若菜さんの顔色は確かに先程と違い赤かった。しているのかさえもわからなかった呼吸も、幾分激しくなったように見える。

「ごめん、得意げに大丈夫よなんて言って、全然大丈夫じゃなかった」

明石先輩は冷却シートの箱を開け、若菜さんの額にそっと貼り付ける。「こういう日に限って、同じアトリエの子がみんな学校に来てないんだもの」とこぼしながら。

結局、このまま学校に置いておいてもどうしようもないということで、友親が背負って旭寮まで帰ることになった。道中、守衛や駅前の交番の警察官に「どうしたのどうしたの？」と声をかけられるたびに、明石先輩が「大丈夫です大丈夫です」と対応してくれた。

旭寮の階段を何とか上って、友親の部屋の隣、若菜さんの部屋の前まで来た。明石先輩が若菜さんの鞄を漁って、鍵を探し当てた。

個室のドアは引き戸になっている。戸を開けると、いつかと同じように黒い布で目隠しがされていた。それをのけると、アトリエよりずっと濃い油絵の具の匂いが飛んできた。むっとした匂いに友親は「うわっ」と声に出していた。明石先輩までが、怪訝な顔をしたくらいだ。

カーテンの閉め切られたまっ暗な部屋。手探りで蛍光灯の紐《ひも》を探して、引く。数回の点滅の末に照らされた部屋に、友親は息を飲んだ。喉がひゅ、と鳴るのがわかった。

窓を塞いでいたのは二枚のキャンバスだった。それだけじゃない。大量のキャンバスが壁に立てかけられ、デッサンやクロッキーがべたべたと壁中に貼られている。床には新聞紙が敷かれ、その上にも描きかけの絵が置かれていた。

先程までいたあのアトリエを六畳間に凝縮したような、そんな空間だった。

友親以上にその光景に唖然《あぜん》としていたのは、明石先輩だった。自分を取り囲む絵という絵、一枚一枚を舐めるように見つめ、ときどき頬を痙攣させたり、眉を寄せたり、苦しそうに目を閉じたり、せわしなくいろんな表情を見せた。

「と、とりあえず、布団敷きましょう、布団」

友親がそう言うと明石先輩はハッと我に返り、床の絵をどけて、部屋の隅に畳んで置かれていた布団を敷いてくれた。若菜さんをそこに寝かせて、友親は畳に両膝をついた。若菜さんは軽かった。体の中に、何も入ってないんじゃないかってくらいに。

「氷枕とか、この部屋にはないの？」

若菜さんの部屋にはワンドアの小さな冷蔵庫しかない。試しに開けてみたけれど、烏龍茶のペットボトルと缶ビールがあるだけだった。

「共用キッチンの冷蔵庫に、アイスノンが入ってた気がする」

一階に下りて台所の冷蔵庫を探すと、冷凍庫に「共用！」と太いマジックで書かれたアイスノンが入っていた。汗を拭く用に自分の部屋からタオルを何枚か持ち出して若菜さんの元へ戻ると、明石先輩が棚を漁っていた。

「風邪薬とか、買い置きしてないんだね、この人」

呆れたように溜め息をつく。

「俺の部屋にあるんで、あとで持ってきます」

空きっ腹で薬を飲ませるのもいけないから、その前に何か食べさせないといけない。

「七時過ぎくらいになったら、お粥《かゆ》でも作りましょうか。米と卵、あるんで」

「そうね、それがいいかも」

ふう、と一息ついて、明石先輩は二人が座れるだけのスペースを作ってくれた。慎重な手つきで絵をどかし、一カ所に重ねる。若菜さんから少し離れたところに腰を下ろし、若菜さんの顔を覗き込む。彼の眠りを妨げないよう電気も消してしまったので、部屋の中は暗い。文字通り部屋を埋め尽くす若菜さんの絵が、暗闇に慣れた友親の目には、ぼんやりと亡霊のように不気味に映った。

「柚木君には、凄い才能があるの」

明石先輩も同じだったのか、若菜さんの絵を見上げながらそうこぼした。

「彼の絵は、見てると吸い込まれそうになるの。それに、じっと見てると時間が流れていくようにも見える」

「時間、ですか」

「風景は今にも風が吹きそうだし、人物画は今にも動き出すように感じる。躍動感があるとかじゃなくて、絵の中にちゃんと世界があって、風景も人も動物も、その世界をちゃんと生きている気がするの。まるで別の世界をキャンバスを通して覗いてるみたいな気分になる」

体育座りをしたまま、明石先輩は肩を竦める。

「才能がある上にこんなに絵を描くんだもの、困ったもんだわ」

自嘲のようにも聞こえた。

「努力する天才が一番厄介だっていいますもんね」

「天才はみんなすべからく努力してるんだよ」

それを才能の一言で片付けちゃ、可哀想だよ。明石先輩の苦言に、胸が詰まった。ああ、なんだかんだで、自分は若菜さんに嫉妬しているんだ。彼の才能は眩しすぎて、自分の嫉妬とか羨望の対象に入ってこないと思い込んでいたのに、結局心の底では彼が羨ましいんだ。こうやって一心不乱に絵に没頭できるのが、羨ましくて仕方がないんだ。

すみませんでした。そう言おうとした友親を遮り、明石先輩は言った。

「ねえ寺脇君、あなたはどうして美大に進学しようと思ったの」

どうして、進藤さんと同じことを聞くんだ。進藤さん以上に、明石先輩には嘘がつける気がしなかった。それはもの凄く失礼で、何より自分の嘘などすぐに見破られてしまう気がした。

「早く、親から自立しないとって、思ってて。正直、学部はどんなところでもよかったんですけど、昔から絵を描くのが好きで、そこそこ上手い方ではあったんで。自然と美大は選択肢の中に入ってきたんです。それに……」

「それに？」

「親も、お前は絵が上手いから美大に行くといいって、凄く喜んでくれたんです。他の学部の名前を出しても反応がイマイチだったし」

一体いつからだったのだろう。友親が絵を描くと、母は喜んだ。きっと小学校とか保育園に通っていた頃からそうだったのだろう。授業で友親が絵を描くと、母は手を叩いて「友親は絵が上手ね」と喜ぶのだ。ぱんぱん、ぱんぱん。それが嬉しくて、楽しくて、気がついたら絵を描くのが好きになっていた。

どうしてだろう。それが、紛いものの「好き」だったのではないかと、それが積み重なって自分はここまで来てしまったのではないかと、思えて仕方がなかった。

「その言い方だと、親が喜んでくれそうだから美大に来たって聞こえるね」

その通りだ。

「それに、親から自立したいなら、就職のこととかも考えて進学した方が結果的によかったんじゃないの？　同じ美大でも、デザイン系とか」

「そうなんですよね。そうなんです」

自分は矛盾している。家族から離れたいがために、「自立」という言葉を体《てい》よく使っている。

母には、舜一さんと幸せになってほしかった。そのために、いい家族になりたかった。

けれどそれは、一年前の嵐の夜にどうしたって不可能になった。壊れたのだ。もう、涼とは姉弟にはなれない。

母の笑顔が辛い。笑い声も辛い。もう、友親は家族の中に入れない。

けれどせめて、幸せな家族を壊さないように離れたかった。それが「自立したい」だった。

「変なこと聞いて、ごめんなさいね」

友親の沈黙を察してか、明石先輩が「ごめんなさい」を小さな声で繰り返す。そして消え入りそうな声でこう続けた。

「私は、描くことしかできなかったの」

高校時代からたくさん賞を取ってきた。有馬の話を思い返しながら、友親は彼女の話に耳を傾ける。

「描く以外、生きていく方法なんてないって、小さい頃から気づいてた。なのに、描けなくなっちゃったの」

「スランプ、ですか」

「わからない。大学に入ってから、いろんな先生にあのコンクールに出品してみなさい、こういう風に描いてみなさいって言われて。高校までは、勉強も碌にしないで絵ばっかり描いてる問題児だったから、ちょっと嬉しくて、頑張っちゃったの。そしたら、気がついたら迷子になっちゃったみたいで」

描くことだけが、私の生きる手段だったのに。膝に顔を押しつけて、明石先輩は言う。

「私の自殺未遂のこと、知ってるんでしょう？　結構広まっちゃったもんね」

自嘲気味な笑いが、先輩の膝の間からこぼれてくる。

「学校じゃ、アトリエで自殺未遂したなんて噂されてるけど、本当は自宅でなの。首にタオルを巻いて、ドアノブに引っかけてね。そうすると、ちょっとずつ意識が遠のいていつの間にか死ぬって聞いたから。あと一歩だったんだけどね、母親に見つかっちゃって」

言葉が出てこない。

「死にかけて、また描けるようになったの。それはよかったんだけど、私、今の自分の絵、大嫌い」

「校内展に出てた絵、見ました」

「気持ち悪い絵でしょ。でも、ああいう絵にしかならないの、どうしても」

「でも、入選してたじゃないですか」

してたよ。してた。明石先輩は繰り返す。

ああ、この話題は、早く終わらせないといけない。こうしている時間が、確実に明石先輩を蝕んでいる。

「俺は、もの凄くふわふわした適当な動機で大学に入って。絵も描いてますけど、そこまで本気になり切れてなくて。絵を描くことに対する覚悟もないし。そんなのに比べたら先輩は全然立派だし、大丈夫ですよ。頑張ってください」

自分より頑張っている人に、頑張ってなんて言うもんじゃない。頭の中で自分の声が聞こえる。その通りだ。どうしてこういうとき、咄嗟に上手いことを言えないのだろう。目の前で眠る若菜さんを、友親はすがるように見た。

この人はきっと、上手いこと言う。なんてことないような顔で、明石先輩の心を軽くさせる一言を。尾崎豊でも口ずさみながら、言ってみせるのだ。

共用キッチンでお粥を作った明石先輩は、それを友親に預けるとそのまま帰ると言って旭寮を出てしまった。自分があんな話をしなければ、彼女は若菜さんに食事を取らせて薬を飲ませるところまでやるつもりだったのだと思うと、胸が痛んだ。

ラップをかけた椀を盆にのせて若菜さんの部屋に戻ると、彼はまだ寝息を立てていた。氷枕が効いたのか、幾分呼吸は穏やかになったように聞こえる。

盆を若菜さんの枕元へ置き、静かに、けれどはっきりとした声で友親は彼の名を呼んだ。

「若菜さん」

反応はない。起きる気配さえない。

物音を立てないように立ち上がり、友親は押し入れに少しずつ近寄っていった。散乱する絵を踏まぬよう、いらぬ音を立てぬよう、静かに、慎重に。

閉め切られた押し入れの取っ手に触れ、ゆっくりと引く。中のものが落ちてきたらどうしようかと思ったが、綺麗に整頓されていた。冬物の衣類や布団がしまわれ、ダンボール箱が三つほど積まれていた。封はされていない。一つ一つ開け、スマホのライトで照らして、目的のものを探した。

幸か不幸か、それはすぐに見つかった。

大量の文庫本が入れられたダンボール箱の中に、場違いな二十号ほどのキャンバス。油絵だった。木枠もついたままだ。他の絵は部屋の壁に立てかけられていたり、木枠を外してまとめて重ねられていたりするのに、その絵だけは特別なようだった。

緑色の、森か山かを描いた絵だった。何の変哲もない絵だった。見るからに描きかけの絵。はっきり言って、下手くそな絵。

若菜君をどうか、助けてください。

花房祭の最終日、進藤さんはそう言って友親に頭を下げた。そして、柚木若菜にその後何があったのかを話してくれた。若菜さんが事故を起こして意識不明になってから、誰が何を思い、どう行動したのかを。

「私も母も父も、交代で若菜君を見舞いました。そこへ毎日のようにヨシキさんはやって来た。ヨシキさんのお母さんやお父さんも、よく来てくれました」

毎日毎日毎日、ヨシキさんは尾崎豊を若菜君に聴かせるんですよ。目をすうっと細めて、その光景を頭の奥から引っ張り出すように進藤さんは言う。

「ウォークマンで聴かせてあげることもあれば、自分で歌ってあげてることもありました」

若菜さんがときどき口ずさむ尾崎豊の出所は、彼女だったのか。

「二月の頭に私が病院に行くと、すでにヨシキさんがいました。彼女はそのとき私にこう言ったんです。再来週、手術を受ける、って。私の心臓は、訳あって手術が難しいんだけど、それでも手術を受けることにしたって。そうすれば、少しでも長く、若菜君を待っていられるかもしれないからって。そう言って、鼻歌を歌いながら帰っていきました」

手術は失敗しました。矢継ぎ早に、進藤さんはそう付け足した。駄目でした、とも言った。

「亡くなったんです、ヨシキさん」

「それはつまり、若菜さんが目を覚ましたときには」

「全部終わってました。通夜も葬式も四十九日も終わっちゃってた。みんな、ヨシキさんの死を受け入れちゃってた。世界中でたった一人、若菜君だけが置いてけぼりにされた」

神様って脚本の才能がてんでないみたい。普通、成功するでしょ。ヨシキさんは若菜君にもう一度会うために手術を乗り切って、若菜君も意識が戻る。障害を乗り越えた二人はめでたく結ばれる。普通、こうでしょ？　どうしてヨシキさんが死んで、若菜君が独りぼっちになるの。

友親が言いたかったことは、すべて進藤さんが言葉にしてくれた。その通りだ。これが連続ドラマだったら、最終回放送後に苦情殺到だ。落として落として落として、最終回でぐっと持ち上げてハッピーエンドに持って行くかと思いきや、さらに深いところに突き落とす。手術を受けた約二ヶ月後に目覚めるって何だよ。タイミングが悪すぎる。それなら手術なんて受けずにいた方がよかったじゃないか。

そんなこと、今更言ったってしょうがないのに。

「ヨシキさんが死んだこと、もう、何もかも終わったことを告げたのは私です。でも、若菜君は泣かなかった。悲しいとか辛いとか、何も言ってくれなかった。若菜君はもともと国立大学の教育学部を受ける予定だったんですけど、その年の入試はもう終わってしまったから、浪人することになりました。でも突然、美大を受けるって言い出したんです。東京で一人暮らしをして、美術予備校に通って、美大を受験するって。両親も、若菜君の好きにさせてあげようと上京させました。一年間勉強して、花房美術大学に合格した。両親が学費を振り込む準備をしていたら、若菜君から一通の手紙が来た。同時に、父親の口座に多額の現金が若菜君名義で振り込まれた。浪人している間に援助して貰った学費や生活費を、一括で返してきたんです。そして、大学の学費も生活費もすべて自分で工面するから、もう何の援助もいらないと。俺のことは、死んだとでも思ってくれと。手紙には書いてありました。それ以来、若菜君は家族に何の連絡も寄こしません。実家にも帰ってきません。スマホの番号もアドレスも変えて、大学入学と同時に引っ越しをしたんで、どこに住んでいるかさえもわかりませんでした」

進藤さんの語る若菜さんが、やっと旭寮に住む若菜さんにつながった。俯いて、友親はコーヒーカップを見つめた。

「私は、若菜君が好きです」

それまでの冷静な語り口とは正反対の、涙声の生々しい言葉が聞こえてくる。

「初めて会ったときから好きです。穏やかで優しい人。こんな人が私のお兄ちゃんになって、家族になるんだと思うと、凄く嬉しかった。できることなら、もう一度そうなりたい。短い期間だったけれど、もう一度家族になりたい。でももう、若菜君のこと、よくわからない。私もお母さんも、お父さんさえわからない。東京で大学生が通り魔事件を起こしたとか、薬物を売買してたとか、小学生の女の子に乱暴したとか、バスジャックしたとか、恋人を殺しちゃったとか、焼身自殺したとか。そういうニュースを聞くたびに、これは若菜君なんじゃないかって、一瞬考えちゃうの。若菜君が何を考えてるのか全然わかんないから、もしかしたらって思っちゃうの」

その気持ちには、友親も覚えがある。涼が大学進学と同時に上京して、家に寄りつかなくなってから。女性が強姦《ごうかん》された挙げ句に殺されたとか、結婚詐欺をした女が捕まったとか、若い女性が駅のホームで見知らぬ人を線路に突き落としたとか。そんなニュースがテレビから聞こえてくるたびに、涼だったらどうしようと思う。

家族に捨てられた家族の、家族に置いて行かれた家族の宿命なんだろうか。

最後に、進藤さんは一枚の絵の話をしてくれた。

入退院を繰り返す龍ヶ崎由樹という女の子が描いた絵の話を。意識を取り戻した若菜さんが唯一、ヨシキさんの家族から譲り受けた絵の話を。

それを聞いたときの気分は、何とも言えなかった。胃の下にとん、と氷の塊を置かれたようだった。

「意識が戻ってヨシキさんの死を知ってからの若菜君は、別人みたいになった。生きるのなんてどうでもいいって顔をしてた。この世になんの執着もないって感じだった」

そんな彼が唯一執着した絵。それはきっと、旭寮の若菜さんの部屋にある。

「ヨシキさんの絵以外になんの愛着もない世界で、若菜君は、そのうち自殺しちゃうんじゃないかって思うんです」

「なんだよそれ」

「若菜君はきっと、この世界を本物だと思ってない。まだ自分は病院のベッドで寝てて、ヨシキさんのいないこの世界は夢なんだって、そう思ってる」

ありえない。そう言いたかった。けれど若菜さんはときどき、もの凄く遠くを見ているときがある。過去でも未来でもなく、もちろん今でもなく。もっともっと遠いところを。

それはきっと、世界に置いていかれた彼が、いつもいつも自分のいるべき場所に思いを馳せているからなのかもしれない。

初めて食事を作って貰った日。隣の神社の桜を見上げていた彼の顔。銭湯で見た背中の傷。躊躇《ちゅうちょ》なく友親の喉に指を突っ込んできたときの顔。絵を完成させて倒れた姿。尾崎豊。何もかも、それにつながっている気がした。


肩を摑まれた。振り返ると、若菜さんが友親を見下ろしていた。

燃えるように熱い手だった。

目があった瞬間、畳の上に引き倒される。友親に馬乗りになった若菜さんは、「なにしてるの」と口の端からこぼすように言った。

右手にキャンバスの木枠を摑んだままの友親は、何の言い逃れもできなかった。

「……ごめんなさい」

若菜さんは無言でキャンバスを取り上げ、見下ろした。友親の上からどく気配はない。キャンバスを見つめ、完成することのない絵の本当の姿を想像するように、探し求めるように、目を閉じた。

「三月に寺脇に金を貸したのは、ちょっとお前に同情したからだ」

突然、そんな昔話を始める。

「親を頼れないとか、頼りたくないとか、真剣に寺脇は言ったから。俺も浪人してるときから金には困ってたし、心から、本心から同情して、飯も食わせた」

「……はい」

そんな俺の恩を仇《あだ》で返すんだな。そんな風に聞こえた。

若菜さんをまた一歩、この世界から遠ざけてしまったのかもしれない。

「お前そのとき、よく知りもしない奴に金なんて貸すなって言ったよな」

「……言いました」

「でも俺は、お前が親から離れたがっているっていうことだけは、痛いくらいにわかったよ」

彼の声色からは、怒りは感じられない。それ以外の感情も見えない。ああ、怖い。彼が何を想って言葉を紡《つむ》いでいるのかわからない。

「半年以上の付き合いの中で、お前はそれなりに情が厚くて、他人の部屋を勝手に漁るような奴じゃないってことも、わかってるつもりだ。どうせ、恭子ちゃんに何か吹き込まれたんだろ？」

「……若菜さんのこと、いろいろと聞きました」

ヨシキさんのことも、と付け足すも、若菜さんの反応は薄かった。それが怖くて、友親はいけないと思いつつもどんどん口を動かした。

「若菜さん、ちょっとくらい、進藤さんの話を聞いてあげたっていいじゃないですか。年に一回くらい、家に帰ったっていいじゃないですか」

めちゃくちゃなことをお願いしてきた進藤さんだけれど、友親はどうしても彼女の側に立ってしまう。多分、自分と進藤さんを重ねている。

「家族に捨てられた家族って、辛いんですよ」

自分の一生を左右するかもしれない大学受験を、進藤さんは若菜さんのために賭の一つにしてしまった。涼を、家族を諦めきれない自分と進藤さんを完全に重ねて、曖昧にして、ムキになっていると自分でもわかっている。

「ああ、よく知ってるよ」

「だったらどうして……」

「でも、家族から弾き出されてることを感じながら、それでも家族の切れっ端を必死に摑んでるのはもっと辛いだろうよ」

早口で捲し立てられた言葉をちゃんと理解するまで、しばらく時間が必要だった。

「寺脇さ、恭子ちゃんからしか俺の話を聞いてないんだろ？　それで、一体俺のどこをどれくらい理解したつもりでいるの」

「それでも、あなたは家族を捨てた。進藤さんはそんな若菜さんをまだ家族として大切に思っていて、また家族に戻りたいと思ってるのは事実でしょう」

「じゃあ、寺脇は、自分の義姉にも同じことを強いるの」

「俺は涼に強いたりなんてしてない。ただ――」

「お前は、今のお前より年下だった女の子が、どんな気持ちで家族から離れていったか、考えたことがあるか」

ない。

ないないない。

だって考えてしまったら、答えを見つけてしまったら、もう戻れないじゃないか。

「家族が煩わしいと思う人間を、無理矢理家族に引き戻すことを、強いる以外のどんな言葉で表現すればいい。それとも、家族ならそれも許されるのか」

彼の言葉は、針だった。細く鋭く、友親の体を突き刺してくる。

「最低な親だったとか、暴力を振るわれたとか、そんな劇的な理由が必要か？　それがなきゃ一人になっちゃいけないか？」

自分を卑下するように笑った若菜さんは、口の端から苦々しげにそうこぼした。

そんな風に友親に言った人は、初めてではない。涼だ。涼も同じようなことを言った。友親に馬乗りになって、友親を睨みつけて、言った。

「俺だってわからないよ。どうして新しい家族を受け入れられなかったのか。どうして、上手くやれなかったのか。強いていうなら、義理の母の働いてた和菓子屋に、ガキの頃、祖母さんに連れられてよく行ってたからかな。あの人、ころころ笑う可愛い人でさ、好きだったんだよ、結構。子供が保育園の先生を好きになるのと似たようなもんだったんだろうけど……まさかな、まさかその人が十年ちょっとしたら自分の母親になるとは思わなかったよ。その人の娘が妹になるとは思わなかったよ。どうしたって他人なんだよ。どう頑張ったたって他人なんだ」

これで満足か、という顔を若菜さんはした。違う。そういうことじゃない。そんなことを……俺はあなたの口から聞きたかったんじゃない。

「なあ、寺脇」

低い声と共に、若菜さんの汗が一滴額に落ちてきた。

「『家族なんてもういらない』って思うのは、そんなに罪なことかな」

だって、家族なんだから。父親で、母親で、子供で、姉弟なんだから。そうに決まってる。言ってやりたいのに、若菜さんの視線がそうさせない。睨まれているわけではないのに身がすくむようだった。

ああ、そうだ。そうなんだ。

きっと、友親が自分の願いを押しつけたせいで、涼は家族を捨てる羽目になったんだ。喉がかあっと熱くなって、目の奥が痛くなって、吐き気が込み上げてきた。許されるなら、この場で大声で泣きたかった。

黙り込んだ友親に小さく溜め息をこぼして、若菜さんは友親を解放した。ヨシキさんの絵を両手で大事そうに抱えて壁に立てかけると、先程までの圧迫感はどこへやら、ふらふらと布団へ足を向けると、掛け布団の上に倒れ込んだ。

大人しく自分の部屋に戻ろうと思ったのに、明石先輩が作ったお粥の入ったお椀が目に入ってしまった。

「若菜さん、明石先輩がお粥を作ってくれました。せっかく起きたんですから、ちゃんと食べてください」

無視されるかと思った。けれど、若菜さんはむくりと起き上がり「食べる」と呟いた。枕元に置かれたラップのかかったお椀を両手で持って、いそいそと食べ始める。部屋の明かりを点け、どうしようか迷ったのち、友親は若菜さんの向かい側に腰を下ろした。冷蔵庫から烏龍茶のペットボトルを出してきて差し出す。受け取った若菜さんに、礼まで言われた。

「小夜子さんにまで面倒かけちゃったか。悪いことしたな」

「七時半くらいまではいたんですけど、お粥作ってすぐに帰りました」

「寺脇にも迷惑かけたな。夢現《ゆめうつつ》に負ぶって貰ったこととか、ちゃんと覚えてるから」

いえいえ、と首を横に振りつつ、先程とは打って変わって柔らかい物腰にどういう顔をすればいいのかわからない。改めて、進藤さんの「この世界を本物だと思ってない」の言葉が身に染みるようだった。ゲームの世界で、ノンプレイヤーキャラクターにかけた言葉や態度を、いちいち気にする人なんていない。

今ここでそれを問いただしたら、若菜さんは頷くだろうか。

「若菜さん」

「なに？」

うわ、これ美味い、さすが小夜子さん。若菜さんはそうこぼしながら明石先輩の作った卵粥を咀嚼する。

「浪人してるときから、金には結構困ってたって、さっき言いましたよね」

「ああ」

「割のいい秘密のバイトをしてるとも――」

「言ったな、随分前に」

「それって、どんなバイトですか」

「お前、勘づいてるんじゃないのか？」

俺の部屋が雨漏りした日に、アサザの絵を見ただろ。

そう続けた若菜さんに、うっ、と息を飲んだ。想像通りで、そして最悪の結末だった。

もう、誤魔化すことはできない。

「若菜さん。三宅先生の、ゴーストなんですか」

「わかりやすく言うならそうなるのかもね」

「どうしてそんなこと始めたんですか」

「浪人してるときに、親からの借金と大学の学費のために金が欲しくてさ、ちょっと怪しいバイトもしてたんだけど、三宅先生に止められた。それから紆余曲折《うよきょくせつ》を経て、俺は先生のゴーストになった」

何でもないことのように言って、若菜さんはお粥をかき込んだ。

「あの人、絵を描きすぎて家庭を顧みなかったせいで、嫁と娘に捨てられちゃったんだよ。家族なんてどうでもよかったはずが、いざいなくなったら全然絵が描けなくなっちゃったんだ」

あのだだっ広く寂しい絵画教室。静かな一軒家。壊れた家族のなれの果て。あれは立派な、三宅篤という男の癒すことのできない傷跡ということか。

「だから、先生の代わりに若菜さんが絵を描いてるんですか」

「そうだよ」

「涼が前、若菜さんが男の人に店で頭を下げられてるのを見たって言ってたんです」

「三宅先生に、来年開かれる大きな展覧会用の絵を描いてほしいって頼まれたんだ。あんな高い店にわざわざ連れて行かなくても、金さえもらえれば描くのにさ」

言葉が出なかった。

「寂しい人なんだよ、先生も」

だから、ゴーストとして三宅先生の作品を描き続けるというのだろうか。

友親の部屋から持ってきた風邪薬を烏龍茶で口に流し込み、若菜さんは再び布団に横になる。ちゃんと掛け布団を自分で掛けて、そっと目を閉じた。

「三月に俺に貸してくれたお金も、それで稼いだお金なんですよね」

喉がひび割れるような感覚に襲われた。

「そんな金だってわかってたら借りなかったか」

「そんなんじゃないです。もの凄くありがたかったです」

でもその金を、正体をきちんと知らぬままに返してしまったことを後悔した。

「でも、俺にぽんって金を貸せるだけの余裕があるのに、どうしてまだそんなことしてるんですか」

「絵に集中するのにだっていろいろと出費がかさむって、お前だってわかるだろ」

それに。言葉を切って、若菜さんは小さく息をついた。

「ゴーストしてると、わかるんだよ」

「……何が、ですか」

「世の中にはいろんなものが嫌になっちゃった人や、周りに置いて行かれた人がいるんだって。きっと、先生以外にもたくさん、たくさん」

しばらく、何も言えなかった。若菜さんから視線を外して、壁に立てかけられた油絵を眺めた。視線を戻したときには、若菜さんは寝息を立てていた。

三宅先生と顔を合わせるたび、彼のゴーストとして絵を描くたび、自分もそうだって自覚するんですか。

喉の奥で吐き捨てて、友親は蛍光灯の紐を引っ張った。自分の言葉は、腹の底に、ずどん、と落ちてきた。電気が消える前に、若菜さんの絵に混ざって立てかけられたヨシキさんの絵を見た。明るいところでしっかりみると余計に、なんてことない絵だった。

なんてことない森の絵だった。

◆

暖かかった。四月に入り、気温は日に日に高くなっていった。自分が呑気に眠っている間に、季節は一気に春になってしまった。

一時間に一本しか走っていないバスを降りると、目の前をモンシロチョウが飛んでいった。バス停の前の用水路に沿って、ゆらゆらと。

おかしい。

ついこの間まで、センター試験だったはずなのに。

自分はセンター試験を五教科すべて受験して、自己採点もして、どこの大学に出願するか検討していた。寒かった。原付きで登下校するには、制服の下にセーターを着込んで、コートを着て、手袋とマフラーをしないと耐えられないような、寒い日だった。

なのにもう、冬用の厚手のコートはいらない。手袋もマフラーもいらない。

ヨシキが病室に置いていったウォークマンで尾崎豊を聴きながら、歩いた。長く寝ていたせいなのか何なのか、そうしないと出歩けなくなった。尾崎豊を聴きながら、外の音を遮断して。そうすることでやっと、柚木若菜の体は動く。

バス停からアスファルトの小道を五分ほど進み、橋を渡って、見慣れたしだれ桜の下を通り過ぎ、そこへ辿り着いた。バスを降りたところで始まっていた『OH MY LITTLE GIRL』が終わる頃だった。

若菜の体感としては二週間ぶり、現実世界の時間としては、およそ四ヶ月ぶり。

龍ヶ崎由樹の、家に。

青みがかった瓦屋根の家は古く、代々一族で暮らしてきた歴史が滲み出ている。

ヨシキの母は、縁側で若菜を待っていた。若菜を見つけると、サンダルをつっかけて近づいてくる。

「いらっしゃい、柚木君」

葬儀も四十九日も終えてしまい、龍ヶ崎家もヨシキの母も、普段と何も変わらない姿をしていた。ヨシキの母は娘を失ったショックでやつれてしまったのではないか。そう思っていたのに、若菜が覚えている彼女とほとんど差異はなかった。

「怪我はもう大丈夫なの？」

その問いにすぐに答えられず、若菜は黙って頭を下げた。「傷は、ちょっと残りましたけど」と、頭を上げる際になんとか絞り出した。

「でも、背中以外は大きな傷もないんでしょう？　よかったわ。後遺症とか、なくて」

由樹もね、心配してたから。ヨシキの名前を出されて、喉の奥がキン、と強ばった。

「絵描きさんの手が、動かなくなったりしたら大変だって」

頬に手を当てて笑い、ヨシキの母は「さあ、上がって」と若菜を玄関へと誘導する。どうして笑うんだ。そう問いかけてしまいそうな自分に気づいて、腹の底に力を込めた。ゆっくりと、若菜はその背中についていった。

玄関を上がり、居間を通過し、廊下を抜け、その奥の部屋に、ヨシキはいた。ヨシキの祖父母、曾祖父母、その上のご先祖の位牌が並ぶ仏壇。一番前に、真新しい位牌があった。仏壇には似合わないガーベラやチューリップといった色鮮やかな花に囲まれて、ヨシキの顔がある。

彼女の遺影は、生徒手帳に使っているものと同じ写真だった。笑ってはいない。仏頂《ぶっちょう》面《づら》でもないけれど、若菜と出会う前の彼女の顔だった。

仏壇の前に置かれていた座布団に促され、若菜はそこに正座した。

顔を上げると、遺影のヨシキと目が合った。彼女は、出会ったときと同じように、真っ直ぐ若菜を見ていた。

ヨシキが死んだ。自分はまた、彼女と出会う前と同じ一人になった。独りぼっちではない一人になった。家族という血のつながりからも弾き出され路頭に迷う柚木若菜に、戻った。

横からヨシキの母の手が伸びてきて、マッチで蠟燭に火をつけた。「お線香、あげてやって」と。「由樹、喜ぶと思うから」と。

目の前で揺れる蠟燭の火を、若菜はしばらく黙って見ていた。喜ぶのだろうか。ヨシキは、線香など喜ぶのだろうか。

本当に？

本当に？

「柚木君」

ヨシキの母が、線香入れを若菜の目の前に差し出した。緑色の線香が何本も何本も何本も、そこにはある。

「あなた、わかってないみたいだからね、おばさん、ちゃんと言うね」

由樹ね、死んじゃったの。

あなたの意識がない間に、死んじゃったの。

お葬式も、四十九日の法要も終わっちゃったの。

「わかるわよね？　柚木君」

どこからか風が吹いてきたかのように、目の前で蠟燭の火が揺れた。誰かが、自分を嘲笑ったようだった。

「あなたも、ここからちゃんと進んで行かないと駄目」

ヨシキの遺影を手に取る。そうしたところで、彼女の表情は変わらない。

彼女は、龍ヶ崎由樹は、柚木若菜と出会わない方がよかったのかもしれない。手術が成功する可能性が五分五分なら現状維持、冒険はしない。そこまで自分の運はよくないから。そのポリシーを貫き通せば、彼女はもう少し長く生きられたかもしれないのに。

そうやって自分のせいにして不幸ぶるのは、楽かもしれない。そのまま不幸へ向かって、ただただ転がり落ちていけばいいのだから。

遺影を元の位置に戻し、線香入れから線香を三本取り出した。蠟燭で火を点《とも》し、香炉に立てた。お鈴《りん》を鳴らすことも、手を合わせることもできなかった。ヨシキの母は、そんな若菜を咎《とが》めはしなかった。

「絵が」

ヨシキは、絵を描いていた。意識が戻った数日後、そんなことを恭子から聞かされた。ときどき自分の枕元で、彼女がスケッチブックを広げて絵を描いていたと。

「絵が、ありませんか」

ヨシキの母を見る。彼女はすっと視線を上へと移し、立ち上がった。まるで若菜がそう言うのをわかっていたかのように、「あの子の部屋にあるわ」と言って、仏間を出て行く。若菜も、その後をついて行った。

みしみしと湿った音の鳴る階段を上った先に、ヨシキの部屋はある。何度も上ったはずの階段が妙に急に感じられ、日当たりのいい一人娘の部屋は、目に痛いくらい明るかった。

「四十九日が済んだらちょっとは整理しようと思ってたんだけど、結局あの子が使ってたときのままなの」

彼女の言葉の通りだった。この前――といってもこの世界では随分前の話だけれど、若菜がここを訪れたときと、家具の位置、本棚に並ぶ本の順番、ベッドシーツの模様、ハンガーパイプにかかったコートとマフラー、何も変わっていない。

ヨシキが、そこにいないってだけだ。

「これ、油絵っていうのかしら。どういうふうに保存すればいいかわからなくて、ずっと本棚に入れっぱなしにしてたんだけど」

ヨシキの母は、棚の一角からキャンバスを出してきた。二十号のキャンバスは、木枠がついたままだ。

緑色を多用したその絵が何なのか、若菜はすぐに理解した。

「風景画みたいなんだけど、何を描きたかったんだかよくわからなくて。あの子、あんまり絵心はなかったから」

ヨシキの母の笑い声は、すぐに消えた。そして、「柚木君にはそれが何だかわかるのね」と、また笑う。口元を柔らかく歪めながら。

その絵は、愛のトンネルだった。ウクライナにある本物ではなく、若菜とヨシキが通った、あのなんてことない山道だった。蟬が鳴き、ヨシキが自分の命のことを話した場所。偽りだけれど、けれどどこまでも本物の愛のトンネルだった。

近くのもの、遠いもの。光が当たるところ、当たらないところ。まったく塗り分けができていないから、キャンバスにありったけの緑色の絵の具をぶちまけてみましたという、一見攻撃的で荒々しい絵に仕上がっていた。この絵が何なのか、ここに描かれた彼女の真意は何なのか、きっと誰もわからない。柚木若菜以外、絶対に理解できない。

「この絵、まだ描きかけなんですよね」

「そうね。手術までには完成させる気なのかと思ってたんだけど、それじゃあ絵の完成と同時に死んじゃうみたいだって思ったのかも。まだ、パレットに絵の具が残ったままだったし」

結局彼女は、絵を未完成にしたまま死んでしまったわけだけれど。

「柚木君には、これが何を描いた絵だかわかるんでしょ？」

教えてもらえない？

その問いと同時に、階下で電話のコール音がした。

ヨシキの母はその音を一コール、二コール聞いた後、「誰かしら」とゆっくり顔を上げた。

「お茶も出さずにごめんなさいね。電話の後、持ってくるから、ちょっと待っていて」

そう言って、部屋を出て行く。

若菜はそのまま、ヨシキの絵をしばらく見ていた。この愛のトンネルは未完成のまま、一生完成することはない。自分がここにいくら筆を加えたところで、何一つ救われることはなく、誰一人報われることもない。

絵の表面を、若菜は左手でゆっくりと撫でていった。

若菜の人差し指が、絵の具が重ね塗りされた部分に触れる。乾いた音を立てて、絵の具が崩れてしまった。畳の上に、絵の具の欠片が落ちる。欠片は、掌で触れるとすべて若菜の肌にくっついてきた。ヨシキの奴、無闇に厚塗りしたな。それとも、油絵の具の上にアクリル絵の具を重ねてしまったのだろうか。

剝がれた欠片を拾い上げ、若菜はしばらくそれを見下ろしていた。

なあ、どっちなんだ。

緑色の絵の具の欠片に、そんな疑問がふつふつと湧き上がってくる。

この絵には、この未完成の愛のトンネルには、俺がいたんだろう？　俺は一人きりでいたのか。それともヨシキ、お前と一緒にいたのか。一体どっちなんだ。二人でくぐれば願いが叶い、一人でくぐれば新しい出会いがあるといわれる愛のトンネルに、俺はお前と一緒にいたのか。お前は、この絵で何が言いたかったんだ。

それだけでいいから、教えてくれないか。

電話のコール音がやむ。ヨシキのいないヨシキの部屋は静かだった。耳に痛いくらい押し潰されそうなくらい、静かだった。

ビリジアン、コバルト・グリーン、エメラルド・グリーン、パーマネント・グリーン、カドミウム・グリーン、テール・ベルト。掌に散ったこの緑色を、何と表現すればいいのだろう。答えに辿り着ける気は、まったくしなかった。

どうして涙が出ないのだろうか。意識が戻ってからずっとそうだ。ヨシキの死を知らされても、自分から涙の一滴、嗚咽《おえつ》の一つも出ない。ヨシキの命が若菜のものに比べて細く先の見えないものであると知ったときは、あれだけ激しく泣くことができたのに。

なあ、どうしてだ。

問いかけても問いかけても、誰も答えてくれない。

階段の軋む音がする。ヨシキの母が電話を終え、飲み物を持って上がってきたのだろう。

掌の絵の具を、崩さないようにそっと右手で摘んで口へ入れた。鼻の穴にこびりつくような独特の油絵の具の匂いを、久々に感じた。それだけ、自分の時間が止まったままだったということだ。

一回。

二回。

三回。

四回。

五回。

愛のトンネルの欠片は、噛むたびに舌を刺すような苦味がした。冷たく、痛く、深く。

若菜を貫いて、溶けていった。

八　さよならクリームソーダ

三宅篤は、驚きも狼狽《うろた》えもしなかった。どこで買ったお茶だから美味しいよ、なんて言って、自分で淹れた紅茶を友親に勧めてくる。

花のような香りのする紅茶には手をつけず、友親はずっと三宅先生を見ていた。

友親と三宅先生の間には、紅茶以外に雑誌の切り抜きがあった。アトリエ棟の掲示板に貼られていたもののコピーだ。展覧会に出品された三宅先生の作品は、モノクロになっても存在感を失わない。

いつも通り絵画教室でのアルバイトを終え、生徒がみんな帰ったあと、「ちょっと相談があって」と残った友親が鞄からそれを出しても、「僕、この絵を若菜さんの部屋で見たことがあるんです」と核心を衝《つ》いても、三宅先生の表情は変わらなかった。

いつ、こうなってもおかしくない。いつか誰かがこうやって自分を問い詰めに来ると、予想していたのだろうか。

その態度が、わずかに残っていた希望を潰《つい》えさせた。本当に、三宅篤は柚木若菜をゴーストにしていたのだ。柚木若菜が描いた絵を自分の名前で展覧会に出品し、恥ずかしげもなく賞を取った。

「いつからなんですか」

初めて教室を訪れたときに緑茶を出してもらったテーブルは、こんなに大きかっただろうか。ふと、そう思った。プロの画家とはいえ、親しみやすい穏やかな人だと思っていたのに、途端に得体の知れない化け物を相手にしているように思えてくる。

「四年前」

静かに腕を組み、三宅先生は友親を見る。

「彼が、柚木君が、花房美術大学に合格した日からだ」

「美大に合格して、若菜さんの実力が本物だって確信したから、ゴーストにしたと？」

友親の仮定を、三宅先生は穏やかに笑い飛ばした。君が考えるのはその程度のことだろう、とでも言いたげに。

「柚木君の絵描きとしての力は、ハナビに受かろうと落ちようと、揺るがないものだったよ」

一向に紅茶に手をつけないでいる友親にふう、と溜め息をついて、先生は笑顔まで見せる。

「彼が浪人生としてうちに通い出して、半年ほどたったころだった。柚木君がね、ある日、浪人生が持つにはあまりにも大きすぎる額の現金を持ってうちに来ていたんだよ」

偶然だった。たまたま見えた彼の鞄の中に、封筒に入った札束を見つけた。当時を思い出すように、三宅先生は生徒が荷物置きに使っている棚を見つめた。

「その日、彼がたまたま最後の一人になるまで残っていたから、聞いたんだ。その鞄の中に入っている現金は何だと。仕送りを下ろしたばかりなんですとか、バイトの給料が出たばかりなんですとか、そう言い訳するには無理のある大金だった。柚木君、正直に全部話してくれたよ。もともと隠すつもりもなかったのかもしれないけど」

「若菜さん、何をしていたんですか」

「言わない」

友親の言葉尻に被せるように、三宅先生は言い切った。

「僕はそのことを誰にも言わないという約束を、彼とした」

もっともらしいことを言う。事情通という顔で、大人ぶった顔で、どの口が言う。

「その代わりに、大学生になった若菜さんをゴーストにしたんですか。美大で、これから絵の勉強をしようとしてる人を」

「僕が、柚木君を脅して無理矢理ゴーストにしたと思うかい？」

「いいえ」

そうであったらいいのに。どうせ違うのだ。

「その通りだ。ゴーストの件は、互いに持ちかけた。僕はずっと、どうしてだか思うように絵が描けなくなっている。柚木君は見事にそれを見抜いた。ハナビの合格発表の日、初めて彼と酒を飲んだときのことだ」

どうしてか、その場面は易々と想像できた。

「先生、描けなくなっちゃったんですね。ずっと恐れていたはずなのに、彼にそう言われたときはむしろほっとした。僕はやっと、画家になるために生き、絵を描くためにあらゆるものを犠牲にしておいて、そのくせ描けなくなってしまった情けない自分を認めていいんだと」

それは別に構わない。どうしてそこから、柚木若菜をゴーストにする必要がある。

「君に代わりに描いてほしいくらいだよ。金さえもらえれば描きますよ。そんなふうに冗談半分に語り合っていたのが、いつの間にか互いに本気になっていた」

そこから先は、若菜さんが話した通りだった。三宅先生は若菜さんに現金を渡し、若菜さんは絵を描く。

「だが、安心するといい。君からこうして指摘された以上、もう潮時だ」

「やめるんですか」

「ずるずるとここまで来てしまった。もっと早く、柚木君よりずっと大人な僕の方からやめようと切り出すべきだった」

できなかったのが、僕が愚かで身勝手で子供だったという証拠だ。淡々とそう語る三宅先生には、怒りや憤りばかりが湧いてくる。安堵など微塵も感じない。そんなふうに自分のことを客観視できるのなら、なぜ柚木若菜をゴーストにした。

「君はいい子だね。親御さんが羨ましいくらいだ」

そして、僕なんかに言われても君は納得できないだろうけどと、友親へ刺すような視線を投げてきた。決して睨みつけてはいない。けれど、友親の胸を射貫くように。

「世の中にはいろんな価値観があってね、人が何を大切に思うか、何に価値を見出すか、逆に何を切り捨てるか。そんなものは、他人には到底理解できないということも多々あるんだよ。ときとして、自分でもわからなくなってしまうことだってある。僕は自分の価値観を見誤った結果、絵が描けなくなった」

家族なんてどうでもよかったはずが、いざいなくなったら全然絵が描けなくなっちゃったんだ。若菜さんは三宅先生のことをそう語った。

「君はこの三月まで高校生だった。きっとこれから、いろんな価値観の相違にぶち当たるだろう。その中で取り返しのつかない間違いをしてしまうこともあるだろうが、僕のような大馬鹿者を反面教師に、上手いことやるといい」

口の中で、奥歯を強く嚙み締めている自分に気がついた。この人に諭されているという事実が、到底理解できない。納得できない。

柚木若菜も、三宅篤も、そして斎木涼も。「価値観の多様性」なんて言葉を盾に、周りの人間の気も知らずに、知ろうともせずに、自分勝手に生きているだけなんじゃないのか。

「さて、寺脇君に聞きたい。そんなに苦々しい顔をするほどに憤っている僕のところで、これ以上アルバイトを続けるのかい？」

こちらを茶化すように先生は笑う。まるで、友親の問いをはぐらかす若菜さんのように。

冷め切った紅茶のカップを手に取り、一気に飲み干した。「失礼します」と一礼して、テーブルの上の雑誌の切り抜きもそのままに、絵画教室を出た。

「また来てくれるなら、歓迎するよ」

玄関の戸を閉める寸前、そんな言葉が飛んできた。堪らず、走って三宅先生の家から離れた。一秒でも早く、早く、早く、その場所から離れたかった。バス停で待つこともせず、走った。

日が落ちてまっ暗になった道に、街灯がぽつぽつと明かりを落とす。結構な速度で走っていたら、あっという間に人通りの多い明るい道に出た。大量の車が往来し、家や店が眩しいほどにぎらぎらと光っている。息が上がった体には、その光が痛いくらいだった。

大きく一度深呼吸をして、大通りを、西武線のある方向へ歩き始めた。今の自分の姿は恐らく、とぼとぼという言葉がぴったりだろう。

「……何が、価値観の相違だよ」

家族になりたいと思った。正しい家族になりたいと、思った。

自分の父がろくでもない人だったと、友親は母方の祖母に言い聞かされながら育った。その話の締めは大抵、お前はそうなるな、母親を大事にしろという言葉で終わる。

母が舜一さんと付き合い始めたときだって、微塵も反対しなかった。やっと、母が独りぼっちでなくなる。母の世話になっているくせに母の仕事や子育てに口うるさく関わってくる祖母が亡くなり、母は純朴で真面目な舜一さんを選んだ。母がやっとのことで手に入れた新しい家族だった。それが正しい形であってほしいと思ったし、守りたいと願った。

同級生が「あの糞ババア、糞ジジイ」と両親を疎《うと》ましく思っている頃も、母の日、父の日、誕生日と、記念日には必ずプレゼントを用意した。家の手伝いも同年代の子と比べればずっと献身的にやった方だと思う。

涼がそんな自分に苛立って、腹を立てているのも理解していた。けれどそれを認めてしまうと、この家族という船は大きく傾いてしまう。母は悲しむだろう。再婚の話だって頓挫《とんざ》してしまうかもしれない。

そうならないために、友親は繕《つくろ》うことにした。涼の本心が母と舜一さんに伝わらないよう、ありとあらゆる涼の気持ちに蓋をして隠した。

涼が大学に合格して上京したとき、心底安堵した。

その罰が、あの日、高校三年の夏休みの夜に、下ったのだと思う。高校三年の夏休み。美大受験専門の予備校の夏期講習に通っていた頃。

台風が接近した、雷の鳴る土砂降りの日。小田急線が運転を見合わせてしまい、新宿駅で立ち往生していた。

そこに、涼から連絡があった。「あんた、家に帰れなくなったんじゃないの？　うちに泊まっていいよ」と、珍しく友親を気遣うメールが。

涼の最寄り駅までなんとか移動して、駅で合流した。

彼女は本当に友親を自宅に招き入れてくれた。

社会人一年目の涼の部屋は狭かった。キッチンとユニットバス、小さなデスクとベッドでいっぱいになった部屋。寝るためだけに帰るような場所だった。

けれど、なんだかんだで自分を気遣って泊めてくれたことを、素直に嬉しいと友親は思っていた。

涼はベッドで寝て、友親は床でタオルケットにくるまって寝た。雨の音も風の音も強いままだった。台風一過で明日は晴れらしいから、きっとこの雨が街中の汚れを洗い流して、空も街も何もかも綺麗になった気持ちのいい一日になるんじゃないか。そんなことを考えながら眠った。

腹の上に不快な重みを感じて目を覚ました。重い瞼を持ち上げると、目の前に涼の顔があった。

目と鼻の先。吐息が触れ合うほどの距離から見る涼は、別の誰かみたいだった。

「あ、起きた」

涼が自分に馬乗りになっていた。普段より少し乱れた髪の毛が、友親の鼻先をくすぐった。

「……なに、してんの」

ベッドサイドのランプが点いているようで、オレンジ色の光が涼の顔をぼんやりと照らしていた。

「私さあ、就職したの」

そんなの、知ってる。

「自分でお金稼いで、好きに生きていきたいの。あんたにそれを邪魔されたくないんだよね」

「邪魔なんて、そんなこと、俺は……」

「するんだよ。あんたはするの。私を家族に引き戻そうとするの。大好きな母親が《幸せな家族》の中にいてくれないと困るから、あんたは私に《家族想いの優しいお姉ちゃん》をさせようとするんだよ！」

涼の唾が頬に飛んできた。体が触れ合う部分から、涼の体温が伝わってくる。なのに、こんなに遠い。

「どうして」

呆然と床に寝転がったまま、友親は聞いた。

「どうしてそんなに、俺と母さんが嫌いなの」

俺のことはいいよ。でも、母さんは涼に優しいじゃないか。涼が嫌がることなんて何もしないじゃないか。どうして母さんのことまでそんなに嫌うんだ。

友親が口にした疑問に、涼はさらに険しい顔になった。本当に、心から嫌っているものを見る顔をする。

「何かを嫌うのに理由がないといけないの？　性格が合わないとか？　悪口言われたとか？　違うから。私はね、あんたの母親と初めて会ったときから『なんか嫌だな』って思ってたの。『なんか好きになれない』って。流石にそんなことで再婚に水を差したら悪いから、こっちから距離を取ってやったのに」

なのに、あんたは自分から近づいてくる。涼の目は、そう言いたげに友親を睨んだ。

「ここまで言っても、あんたは私を家族だと思う？」

何も答えない友親の頬を、涼は痺れを切らしたように両手で摑んだ。石鹸の匂いが香る白い手に顔を包まれて、友親は息を止めた。

このまま殴られるんじゃないか。首を絞められるんじゃないか。頬を強ばらせて身構えていたら、突然、涼が唇を寄せてきた。友親の体に覆い被さるようにして、キスしてきた。限りなく姉弟としてあったはずの自分達の関係を、壊した。

両手両足をばたつかせて、抵抗した。力は自分の方が強いから、彼女を突き飛ばそうと思えば、きっとできた。なのにできなかった。

「あんた、これでも私をお姉ちゃんだと思える？」

顔を上げた涼は激しい口づけとは対照的な、冷め切った顔をしていた。

「これで懲りないなら、次はもっと凄いことしようか。あんたのお母さんが聞いたら失神しちゃうようなこと、しようか」

何を、とは聞かなかった。聞かなくても充分わかった。

動かない友親を見下ろして、涼がふっと笑う。友親を嘲笑う。

「もしかして、ファーストキスだった？」

それ以上は何も言わず、涼はベッドへと戻った。明かりを消し、何事もなかったかのようにもぞもぞと布団の中に入ってしまう。

やっと体が動いた。金縛りから解放されたように、友親は喉の奥で悲鳴を上げた。ぎこちなく、力任せに体を動かし、手探りで自分の荷物を引っ掴んで、涼の家を飛び出した。

　雨はまだ降っていた。風も、少し吹いている。でも台風自体は通り過ぎてしまったみたいだ。

　嵐の名残が残る夜の街を、友親は走った。一秒でも早く、涼から離れたい。

　まだ涼の唇の感触が残っている。温度が残っている。初めて会ったときから姉になると、家族になると認識していた人が、自分の中で女になった。異性になった。止めなきゃと思うのに止められなかった。唇を手の甲で何度擦っても、擦っても擦っても擦っても、涼の感触が消えない。

　何より、涼からぶつけられた言葉の数々が、じわじわと毒のように友親に染みいってきた。

　隠さないと。これは絶対に、母にも舜一さんにも知られちゃいけない。涼の拒絶も、涼とのキスも、胸の奥に灯った、熱っぽい変化も。

＊　＊　＊

　テーブルに額を擦りつけるように友親は頭を下げた。傍《はた》からは別れ話の真っ最中のカップルに見えるかもしれない。レモン軒でない場所を指定すればよかったと今更後悔する。

「謝らないでください」

間髪入れず、進藤さんがそう言ってくる。

「もう若菜君には私のことは知られているんですから、別に構いませんよ」

顔を上げると、紺色のワンピースを着た進藤さんが眉を八の字にしていた。「こちらこそごめんなさい」と小さく頭を下げると、ワンピースの丸襟から伸びたループタイがキラリと光った。

若菜さんの持つヨシキさんの絵を見ようとしたら、見つかってしまった。しかも、進藤さんの入れ知恵であるとまでばれてしまった。進藤さんは「浅はかだ」と怒るんじゃないかと思ったけれど、まったくもって穏やかな声色をしていた。

「むしろよかったです。その後何もないようで」

「そうだね。怖いくらい普通に生活しているよ、俺も若菜さんも」

何もかも今まで通り。こちらが怖じ気《おけ》づいてしまうくらいに、何もなかったかのように。

「若菜君から何か酷いこととか、言われたりしたんですか?」

「いや……」

言い淀《よど》んで、首を横に振った。

「『家族なんてもういらない』って思うのは、そんなに罪なことかな」

「へ？」

「そう、言われた」

友親への言葉でもあり、こうして進藤さんへ伝えることで、彼女への言葉にもなった。

「そうですか」

進藤さんの声が沈む。目を伏せて肩を竦め、レモンスカッシュの入ったグラスに手を伸ばした。友親も自分のグラスを手元に寄せる。二人同時に、同じような大きさの溜め息をこぼした。

「ヨシキさんの絵を、ちょっとだけど見られたんだ」

何故かカラカラに乾いた口の中をレモンスカッシュで潤し、友親は意を決して話し出した。

「その絵とよく似た絵を、若菜さんがアトリエで描いてた」

「……どういうことですか？」

「ヨシキさんの絵と比べたら全然レベルが違うけど、ヨシキさんの描いた森の絵っぽいものを、若菜さんも描いてた」

完成と同時に若菜さんが倒れた、百号のキャンバスに描かれた絵。むせ返る緑。風に揺れる緑。今にも木漏れ日が差してきそうなあの絵は、ヨシキさんの絵を模したものだったのではないか。そう、友親は考え始めていた。

「若菜さんは、あの絵を描きながら自分の中で気持ちを整理してるのかもしれない。ヨシキさんを描いた、他の絵も。それに若菜さん、バイトでめちゃくちゃ稼いでたんだ。絵を描き続けるには金がいるって。少なくとも絵を描いていこうっていう目標があるってことだろ。自殺はないんじゃないかな」

納得いかない、という顔を進藤さんはした。けれど、「そうですか」と視線をテーブルの一点に移し、ホッとしたように口元を緩めた。

「寺脇さんがそう言うなら、そうなのかもしれないですね」

私より、ずっと若菜君を知ってるでしょうから。そう言うとすっと顔を上げ、ニコッと笑った。珍しく、素直な可愛い笑顔だった。

「お腹空きました。これ食べていいですか。フルーツサンド。ごろごろ大きいフルーツがいっぱい挟まってて美味しそうです」

半分あげますよと、メニューに写真入りで掲載されていたフルーツサンドを指さし、友親の答えも聞かぬまま店員を呼んだ。

互いに四限の授業があるので、二時過ぎにレモン軒を出た。大皿に盛られたフルーツサンドはなかなかのボリュームで、気の早いおやつには重すぎた。

「生クリーム食べすぎて気持ち悪いです」

そう言いながら隣を歩く進藤さんと、四限はもの凄く退屈な一般教養の授業だから気が重い、なんて話をしながら友親は大学の方に向かって歩いた。

ハナビの正門まで来たところで、進藤さんは友親に向き直った。

「それじゃあ、また今度」

なんとなく、これまでのように高頻度で会うこともなくなるんじゃないか。そんな予感がして、名残《なごり》惜しい気分になった。

「白築の近くに、パンケーキのお店ができたんです。ランチもやってるんで、今度はそこに行きましょう」

なんて彼女が言うものだから、少し安心してしまう。

ハナビのキャンパスを吹き抜けた風が、正門から吐き出されていく。正門に向かって背の高いビル型校舎が建ち並ぶキャンパスは、時おり激しいビル風が吹くのだ。

その風が、進藤さんのワンピースにいたずらをした。ふわりとスカートの裾が捲り上がり、タイツを穿いた彼女の太腿があらわになる。悲鳴を上げた進藤さんが慌てて手で裾を押さえるが、タイツ越しに下着が微かに見えてしまった。

咄嗟に空を見上げた。「いやあ、今日は天気がいいね。夕立もなさそうだね」なんて苦しい言い訳を、口にしようとしたときだ。

八階建ての校舎の屋上に、人影が見えた。

「――え？」

目を凝らしてみる。確かに人だった。だんだんその影の輪郭がはっきりしてきて、それが見知った人物だということに、友親は気づいた。

「……明石先輩？」

緑色のジャージがよく見えた。あれは明石先輩のトレードマークだ。

進藤さんも校舎を見上げた。「え？」と高い声を漏らし、友親の顔を見る。

「ねえ、寺脇さん、あれって」

ふらふらと、ときどき地面に敷き詰められた煉瓦のわずかな凹凸に足を取られながら、校舎の下まで行った。ここは映像学科の施設が入っている棟だ。花房美術大学のキャンパスの中で、一番背の高い建物。

逆光になってしまって屋上はほとんど確認できなかった。

背後の進藤さんの息が震えているのが聞こえる。

「明石先輩っ！」

叫んで、走った。校舎の屋上に上ろうなんて考えたことがないから、どこへ行けば屋上へ出ることができるのかわからない。棟を半周すると、非常階段を見つけた。そこを、カンカンカンカンと甲高い音を上げながら、友親は上っていった。背後で進藤さんが躓《つまず》いて転ぶ。構っていられず、彼女を置いて非常階段を上った。校舎の壁面に沿って設置された非常階段は、足を動かすたびに耳障りな金属音を立てる。まるで警報みたいに。その音に、余計に焦る。

七階まで上ると、そこには鉄製の扉があった。まさか、明石先輩は扉を這い上がっていったのだろうか。

迷っている暇はなかった。ドアノブに足をかけて扉を飛び越える。降りる際に階段だけでなく遥か下の地面まで見てしまって、股間がひゅん、と縮こまった。

その先の階段を上り切ると、だだっ広い屋上が広がっていた。何もないただの平らな空間は見晴らしがよく、そこに立つ人がよく見えた。

やはり、そこにいたのは明石先輩だった。

「明石先輩！」

ゆっくりゆっくり近づいていく。先輩は屋上の隅っこ、端の端、あと一歩前に出れば地面まで真っ逆さまというところにいた。

彼女まであと十メートル、というところで明石先輩は振り返った。緑色のジャージに紺色のプリーツスカートという出で立ちで、そこに立っていた。

「ああ、寺脇君。さっき下から叫んでるのが見えたよ」

それと……、と微かに言って、友親の背後に視線をやった。振り返ると肩で大きく息をした進藤さんがふらふらと近づいてきた。あの鉄の扉を乗り越えたときに破れたのだろうか、タイツに大きな穴が空いていた。

「寺脇さん、この人が、明石先輩ですか？」

無言で頷き、先輩の名前を呼んだ。

「明石先輩、そこで何してるんですか」

「ご覧の通り」

すっと両手を広げてみせる。風が先輩の髪の毛とスカートを揺らした。

「まさかですけど、そこから飛ぼうとなんてしていないですよね？」

「風見鶏の気分を味わっているように見える？」

この人は、一度自殺未遂をしている。生の淵に立って、死の世界を覗き込んだことがある。

「絵、ですか？　絵が描けなくなっちゃったからですか？」

力なく肩を竦め、明石先輩は頷いた。

スランプなんて、そのうち治りますよ。また描けますよ。

それに、絵が描けなくたっていくらでも生きていく術はあるじゃないですか。

そんなんで自殺しちゃったら、家族とか友達とか、みんな悲しみますよ。

彼女へかける言葉を探して、頭の中で反芻《はんすう》した。でも、どれも口にする勇気がない。以前、若菜さんの部屋で痛感した。自分には、この人にかけられる言葉がない。

「そのうち描けるようになるって言うの？　絵が描けないくらいで死んでどうするんだって言うの？　この私に？」

友親の心を、明石先輩はいとも簡単に見透かした。

「寺脇君、あなたはこの前、目的もなく美大に進学しちゃったって、自分を卑下したじゃない？」

迷った末に、友親はゆっくり頷いた。

そして気づいた。

「俺のせいですか」

若菜さんが倒れた日。彼の部屋で先輩と話をした。あの底の浅い薄っぺらな言葉の数々が、一度はこちらの世界に戻ってきた明石先輩の目を、再び死へと向けてしまったのか。

「違うよ。そんなんじゃないよ」

微笑む先輩の顔は、以前より隈が濃く大きく、頬も痩けていた。

「それくらいでいいんだよ、きっと。迷ってるくらいでちょうどいいの。いくらでも選択肢があるから」

寺脇君は、私みたいな絵を描くしか能のない屑野郎にはならないから、大丈夫。なんて言って、酷くすっきりとした顔で再び友親達に背を向けてしまった。

やめてくれ。それが最期の言葉だなんて、やめてくれ。それを受け止められるほど、俺の心は強くない。

「待って！」

一歩足を踏み出すと、明石先輩の足が少し前に出た。彼女がわずかに死に近づいた。友親は、そこから動くことができなかった。明石先輩の元に、駆け寄る勇気がない。そんなことできるわけがない。

その瞬間、震えながら浅い呼吸を繰り返す友親の傍らを、すっと通り抜けていく人がいた。友親がどうしても越えられなかった一線を軽々と越えて、明石先輩へ向かって行く。

風のように、雲のように。

柚木若菜が。

背後から、進藤さんが息を飲むのが聞こえた。

「……柚木君」

明石先輩がまた肩を竦める。何も言えず、友親は若菜さんを凝視した。ゆっくりゆっくり、焦ることも戸惑うこともせず明石先輩の元へ歩み寄るその背中を。

そうやって、絵の描けなくなった三宅篤にも近づいていったのだろうか。

「眺めはどう？」

明石先輩の前で立ち止まる。

「今日は天気がいいから、スカイツリーもくっきり見えるでしょ」

そう言って、明石先輩の隣に立った。

あっさりと、柚木若菜は立ってしまった。

「――だめ！」

進藤さんが叫びながら友親の肩を掴んだ。彼女もここから先には行けないようだった。

「若菜君、死んじゃう」

若菜さんの背中から目を離さず、進藤さんは声を震わせた。

「飛び降りちゃうよ。あの人と一緒に、一緒に死んじゃう」

まさか、そんなこと、あるわけがない。そう言おうとしても、喉がぴったりと閉じてしまった。

二人は空を見上げていた。ここから一歩踏み出して、落ちて、死ぬ。そのあと上っていく空の彼方を見つめるように。

柚木若菜は、ずっと探していたのかもしれない。自分が死ぬタイミングを、理由を。

明石先輩の存在は、彼にこの世界にサヨナラをする口実を、与えてしまったのかもしれない。

「ねえ小夜子さん」

若菜さんが言う。

「自殺未遂したとき、どんな気分だった？」

今日の天気の話でもするように、昨日食べた夕飯の話でもするように、軽やかな声で言う。

自分の胸の中で、憤りの炎が燃え上がるのを感じた。

自殺未遂したとき、どんな気分だった？　問われた明石先輩は何も答えない。

「何か見えた？　聞こえた？」

先輩が首を横に振る。わからない、という言葉が微かに風に乗って友親と進藤さんのところまで届いた。

「実はもの凄く興味があるんだよね。どんな感じなのかなって」

そして、若菜さんの手が明石先輩の肩に回った。

「ねえ、俺も一緒に飛んでみていい？」

彼女の肩を抱き寄せ、飲み会にでも誘うみたいに、けれど確かにそう言ったのだ。友親は進藤さんと顔を見合わせた。瞳を震わせながら進藤さんは「どうしよう」と友親の腕を摑む。

「柚木君みたいな人が死んじゃったら、いろんな人が悲しむし、困ると思うよ」

そう言って明石先輩が友親達の方を振り返る。ね、そうだよね？　という顔で。

「若菜さんだけじゃないです。明石先輩だって、自殺なんかしちゃったらみんな悲しみますよ」

まただ。また自分の言葉は薄っぺらだ。明石先輩のことなんて何も知らないくせに、何が「みんな」だ。

「そんな顔しないでよ、寺脇君。いろいろありがとう」

そして若菜さんに、こちらに聞こえないような小さな声で何か言った。もういいよ、とか、ごめんね、とか。そんなニュアンスだと思う。

「冗談でも同情でも何でもなくさ、俺もさっさとおさらばしたいんだよね。こんなところ」

「え？」

「一番会いたい奴に、ここじゃあ会えないんだよ。どうしたって」

絵だって描いてみたんだよ。何枚も何枚も描いてみたよ。でもどうやったって、絵の中にあいつは現れてくれないんだよ。いつもちょっと違うんだ。あいつじゃないんだ。

もうこの世界のどこにも、あいつはいないんだ。

そう語る若菜さんの背中に、憤りが確かな怒りになった。激怒に変わった。

「ふざけんなっ！」

『家族なんてもういらない』って思うのは、そんなに罪なことかな。そう言った若菜さんの顔を、今更ながら殴りたくなった。殴ってやればよかった。「やめてくれ」と彼が懇願するまで、泣いて謝るまで殴り続けてやればよかった。

何が罪だ。格好つけやがって。

「若菜さん、あんたは卑怯だ。いつもいつもそうやって、大事なことは何一つ言わないで、余裕かました顔しやがって。その上死ぬなんてふざけるな」

初めて、若菜さんがこちらを振り返った。友親を見た。

「あんたが家族を嫌おうと、ヨシキさんを失おうと、そんなの知るか」

一歩、足を踏み出した。ただのコンクリートの塊のはずなのに、足の裏からキンとした冷たさが這い上がってくる。膝に痛みが走る。胸が抉られる。

もう一歩、もう一歩、それでも足を交互に動かす。

「たとえそうだとしても、進藤さんや俺の言葉を飄々と躱して一線を引いて、勝手に死ぬなんて。それをこうして止めることが俺達のエゴだって言うなら、あんたがやってることだってエゴの塊じゃないか。俺は絶対に、あんたに同情なんてしない」

息が苦しい。頭が重い。

「あんたも明石先輩も、世界に一人じゃないんだ。勝手に一人になった気でいるだけだ。

自分一人が完治不能な怪我をしてるような気になって、それが周りの人間を同じように傷つけてるって考えもしないで――自分勝手で我が儘の自己中野郎だ」

長く思えていた十メートルは、いともあっさり縮まった。ふたりに手が届くところまで、来た。

「……死なないでください」

もっと上手い言葉があるのではないだろうか。もっと、二人をこちらの世界に留めるに足る言葉が。考えても考えても、これ以上の言葉が出てこない。そうなのだ。それが寺脇友親なのだ。残念なことに、そうなのだ。

けれど、そんな愚かな自分から顔を背けることに何の意味もないのだと、自分の震える声が教えてくれた。

「若葉さんが死んだら辛いです」

自分の言葉はきっと百点満点でも及第点でもなく、恐らく平均点にも届いていない。最低だ。最低なのに、でも言わなくてはならないのだ。

「明石先輩とは、もっと仲良くなりたいし。いろいろ、将来のこととか、いろいろ相談にのってほしいし。それに……死なないでほしいです」

死なないで死なないで、死なないで、死なないで、死なないで。あなた達の胸の奥にあるものを消したり軽くしたり癒すことは到底できないけれど、死ぬことだけはしないで。

死なないで死なないで。

どうか、死なないで。

自分の言葉はすべて、胸か喉か口か、とにかく友親の体のどこかですべて「死なないで」に変換されてしまう。次々とあふれ出てくる言葉の津波は、口だけじゃ間に合わず目や鼻を伝って出てきた。涙や鼻水や荒い呼吸に姿を変え、こぼれていく。

三宅先生の言葉を思い出す。思い出すなんて生やさしいものじゃなかった、胸の奥から、熱く痛く、駆け上がってくる。

きっとこれから、いろんな価値観の相違にぶち当たるだろう。その中で取り返しのつかない間違いをしてしまうこともあるだろうが、僕のような大馬鹿者を反面教師に、上手いことやるといい。

そうだ。多分、寺脇友親は間違った。これまで何度も間違ってきた。母に舜一さんを紹介されたとき。初めて涼と会ったとき。嘘の母の日のプレゼントを渡したとき。涼の白けた顔を、憤りに揺れる瞳を、見ない振りをしたとき。それから、それから。数えるのが嫌になってしまうくらい、不可能なくらい、間違った。

今もきっと間違えている。そしてこれから、何度も間違っていく。

だから、何だというのだ。

「死なないでください」

死なないでと、言わなければならないのだ。それ以外言えないのだから。愚かで浅はかな自分は、真正面から正直に、彼らに伝えることしかできない。涙も鼻水も、拭いはしなかった。

「この気持ちだけは、若菜さんにも明石先輩にも、否定させません」

鼻水が口に入ってくる。鼻の奥が痛みで熱くなり、血が滲むような感覚がした。

明石先輩の目を見た。そして若菜さんへ視線を移した。真っ直ぐ目を見られた。

「若菜さん、今若菜さんや俺が生きているのは、病院にいる若菜さんが見ている夢でも何でもないです。現実です。死んだってヨシキさんのいるところには行けません」

静かな若菜さんの表情に、はっきりと驚きの感情が浮かんだのがわかった。微かに目を見開いて友親を見下ろした若菜さんは、三度、息を吸って吐き出した。

長い長い呼吸だった。まるで生まれて初めて息を吸ったかのように、肺を酸素で満たし、吐き出す。

「そんなことだろうと思ったよ」

寺脇なら、そう言うと思ってたよ。眉間に皺を寄せ、汚い声で若菜さんは吐き捨てた。

今までにない荒《すさ》んだ言い方に、友親は怯んだ。

ばっからしい、とまで若菜さんは言った。

「今、こうやって生きてる世界が現実か夢かなんて、理解してるに決まってるだろ。嫌でも理解してるよ。目が覚めたあの日から、ずっとずっと、毎日毎日毎日毎日、よーくわかってるよ」

生きてやるよ。

濁った声でそう吐き捨てる。そしてその荒々しい感情を腹の底に押し込めるように二度、また息をする。

「小夜子さん」

ずっと俯いて友親の言葉を聞いていた明石先輩が、若菜さんの言葉にゆっくりと顔を上げた。涙と鼻水でぐちゃぐちゃになった友親の顔を一瞥《いちべつ》して、若菜さんを見やる。

いいんだよ、と若菜さんは擦れた声で言った。

「正しいことなんて、別にそこまで大事なものじゃないんだから。ドロップアウトしたくなっちゃうくらいの正しい自分なら、いっそ、間違った自分で気楽に生きていけばいいんだよ」

先程まで明石先輩の肩を抱いていた手で、彼女の手を握った。ぎゅうっと、強く強く。明石先輩の目を真っ直ぐ見て、躊躇うことなく言った。徐々にその声がいつもの色を取り戻していく。

「俺、小夜子さんの絵が好きだよ」

「嘘」

再び俯く明石先輩の頭を、若菜さんは利き手で撫でてやった。

「今の小夜子さんの絵は、小夜子さんが求める絵じゃないかもしれないけれど。ああいう、自分の感情を包み隠さずキャンバスに叩きつけるようなおどろおどろしい絵は、誰にだって描けるもんじゃない」

俺にはあんな絵は描けない。そう付け足すと、明石先輩は何も言わず空いている方の手で顔を被った。泣き声は聞こえないけれど、確かに肩が震えていた。

「小夜子さん」

また若菜さんが彼女の名を呼ぶ。

明石先輩が、泣きながら顔を上げる。

「そんなに自分の絵が気に入らないなら、俺が描いてやろうか」

は？　と明石先輩が目を見開く。

「俺が、いろんな人が『素晴らしい』って褒めてくれる絵、描いてあげようか」

もちろん、明石小夜子の名前でね。

明石先輩の小さな手が振り上げられ、若菜さんの頬を打つ。ぱあんっ、という乾いた音が、風に巻き上げられて天高く飛んでいく。

馬鹿にしないでと、明石先輩が言った。

「死んでも、そんな愚かなことしないから」

震えながら、それでも確かに足を動かして明石先輩は友親の方へ一歩歩み寄った。こちら側へ戻ってきた。

「馬鹿にしないで」

もう一度言う。若菜さんだけでなく、いろんな人へ向けた言葉のようにも聞こえた。

「そうだよ」

若菜さんが笑う。

「小夜子さんは、そうでなくっちゃ」

肩を揺らした若菜さんは、天を仰いで笑う。明石先輩は怒ったような、悲しむような、呆れたような、そんな顔でうなだれた。

明石先輩の腕を強く摑み、友親は若菜さんへ手を伸ばした。

「若菜さんも、そんなところにいないで一緒に行きましょう」

自分の手が震えているのがわかる。

生きてやるよ。その言葉を信じ切れていない。友親の手を取る振りをして、「冗談だよ」なんて笑いながら、この人は宙へ体を投げ出してしまうかもしれない。

柚木若菜は、そんな人だ。

「若菜さん」

自分は確かに、そういう柚木若菜に惹かれた。格好いいと思ったし、憧れたし、羨ましいとも思った。それは、間違いなく本当だった。

「若菜さん……あんたは、ぶっ壊れてる。恋人を失ってから、ずっとぶっ壊れてるんだ。だから、ぶっ壊れたまま生きていくんだ。この世界は、壊れてない人間しか生きられないわけじゃない。ぶっ壊れたまま生きていたっていいはずなんだ」

そうじゃないと困る。壊れたものが許されない世界ではきっと、友親も、涼も、母も、舜一さんも、進藤さんも、明石先輩も、三宅先生も、息が詰まって生きられない。

「寺脇」

若菜さんが地表を見下ろす。次に空を見上げる。最後にその目は友親を見た。

そして彼の利き手がすっと、友親の掌にのせられた。握ってくれ、という懇願が、どこからか聞こえた気がした。

「お前なんかに祈ってもらわなくても、生きてやるよ。ヨシキが十六年しか生きられなかった世界を、死ぬまで生きてやるよ」

絵描きの利き手だろうと知るものかと、力いっぱい握り締めた。

＊　＊　＊

涼は北口の改札を出てすぐのところにあるベンチに座っていた。つまらなそうな顔で足を組み、スマホをいじり回している。真っ黒なコートと、同色のスキニーパンツという装いは、夜の暗がりに紛れて雲隠れするのにぴったりという出で立ちだった。

友親が目の前に行くまで、涼はこちらに気づかなかった。

「おっそい」

涼の口の動きに合わせ、白い息が吐き出される。

「約束通りの時間のはずなんだけど」

十二月に入ると、時間はあっという間に過ぎ去ってしまった。気がついたらクリスマスが終わり、あと二日で大晦日を迎えようとしている。

「あんたから誘ってくるなんて珍しいじゃない」

で、どこ行くの？　スマホから目を離さず涼は立ち上がる。

「どこも行かないよ」

「は？」

涼が顔を上げ、友親を見る。眉間に皺が寄っていた。

「今日、旭寮で忘年会をやってるんだ。本当はそれに誘おうと思ったんだけど」

「絶対、行かないから」

「そう言うと思って、これだけ持ってきたんだ」

手にしていた伊勢丹の紙袋を差し出す。中身はドライロゼのボトルだ。安かった割には、上等な紙製の箱に入っていた。

「この前ぶっかけられたワイン、返すよ」

「ロゼって書いてあるけど、これ」

「同じ奴は探せなかったんだよ。ラベルも覚えてなかったし」

それでも、適当に選んだのではなくて店員に予算と涼の年齢を伝えて、オススメを選んで貰ったのだ。

ワインの箱を凝視したのち、涼は訝しげな顔でそれを紙袋に戻した。袋の取っ手を左腕に通したので、受け取ってはくれるようだ。

「あと、これも渡そうと思って」

ポケットから封筒を取り出し、涼へ差し出した。封筒に印刷された「小田急ロマンスカー」の文字を見て、さらに険しい顔をする。

「明後日、大晦日の十三時二十分。新宿発小田原行きの切符」

一緒に帰ろうよ。そう言うと、涼は封筒をはたき落とさない代わりに、一歩後退った。

「何のつもり。気持ち悪い」

ああ、そう言われると思った。

「今までごめん」

今週の木曜日、中野駅の北口で。そう彼女を誘ったときから用意していた言葉は、予行練習通りすんなりと言えた。

涼の言葉で傷ついてしまう前に、一気に言ってしまうことにした。

「涼のこと、結構好きだった。仲良しの姉さんでいてほしかった。母さんも舜一さんも好きだから、いい家族になれるんじゃないかって、思ってた。ならなきゃいけないって思ってた」

ごめん、と最後に付け足すと、涼は眉間の皺を更に深くした。それを辛い、と思う。けれど心臓を鋭い刃物でみじん切りにされるようなじくじくとした痛みは、不思議となかのだった。

「何なの、いきなり」

「仲良くしていこうよ、仲の悪い姉弟として」

「意味わかんない。矛盾してるし」

「そういうもんじゃん？　だって義理の姉弟だし、血なんか一滴もつながってないんだし。矛盾の一つ二つ、当然出て来るって」

涼の腕にぶら下がったワインの袋が揺れる。ガサリ、と重い音がした。

「今度のお正月は、家に帰ろうよ。涼、もう六年近く帰っていないじゃないか。久々に家族が揃ったら、舜一さんも母さんも喜ぶんじゃないかな」

「あんた、『僕変わりました』って顔してるけど、言ってることは今までと全然変わってないって気づいている？　私にあんたのママと仲良しこよしの気持ち悪い家族をしてほしいわけ？」

「そんなわけないだろ」

そう、笑い飛ばしてやった。

「喧嘩すればいいよ。仲の悪い義理の母親と義理の娘をやればいいよ。上辺《うわべ》だけのいい家族なんて、くそったれだ」

「あんた、そんなこと言っていいの？」

大体さぁ。いつもの意地悪な表情を無理矢理顔面に塗りたくって、涼が言う。

「あんまり私がお父さんやあんたのママに関わると、あのことをばらしちゃうかもよ？」

あの嵐の夜の出来事は、涼が死に物狂いで手に入れた最終兵器だったのかもしれない。友親からも、友親の母からも、実の父からも、家族から離れるための。

「そうだなぁ……、あのとき涼が言ったことややったことを知ったら、舜一さんも母さんも悲しむと思う。でも、知られてもいいのかなって、最近思うようになったんだ」

マスカラとアイラインに縁取られた涼の目が、すっと大きくなった。

「それが涼から俺達への答えなんだもの、見ない振りはできないのかなって」

墓場まで持って行けるなら、きっと持って行った方が断然いい。けれど、これから長い長い時間をかけて、あの嵐の夜を咀嚼して、形を変えられるのなら、抱え続けることも悪くないと思う。

涼の言っていることは、我が儘で自己中心的な、エゴの塊だ。そして自分の言葉も、それと何ら変わらない。どちらが悪いとか正しいとか、そういうことじゃないのだ。

「それ、あんたの理想としてる家族と全然違うんじゃないの」

あんたがほしいのはそういうのじゃないでしょ、とも涼は続ける。声がほんの少し丸くなって、瞳から威圧感が消える。

「馬鹿じゃないの。あんたはそういう小賢《こざか》しいこと考えなくていいの。馬鹿みたいな顔して、馬鹿みたいな幸せ家族ごっこをやってればいいじゃない」

私のことなんて、放っておいてよ。そう吐き捨てた声は、いつもの涼よりずっと幼く聞こえた。彼女がまだこんなふうに自分と話してくれていた頃が、無性に懐かしい。あの頃なら後戻りも修正もできたのに。そう思うのは簡単だから、考えないようにした。

「いいんだよ」

ふと、北口広場が空に近い開けた場所に感じられた。突風が吹いて体が煽られる感覚だった。

「正しいことなんて、別にそこまで大事なものじゃないんだから」

そう言った人がいるんだと付け足すと、涼はそれが誰か察しがついたようで、呆れたという顔で肩を竦めた。

「ドロップアウトしたくなっちゃうくらいの正しさより、ずっと愛しいと感じられる間違いを、俺は大事にしたいなって思うんだ」

もう一度、ロマンスカーの切符を涼へ強く差し出す。しばらく彼女はその封筒を見下ろし、舌打ちをして、ふんと鼻を鳴らして、何も言わず中野駅の改札に向かって歩いて行った。暗闇に溶けてしまいそうな涼の格好も、駅の明かりに照らされるとむしろ存在感を増す。人混みに紛れても、ちゃんと目で追うことができた。

彼女のもとまで、走ってもたったの数秒だった。そんなものだったのか。互いに、勝手に距離を取ったつもりに、取られたつもりになっていただけだ。

人混みを掻き分けて摑んだ涼の右腕は、思っていたよりずっと細かった。死に物狂いで摑んだ柚木若菜の利き腕よりも、ずっとずっと。

振り返った涼は、怒っても驚いてもいなかった。涼が今何を考えているのか、その表情から察することができなかった。

手にしていたロマンスカーの切符を彼女の掌に押しつけ、冷えた指に無理矢理握らせた。

「大晦日、十三時に、新宿駅の、小田急の、改札前に集合ね」

お土産は俺が買っておくけど、不安なら自分で買ってきて。

俺はロマンスカーの中で昼飯を食うから、涼も食べたいなら何か買ってきて。

あ、席は隣同士だから。

思いついたことをすべて伝えて、最後に「じゃあ、遅れないでね」と念を押す。涼が何か言う前に、走ってその場を離れた。振り返らなかった。どっちでもいいと思ったからだ。涼がその場に切符を投げ捨てて改札の向こうに行ってしまったとしても、切符を握り締めて走り去る自分の背中を見つめていたとしても。

それ以外の何かでも。

旭寮の門の前で進藤さんが屈み込んでいた。門の内側にいる金鍔と落雁に手招きをするも無視され、二匹は飛ぶようにどこかへ行ってしまった。

「何してるの?」

声をかけると、不機嫌な顔で溜め息をつかれた。

「寒くない? 中に入ってればいいのに」

「嫌ですよ。寺脇さんがいないと完全に部外者じゃないですか」

「一応、若菜さんの妹なんだしさ」

「もう違います」

そんな意味深なことを言って、進藤さんは友親に先立って旭寮に入っていった。

玄関の戸を開けた瞬間、中の騒がしさが外へ漏れだしてくる。十二月二十九日。明日には多くの住人が実家へと帰省する。今日が旭寮の住人全員が揃う、年内最後の日だった。それに合わせ、毎年恒例だという忘年会が開かれている。住人だけでなく、大学の知り合いも大勢招かれていた。

「ここまで来てなんですが、私がお邪魔していいんですか？」

共用リビングには卓袱台が増え、大量のビール瓶が乱雑に置かれていた。共用の台所にあった大皿という大皿を並べて、そこに料理が山盛りになっている。これでもかという量の肉をタレで炒めたものや、キャベツを丸ごと豪快にちぎっただけのサラダもある。紙皿と紙コップが椅子を一つ占領していて、その隣で明石先輩が肩身が狭そうにビールをちびちびと飲んでいた。

その光景に怖じ気づいたのか、進藤さんがすがるように友親を見る。

「大丈夫だよ。ほら、明石先輩もいるから、女子一人ってわけじゃないし」

「とはいっても、私、あの人と碌に話なんてしてないし。初対面が最悪の状況だったし」

ファーストコンタクトが、相手が飛び降り自殺しようとしていたところだなんて、人生でそうそうないだろう。

「平気だって。最近はもの凄く元気そうだし」

目立っていた隈も、若干薄くなった。完全に消えるにはまだ時間がかかるだろうけれど。

明石先輩がこちらに気づき、小さく手を振ってきた。進藤さんの顔を見てばつの悪そうな顔を一瞬覗かせたけれど、会釈をして紙コップと紙皿を渡してくる。

「遅かったんだね。もうみんな乾杯しちゃったよ」

「ちょっと中野で人に会ってたんで」

明石先輩が中身の入ったビール瓶を見つけて来た。丁重にお断りして、烏龍茶に代えてもらう。

「お肉は台所で柚木君がひたすら焼いてくれてるから、まだまだ食べられるよ」

ていうか、それくらいしかまともな料理はないんだけど。笑いながら、明石先輩は自分の皿からキャベツの芯を摘んで頬張った。コンビニで調達したつまみやスーパーで買ったオードブルがあったはずなのだが、大方食らい尽くされてしまったのだろう。

初めて旭寮に招待した有馬は、すっかりバーナビー先輩に気に入られてしまったようで、酔っ払った彼にずっと絡まれている。無言で友親にSOSを発信しているけれど、あえてそのままにしておいてみようと思った。

肉を少し食べた後、烏龍茶片手に台所を覗くと、若菜さんがガスコンロの前で大きなフライパンを振っていた。

「お疲れさまです。代わりましょうか」

旭寮で一番台所を使い慣れているのが若菜さんだ。こういう宴会ではいつも気がついたらずっと料理をする羽目になると、以前愚痴っていた。

「頼んでもいいか。腕疲れた」

筋肉痛だよ、明日。そう苦笑いする若菜さんからフライパンと菜箸を受け取る。作業台には十個近い発泡スチロールのトレイが積まれていた。大量の豚肉と鶏肉、少しの牛肉。トングで摘んで、油を敷いたフライパンに放り込む。

若菜さんは近くのスツールに腰を下ろし、友親が焼いた肉を皿に盛って食べ始めた。缶ビールと市販のさきいかが近くに置かれている。

「何か食ったの？」

「肉、結構食べました」

「買い出し班が肉ばっかり買って来てさ。野菜とか全然買ってこないし」

鶏肉を醬油とみりんでとりあえず炒めてみた。鷹の爪も作業台に転がっていたので刻んで入れてみる。

「若菜さんも向こうで飲んできたらどうですか？　まだビール残ってますよ」

そこまで言って、進藤さんが来ていることを思い出した。彼がずっと台所にいたのも、彼女と顔を合わせたくないからなのかもしれない。

ところが、友親の想像に反して、若菜さんはスツールから腰を上げた。

「そうだな。そうする」

皿と缶ビールを手に、リビングの方へ歩いて行った。程なく歓声が聞こえる。遅れて乱入してきた和尚先輩と哲子先輩が、フルーツカービングに挑戦し出したらしい。


酒を飲み出して三時間もするとそろそろ危険だから、やばいと思ったら逃げた方がいい。旭寮で初めて飲み会に参加したときに若菜さんにそう言われた。全員が一斉にゲロを吐くとか、一斉に眠り始めるとか、そういうことじゃない。みんながみんな自分の専攻の話をし始めて、この間描いた絵がどうだ出品したコンクールの入賞作品がどうだ、に始まり、最終的には日本経済や国際情勢の話にまで膨れ上がっていく。ついていけないな、と思ったら退散するのが得策らしい。ずるずると話に付き合っていると朝まで放してもらえないから、と。

九時を回った頃、和尚先輩に捕まっていた友親を若菜さんが連れ出してくれた。台所を軽く片付け、若菜さんの部屋で二次会を開くことにした。

梅と青紫蘇《あおじそ》をのせた茄子の漬け物と、和尚先輩作の大根の桂剝《かつらむ》きで巻いたサーモンを持って若菜さんの部屋の戸を開けると、彼女の顔が目に飛び込んできた。

森屋先生の美術特別実習で合評会に出されていた、三枚の絵。ヨシキさんの絵。窓を塞ぐように並べられたヨシキさんが、こちらを見ている。

「この前、持って帰ってきたんだ」

絵を押し入れの前に移動させ、若菜さんは窓を開けた。十二月の冷たい空気が入り込む。宴会の熱気で汗までかいていた体には、心地よく感じた。

烏龍茶を口に含み、友親はその絵を一枚一枚見つめた。読書をするヨシキさん。こちらを見るヨシキさん。服を脱いだヨシキさん。

「これ、若菜さんの実家ですか」

絵を指さし、そう聞いてみた。

「違う。ヨシキの部屋」

缶ビールを卓袱台に置き、若菜さんも絵を見た。そのまま黙ってしまう。階下から誰かと誰かが怒鳴り合う声が聞こえてきた。議論が熱くなって喧嘩が始まったのだろう。

「どんなにヨシキさんの絵を描いても、ヨシキさんにならないって言ってましたよね」

いつ、とは言わなかった。あの日以来そのことについて話はしていない。朝、リビングや台所で顔を合わせても、たまたま学校からの帰りが一緒になっても。あえてその話題には触れずに過ごしていた。

「これ、凄くいい絵だと思うんですけど、ヨシキさんとは似てないんですか」

「似てないな」

惜しい。そう言って、若菜さんはゆっくりと両目を閉じた。瞼の裏に焼き付いているヨシキさんの顔を見つめているに違いない。

「どの絵もそうだ。似てるのに、違う気がする」

目を開けた彼は自嘲気味にそうこぼすのだった。

「一生、このままなのかもな」

そのとき、木製の引き戸がノックされた。若菜さんの「どうぞ」の言葉に、建て付けの悪い戸がぎしぎしと音を立てながら開く。

「やっぱり二人とも、ここにいたんだ」

明石先輩だった。

「お蕎麦茹でたんだけど、食べない？　年越し蕎麦」

そう言って、明石先輩は湯気の立つ丼を四つのせたお盆を抱えて部屋に入ってくる。その後ろから、小鉢ののったお盆を持った進藤さんが顔を出した。若菜さんではなく友親を見る。押し入れの前に置かれたヨシキさんの絵を見て、ギョッと目を見開いた。

「あ、進藤さんも下から逃げてきたの？　怒鳴り声凄いよね」

なるべく自然に、何てことないように言った。ちらりと若菜さんを見ると、明石先輩が持ってきた蕎麦を受け取って卓袱台に置いていた。

「進藤さんと一緒に茹でたの」

　ほら、おいでよ、と明石先輩が進藤さんを部屋の中へ呼び込む。渋々という様子で進藤さんは畳を踏んだ。彼女の持つお盆には薬味のネギとかまぼこ、油揚げと生卵がある。それらを置いたら下へ戻る気かもしれない。

「うちの実家の年越し蕎麦は天ぷらだったけど、油揚げなんかも入れるんですね」

　友親の指摘に、明石先輩は胸を張った。

「お稲荷さんは商売繁盛の神様だからね。来年の金運を願いましょう」

　若菜さんが刻みネギの小鉢を手に取り、箸で掬って蕎麦にのせた。生卵を割り入れ、油揚げとかまぼこをのせる。ずずずっと啜って、一言「美味い」とこぼした。友親と明石先輩もそれに続いて、蕎麦を啜る。

　進藤さんだけが立ったまま、それを見下ろしていた。

「進藤さんも食べなよ。せっかくそばつゆを作ってくれたんだから」

　明石先輩が促すも、進藤さんは曖昧な返事をするばかりだった。

　ずずずっ、ずずずっ、と音を立てて蕎麦を半分ほど食べてしまった若菜さんの手が、ネギの小鉢に伸びた。

　人差し指と中指で小鉢をすっと押し、進藤さんの方へ押してやる。

「へ？」

進藤さんが一番に声を上げて、若菜さんを見た。誰よりも、この部屋の誰よりも若菜さんが自分のしたことに驚いているようだった。何も言わず再び蕎麦をずずっと啜る。進藤さんも無言で畳の上に正座して、差し出された小鉢と箸を取った。

「あのさ、若菜君」

恐る恐る、進藤さんは若菜さんの名前を呼ぶ。言いながら、余ったネギをすべて自分の蕎麦にかけてしまう。箸が滑って卓袱台にネギが少し散らばった。

「お父さんが、もう勘当だって言ってた」

明石先輩が「え？」と首を傾げ、進藤さんと若菜さんの顔を交互に見た。そもそも先輩は、二人が義理の兄妹だということを知っているのだろうか。友親は話してないから、たぶん知らない。

「碌に家にも帰らないで連絡も寄こさないで仕送りは全額突き返すし、妹が会いに行っても無視して、親不孝者だって」

だから、勘当だって。どこへでも行っちまえって。そう言って、進藤さんは生卵を入れた丼を箸で静かにかき混ぜた。

「私達、もう家族じゃない。若菜君を家に戻そうとも思わない」

だから。

「同じ部屋でご飯を食べるくらい、いいよね？」

進藤さんの髪が、肩からさらりと流れるように一房落ちる。窓から吹き込む夜風が前髪を揺らした。

「ご飯は、何人かでわいわい食べた方が美味しいから、いいよね？」

状況を今ひとつわかっていない明石先輩が、箸を持った手で若菜さんの膝を叩く。

丼を卓袱台に置いて、若菜さんは顔を上げた。進藤さんを見て、ヨシキさんの絵を見やる。

「親父は苦労してたんだ。嫁さんも親も死んで、それでもまたいい人を見つけられた」

あんたらはいい家族だと思うよ。進藤さんの方を見ずに、若菜さんは言う。

「勝手に嫌って勝手に家出した親不孝者のことなんて気にしないで、幸せにやってればいいんだよ」

しばらく、何も言わず四人で蕎麦を啜った。

薬味のネギはピリリと辛く、けれど瑞々《みずみず》しく爽やかな味がした。


明石先輩と進藤さんが帰りがけに、「男同士で積もる話もあるでしょう」と小さなヤカンに熱燗を作って置いていってくれた。少なくとも大学卒業までは酒を飲まないと誓った友親は、宴会用に購入した炭酸水をグラスに注いで飲むことにする。

おちょこにヤカンから熱燗を注ぎ、窓のサッシに片肘をついた若菜さんはたいして星も見えない夜空を見上げている。

「寺脇、実家に帰るんだろ」

「明後日の午後に。三が日が終わったら帰って来ます」

実家に行くのも「帰る」だし、旭寮に戻るのも「帰る」。なんだか不思議だ。

「みんなが帰って来たら、今度は新年会ですか？」

「そうだな。今度は焼き肉じゃなくて、鍋でもやるか」

「明石先輩と進藤さんも、呼んでいいですか」

「ああ、呼べ呼べ」

素っ気ない言い方だったけれど、だからこそ安心した。

「年が明けて期末試験が終わったら、寺脇も二年だな」

「そうですね。いろいろ考えながら、描こうと思います」

二年後、大学四年になる頃までに見えているといい。どうしたいか、どうなりたいか。

ハナビで絵を描きながら、無理矢理にでも探していくしかない。

「若菜さんはどうするんですか。卒業じゃないですか」

「卒制でこけて留年しなければ、そのままハナビの院に行くよ」

「じゃあ、もうしばらく旭寮にいるんですね、若菜さん」

そうだな、と頷いた若菜さんの熱燗を飲むスピードは速く、ヤカンがどんどん軽くなっているようだった。ビールではたいして酔っている様子ではなかったのに、頬が赤くなっていく。

「若菜さん、ちょっと飲むペース速くないですか。ぶっ倒れますよ」

「そういやお前、三宅先生のところで、バイト続けるんだってな」

ほら、なんだか受け答えもおかしい。

「ええ、続けますよ。先生にもこの前、そう伝えてきました」

「やめるもんだと思ってたよ」

友親自身も、三宅先生が若菜さんをゴーストにしていると知ったときはそう思っていた。けれどその決心は時間がたつごとに形を変え、最終的には「もう少しやってみるか」という思いに変化してしまった。

「人に教えるって、自分の中でいろんなものが整理されてるような気がしていいんですよね」

「お前、何飲んでんの、それ」

友親の持つグラスを突然指さし、酔った若菜さんが聞いてくる。真面目な話をこの場でするのは野暮なようだ。

「下で余ってた炭酸水ですよ」

「そうか。炭酸水か」

こん、と音を立て窓枠に顎を置いたと思ったら、若菜さんはおもむろに立ち上がる。部屋を出て台所から、なぜか市販のアイスのカップを持って戻ってきた。

「いいもん作ってやる」

そう言ってスプーンでバニラアイスを丸くなるようほじくる。それを空になった友親のグラスに入れ――上から、無色の炭酸水を注いだ。

炭酸がバニラアイスと混ざり合い、真っ白な泡を作る。しゅわしゅわとグラスの中を上ってきて、縁からあふれんばかりに泡を弾けさせる。

「これって、レモン軒の……」

レモン軒で若菜さんが飲んでいたクリームソーダ。友親が注文しても決して出てこなかった、特別なクリームソーダだ。

「レモン軒のママさんに顔と名前を覚えて貰えた頃、頼んで作って貰ったんだ。俺にしか出さない特別メニュー」

懐かしさと愛しさが混じり合った視線を、若菜さんは白いクリームソーダへ注ぐ。礼を言って、友親はクリームソーダを一口飲んでみた。バニラアイスの甘みと、炭酸の刺激が口の中で交互に主張し合う。一口目はバニラが強かった気がしたけれど、二口目は炭酸水の勝ちだった。

「若菜さん、これからも三宅先生のゴースト、続けるんですか」

「さあね。毎度毎度、今回限りだってことで頼まれてるんだけど」

気が向いたらやめる。そんな口ぶりだ。

「もうひとつ、聞いていいですか」

「ああ、なんでも答えてやるよ」

「この間俺が見たヨシキさんの絵、あれって、なんの絵なんですか」

これは答えてくれないのではと思った。いつも通りはぐらかされるのではないかと。

けれど若菜さんは、ヤカンの取っ手を指先で撫で回しながら、肩を竦めた。そして言う。

「ヨシキの家の近くの山道。何てことない草木ぼーぼーの道だよ」

若菜さんは立ち上がると、押し入れからヨシキさんの絵をわざわざ出してきた。友親に見せるためというより、自分が眺めるために。

「ヨシキも性格が悪いんだよ。こんな中途半端な状態で残していくなんてさ」

木枠を両手で持った若菜さんは、感情の滲まない声で語った。

「どうしてヨシキさんは、そこをモチーフに選んだんですかね」

「ヨシキ曰く、この山道は愛のトンネルなんだそうだ」

「愛のトンネル？」

自分の発言に自分で呆れたという様子で、若菜さんは肩を竦めた。

「ウクライナにあるんだとさ、こんな風に緑に囲まれた綺麗なところが」

改めて明るいところで見るその絵は、やはり、本当になんてことない絵だった。しかも生い茂る木や、キャンバスを覆う葉や枝の塗り分けができていないから、緑の大きな塊がキャンバスにぶつかって砕け散ってしまったかのように見える。

「愛し合う恋人同士がこの道を歩くと願いが叶い、独り身の奴がここを歩くと恋人が見つけられるって、歯が浮くような伝説つきの場所」

そこまで聞いて、先程の若菜さんの言葉の真意が理解できた。本当に、どうして彼女はこんな中途半端な状態でこの世を去ってしまったんだ。

唇を噛んで、友親はヨシキさんの描いた「愛のトンネル」を見つめた。描きかけの絵は、そこに人がいるのかいないのか、いたとして一人なのか二人なのか、それさえもわからない。せめて、どんなに見苦しくても格好悪くてもいいから、下描きでもいいから、描いておいてくれればよかったのに。

この絵がただ木の枝や葉や雑草が生い茂る緑のアーチだったのか。

それとも、人がいたのか。

いたとしたら、誰がいたのか。

その人は、誰かと二人でそこに立っていたのか。

それとも、一人でそこにたたずんでいたのか。

それくらい、わかるようになっていれば。そうすれば——若菜さんのその後の生き方は、何か変わったのだろうか。友親はこの旭寮で彼と出会えたのだろうか。彼と時間を共有し、涼との一件を受け入れることができるようになったのだろうか。

「答えになってるのかわからないけど、満足した？」

頷くと、若菜さんはヨシキさんの絵を畳の上に置き、壁に立てかけた。そして今度は、自分で描いたヨシキさんの絵を見つめる。

長い沈黙の後、擦れた声で若菜さんは呟いた。

「この日だった。このあと、ヨシキが台所へ行って、ジュースもお茶菓子も何もなかったから、こんなのを作ってみましたって、持ってきたんだ。白いクリームソーダ」

ヤカンに残っていたわずかな熱燗をおちょこに注ぎ、若菜さんはまた窓枠に肘をつく。掌に頬を預け、熱燗をぐっと呷った。

そのとき、ちらちらと白いものが空から降ってくるのに気づいた。雪だ。風に掻き消されてしまいそうな細かな雪が舞っている。積もるだろうか。このまま雨になってしまうだろうか。雪が降り積もったら、明後日のロマンスカーは運休になってしまうだろうか。

まあいいや。それはそれで、きっとなるようになる。若菜さんと大学に行って、積もった雪で雪像を作ったっていいかもしれない。きっと楽しい。

何も言わず雪が降る様を眺めていた若菜さんが、不意に窓の外に手を伸ばした。窓枠から腰まで身を乗り出して、いつも絵筆を握る右手の先で、雪に触れる。

なあ、ヨシキ。

再び畳の上に腰を下ろし、指先で溶けて消えていく雪を眺めながら、そう口にする。そしてそのまま音もなく畳の上に倒れていった。ヨシキさんの描いた絵に寄り添うようにして、そして三人のヨシキさんに見下ろされながら胸を上下させ、寝息を立て始める。

クリームソーダを一気に飲み干して、友親は窓を閉めた。喉に炭酸が絡みつく。甘くて辛くて、少し苦い。そして、ちょっと痛い。

部屋の隅にあった布団を、若菜さんに掛けてやる。ヤカンとおちょことグラスを持って、電気を消そうとしたときだった。

かりっと、硬いものを踏んだ。足を上げると鉛筆が一本転がっていた。若菜さんの絵であふれるこの部屋には、至るところにこうして絵を描くための道具が落ちている。

少し探したら、クロッキー帳も見つかった。抱えていたものを卓袱台に置き、友親は鉛筆とクロッキー帳を持って若菜さんの傍らに胡座をかいた。

鉛筆の芯の長さを確認し、深く息を吸って、吐き出す。

淡いクリーム色をした紙に、友親は鉛筆を走らせた。線を繋ぎ、目の前にいるこの人を自分の中の世界へと連れてくる。紙と鉛筆が触れる無機質な音は心地よかった。無愛想だけど温かい。

見慣れた若菜さんの寝顔を、嫌というほどじっくり見つめながら描いた。

世界に置いて行かれたこの人が、追いつけなくていいから、せめて今この場所で安らかに呼吸できるように。

祈りを込めて、描いた。

解説　自問自答の苦難と愉悦

川﨑昌平

よく誤解されていますが、美術を含む芸術というものは、れっきとした学問です——それも相当難しい種類の。

難しさの理由は次の三点から説明できます。

第一に「問題」がないこと。何を問題とするべきかは、自分で決めるしかないのです。作中で描写されていた、花房美術大学の合評会の光景を思い出してください。「やることはいたってシンプルだ。年に三回、作品を描いて提出する」（一七八頁）とあることからもわかるように、教授や講師は表現の最低限の方向性（この場合は絵であることでしょうか）や回答の期日だけを示しており、「何を描くか」や「どう描くか」、そして「何のために描くか」は、すべて自分自身で考え、見つけ出すより他にないのです。

第二に「解法」がないこと。用意された問題がない以上、「こうすれば解ける」というような、定まった解法も存在しません。つまり、問題を自分でつくり出す過程で、その問題の解答方法もまた自分で編み出さねばならないのです。長く美術予備校講師をしていた経験から言えるのですが、美大受験におけるセオリーを質問してくるタイプの高校生は、だいたい伸び悩みます。「石膏デッサンはこう描けばいい」とか「○○大学の油絵科なら画面構成をこうすればまず落ちない」とか、確かに受験レベルでの定石はないとも言えないのですが、そうした小手先のテクニックをマスターすることに終始した学生は、美大に合格してから苦労するのです。「あれ？　誰も答え方を教えてくれないぞ？」と。

第三に「正解」がないこと。問題も解法もないわけですから、正解が成立するはずもありません。「こう表現すれば正しい」といったものはないのです。美大受験時によく課されるデッサンの試験などでは、さすがに「最低限このレベルは描けなければならない」といった基準という意味での解答は存在しますが、学問としての芸術はそうした模範解答を決して用意はしてくれません。なぜなら、芸術とは客観的な正しさを追い求めるものではないからです。むしろその真逆であって、求められるのは芸術を学ぶ個々人がそれぞれに見つけた答えであり、なおかつその答えが私たちのまだ知らないもの、見たことがないものであればあるほど、価値があるとされるのです。

どうでしょう？　芸術という学問の苦しさが想像できるでしょうか？

真面目に授業に出ているだけではダメ、誰かの真似をしたり他人と同じようなことをしたりするのでもダメ、技術は確かに必要ですがただ単に技術を磨いているのもダメ——自分で問題を発見し、自分でその解法を実験し、自分で正解を表現することができなければ、学んだことにはならないのです、芸術は。

『さよならクリームソーダ』の登場人物たち、特に花房美術大学に通う学生たちは、私が述べたような芸術の難しさに、全力で挑んでいます。若さゆえの危うさ、瑞々しい感性ゆえの脆さ、真面目であるがゆえの苦しさ……そうしたものを抱えつつ、柚木若菜も、明石小夜子も、寺脇友親も、彼らの周縁の人物たちも、懸命に学ぼうとしています。

けれど、ひょっとすると、読者の中にはそう感じられなかった方もいるかもわかりません。それこそ友親の義姉、涼のセリフのように「だから美大って嫌。常識から外れたことをやるのが格好いいとか思ってる奴ばっかりで」（〇八四頁）と思われた方がいても、無理はないかと私も思います。「ケイドロ」をすることがなぜ芸術を学ぶことになるのか、と。

ですが、「常識から外れたことをやる」のは、ある意味では避けられない道なのです。なぜって、芸術には、誰かが用意してくれる学びの道筋などないのですから。ケイドロをしながら夜を徹することで気づかなかった身体性に出会えるかもしれません。忘れていた、失っていた子供の頃の感覚を取り戻すことができるかもしれません。プリミティブなゲームの中に人を魅了する新しいヒントが隠されているかもしれません。いずれにせよ常識の外にあるものに触れ、既存の方法論を疑い、人がやらなかったことを率先してやってみようとしないことには、問題の発見すら覚束ないのです。

正解が存在する試験なら、ただ勉強に励めばそれで済みますが、芸術は違うのです。もちろんコンクールなどの一種のスクリーニングが社会にある事実は、芸術にも一定の水準で判断される正否があるという意味に解釈できますし、作中でも校内展のシーンに「教授陣に高く評価された作品ばかりが並んでいる」とあることから教授（美大の教授、特に油絵や日本画など、ファインアートと呼ばれる専攻の先生たちはほぼ全員がアーティストです）たちによる良し悪しの診断がある事実を示しています。

が、それらは作品が設定された正解に近かったから評価されたことを意味しません。作品を通して表現された思考が、既存のものではない、新しいものであると受け止められたという意味なのです。私が学んだ東京藝術大学では「上手だな」とか「うまいね」といった評価は褒め言葉ではありませんでした。それは「技術はあるけど作品はちっともよくない」という感想と同義であり、端的に「つまらない」という意味の批評だったのです。ですから「うまい」の対義語は「おもしろい」になります。講評で教授から「おもしろい」と言われたら、それは提出した表現の中に何らかの新規性があり、かつその新しさを鑑賞者が共有できるかたちに昇華させられた事実を、現役で活躍するアーティストが認めたことになります。在学中、私は片手で数えるほどしか「おもしろい」という評価をもらった経験がありませんが、もらったときの嬉しさは三六歳になった今でも強く覚えています。

私と違い、主要登場人物のひとりである柚木若菜は、その意味では作品を描くたびに評価されているようです。ではその源泉はどこにあるのでしょうか？

答えは、間違いなく「観察」にあると私は断言します。アトリエで絵を教えるシーンで若菜さんは「よーく観察するんだ、観察」（一五二頁）と発言していますが、その言葉を証明するかのように、若菜さんは物語の随所で観察する力を示します。

例えば物語の後半、若菜さんはこう言います。「でも俺は、お前が親から離れたがっているっていうことだけは、痛いくらいにわかったよ」（二九三頁）と。友親との会話で友親の自立志向が描写されているとしても、それを言葉の表層として受け止めず、「痛いくらいに」理解できるのは、若菜さんが友親を短いやりとりのなかでしっかりと観察し尽くしたからでしょう。

他にはヨシキとの会話にあった、「興味ある？」「はい？」「油絵」（一六九頁）というやりとり。ヨシキが一度は渡された絵筆を拒み、でも「じゃあ、ちょこっとだけ」（一六九頁）と受け取るまでの流れは、そこまでの展開を観察から類推していなければそもそも生まれないやりとりと言えるでしょう。

まだまだありますが、言えることはひとつ、観察を疎かにした人間に優れた作品は描けないという事実です。若菜さんは秀でた観察する力を持つがゆえに、問題を自分で見つけることから、自分の答えを出すまでを、淀みなく実践できるのでしょう。

対して、もうひとりの主要登場人物である友親は、若菜さんと比べてしまうとどうしても観察する力は劣るようです。象徴的なセリフは「眩しすぎて目が焼けるよ」（二五三頁）でしょうか。見ることができない、というメッセージは観察の放棄とも読めます。もっとも、友親にも武器はあり、それは体当たりで相手の懐に飛び込む、一種の泥臭さ。決してスムーズではないコミュニケーションの過程で友親は発見し、思考をすることができています。若菜さんのように観察する力が鋭すぎるがゆえに、相手の苦悩を抱え込んでしまう危険性を思うと、友親のような学び方もまた、利があるのかもしれません。

どちらにせよ、本当に優れているのは、作者である額賀澪さんの観察する力です。未読の方の楽しみを奪ってしまうのはマズいでしょうから詳述は避けますが、この『さよならクリームソーダ』に限らず、『完パケ！』（二〇一八年、講談社）や『屋上のウインドノーツ』（二〇一五年、文藝春秋）にも、懸命に自分の道を模索する若者たちの姿が、優しい、でも鋭い氏の観察眼によって誠実に描写されています。

若者は若者である時分には、自身を徹底して観察する作業ができないものです。氏の筆致に、読者である私が私の学生時代を呼び醒まされてしまうのは、とりもなおさず作品に描かれる若者たちが、私が忘れていた観察を経て生み出された人物たちだからに他なりません。今後も氏の描く若者たちの群像劇を読んでみたいと、素直にそう思います。

最後に、ラストシーンについて。自殺を回避した若菜さんと明石先輩、次のステップへと変化できたであろう進藤さんや涼、「ふわふわした適当な動機」（二八六頁）で花房美術大学に入学したと言いつつも何かを摑みかけている友親……全員が全員、スタイルこそ異なれど、自ら問い、自ら解き、自ら答えを手にすることができました。素敵なハッピーエンドだと私は思います……が、実は地獄はここからはじまるのです。

芸術が難しい学問である理由を、冒頭に三つ挙げましたが、四つ目を忘れていました。それは「終焉」がないこと。

芸術という学問に終わりはありません。誰もゴールを設定してくれないからです。自分で問題を発見し、それに答える意志さえ持ち続けるのであれば、いつまでも学び続けることができます。いや、学び続けねばならないよう、自分に課してしまうのです、一度でも芸術の魅力に取り憑かれてしまうと。ラストの描写から察するに、おそらく若菜さんも友親も、当面は筆を折らないでしょう。表現する意欲は燃え上がるとそうは簡単に消えてくれません。失敗しても挫折しても貧苦に喘いだとしても、炎に新たな燃料を投下してしまうからです、他の誰でもない、自分自身が。

芸術を学ぼうとする以上、常に自問し、常に自答する日々は終わらず、経済的、社会的な苦労がついて回ります。表現でメシが食える人間なんて、本当に一握りなのですから（興味のある方は額賀澪さんの新刊『拝啓、本が売れません』〈二〇一八年、KKベストセラーズ〉を読んでみてください。文芸というジャンルの話ですが、表現者の直面する現在的な、現実的な苦悩が痛いほどわかります。ちなみに絵画は文芸に輪をかけて食えません）。

ただ、だからといってその辛く険しい道を選ぶ若者を私は止めたくないと思います。現実で若菜さんや友親のような若者と出会ったら、私は全力で応援するでしょう。なぜと言うに……孤独よりも賑やかなほうが楽しいからです、同じ地獄なら。

叶うことなら、若菜さんや友親が花房美術大学を卒業した後の姿も読んでみたいと思います。彼らがどんな顔で地獄を歩んでいるか、一八年前からかれこれ人生の半分を地獄で過ごしている私としては、先輩面して眺めてみたいのです。

（編集者）

単行本　二〇一六年五月　文藝春秋刊
ＤＴＰ制作　エヴリ・シンク

文春文庫

本書の無断複写は著作権法上での例外を除き禁じられています。
また、私的使用以外のいかなる電子的複製行為も一切認められておりません。

さよならクリームソーダ

定価はカバーに表示してあります

2018年6月10日　第1刷
2023年11月25日　第2刷

著　者　額《ぬか》賀《が》　澪《みお》

発行者　大沼貴之
発行所　株式会社 文藝春秋

東京都千代田区紀尾井町 3-23　〒102-8008
TEL 03・3265・1211㈹
文藝春秋ホームページ　http://www.bunshun.co.jp

落丁、乱丁本は、お手数ですが小社製作部宛お送り下さい。送料小社負担でお取替致します。

印刷製本・TOPPAN

Printed in Japan
ISBN978-4-16-791089-1

（　）内は解説者。品切の節はご容赦下さい。

中路啓太
ゴー・ホーム・クイックリー
戦後、ＧＨＱに憲法試案を拒否され英語の草案を押し付けられた日本。内閣法制局の佐藤らは不眠不休で任務に奔走する。日本国憲法成立までを綿密に描く熱き人間ドラマ。（大矢博子）
な-82-1

長岡弘樹
１１９
消防司令の今垣は川べりを歩くある女性と出会って……（「石を拾う女」）。他人を救うことはできるのか――短篇の名手が贈る、和佐見市消防署消防官たちの９つの物語。（西上心太）
な-84-1

楡　周平
ぷろぼの
人材開発課長代理　大岡の憂鬱
大手電機メーカーに大リストラの嵐が吹き荒れていた。首切り担当部長の悪辣なやり口を聞いた社会貢献活動の専門家「プロボノ」達は、憤慨して立ち上がる。（村上貴史）
に-14-4

貫井徳郎
新月譚
かつて一世を風靡し、突如、筆を折った女流作家・咲良怜花。彼女に何が起きたのか？　ある男との壮絶な恋愛関係が今語られる。恋愛の陶酔と地獄を描きつくす大作。（内田俊明）
ぬ-1-7

貫井徳郎
神のふたつの貌《かお》
牧師の息子に生まれた少年の無垢な魂は一途に神の存在を求めた。だが、それは恐ろしい悲劇をもたらすことに……。三幕の殺人劇の果てに明かされる驚くべき真相とは？（三浦天紗子）
ぬ-1-9

額賀　澪
屋上のウインドノーツ
引っ込み思案の志音は、屋上で吹奏楽部の部長・大志と出会い、人と共に演奏する喜びを知る。目指すは「東日本大会」出場！圧倒的熱さで駆け抜ける物語。松本清張賞受賞作。（オザワ部長）
ぬ-2-1

額賀　澪
さよならクリームソーダ
美大合格を機に上京した友親に、やさしく接する先輩・若菜。しかし、二人はそれぞれに問題を抱えており――。少年から青年に変わっていく、痛くも瑞々しい青春の日々。（川崎昌平）
ぬ-2-2

（　）内は解説者。品切の節はご容赦下さい。

乃南アサ
六月の雪
三十二歳独身、声優になる夢に破れ、祖母の生まれ故郷の台湾・台南市を訪ねた未來は、その旅の中で台湾の人々が生きてきた戦中戦後の過酷な時代の傷跡を知る。　（川本三郎）
の-7-12

乃南アサ
冷たい誘惑
新宿歌舞伎町で泥酔した主婦・織江が、一万円と引き換えに家出少女から渡された包みの中身は一丁の拳銃だった！　平凡な日常に倦んだ人々を魅了し、狂わせるコルトの魔力とは？

の-7-14

野村美月
三途の川のおらんだ書房
迷える亡者と極楽への本棚
「人生最後にして最上の一冊選びます」。三途の川べりにある書店の店主は、未練を抱える死者たちに優しく寄り添い成仏へと導く本を探すが――。本好きに贈るビブリオ・ファンタジー。
の-23-1

野村美月
三途の川のおらんだ書房
転生する死者とあやかしの恋
三途の川のほとりにある〈おらんだ書房〉に、ある日突然、鬼を左右に従えた怪しい老人が現れた。この老人は一体何者なのか？「文学少女」シリーズの著者による、最新の書き下ろし。
の-23-2

林　真理子
最終便に間に合えば
新進のフラワーデザイナーとして訪れた旅先で、7年ぶりに再会した昔の男。冷めた大人の孤独と狡猾さがお互いを探り合う会話に満ちた、直木賞受賞作を含むあざやかな傑作短編集。

は-3-38

林　真理子
最高のオバハン
中島ハルコの恋愛相談室
中島ハルコ、52歳。金持ちなのにドケチで口の悪さは天下一品。嫌われても仕方がないほど自分勝手な性格なのに、なぜか悩み事を抱えた人間が寄ってくる。痛快エンタテインメント！
は-3-51

馳　星周
生誕祭
（上下）
バブル絶頂期の東京。元ディスコの黒服の堤彰洋は地上げで大金を動かす快感を知るが、裏切られ、コカインとセックスに溺れていく。人間の果てなき欲望と破滅を描いた傑作。　（鴨下信一）
は-25-4

（　）内は解説者。品切の節はご容赦下さい。

馳　星周
光あれ
原発がなければ成り立たない、未来を描けない地方都市で、男は生まれ育ち、家庭を持った。窒息しそうな日々を揺れ惑った挙げ句に、男が見極めた人生の真の姿とは。（東　えりか）
は-25-7

馳　星周
復活祭
八〇年代バブルに絶頂と転落を味わった男たちが、ITバブルに復活を賭ける。しかし、かつて裏切った女たちの復讐劇も進行していた。このコンゲームを勝ち抜くのは誰か？（吉野　仁）
は-25-8

馳　星周
アンタッチャブル
ドジを踏んで左遷された宮澤と、頭がおかしくなったと噂される公安の〝アンタッチャブル〟椿。迷コンビが北朝鮮工作員のテロ計画を追う！　著者新境地のコメディ・ノワール。（村上貴史）
は-25-9

原田マハ
キネマの神様
四十歳を前に突然会社を辞め無職になった娘と、借金が発覚したギャンブル依存のダメな父。ふたりに奇跡が舞い降りた！　壊れかけた家族を映画が救う、感動の物語。（片桐はいり）
は-40-1

原田マハ
太陽の棘《とげ》
終戦後の沖縄。米軍の若き軍医・エドは、沖縄の画家たちが集団で暮らすニシムイ美術村を見つけ、美術を愛するもの同士として交流を深めるが…。実話をもとにした感動作。（佐藤　優）
は-40-2

原田マハ
美しき愚かものたちのタブロー
美術館創設という夢を実現するため、絵を一心に買い集めた男がいた。しかし、戦争が起き、絵画は数奇な運命を辿り……。〟松方コレクション〟流転の歴史を描く傑作長編。（馬渕明子）
は-40-6

濱　嘉之
警視庁公安部・青山望
完全黙秘
財務大臣が刺殺された。犯人は完黙し身元不明のまま。捜査する青山望は政治家と暴力団・芸能界の闇に突き当たる。元公安マンが圧倒的なリアリティで描くインテリジェンス警察小説。
は-41-1

（　）内は解説者。品切の節はご容赦下さい。

濱 嘉之
警視庁公安部・片野坂彰
紅旗の陰謀

コロナ禍の中、家畜泥棒のベトナム人が斬殺された。警視庁公安部付・片野坂彰率いるチームの捜査により、中国の国家ぐるみの〝食の簒奪〟が明らかに。書き下ろし公安シリーズ第三弾！

は-41-43

羽田圭介
スクラップ・アンド・ビルド

「死にたか」と漏らす八十七歳の祖父の手助けを決意した健斗の意外な行動とは!?　人生を再構築中の青年は、祖父との共生を通して次第に変化してゆく。第153回芥川賞受賞作。

は-48-2

原 宏一
廃墟ラブ
閉店屋五郎2

中古備品を回収・販売するため、廃業する店を訪ねて、ひとり娘と東奔西走する五郎。出会った三人のワケアリ女に惚れて、助けて、袖にされ……。ほっこり小説、決定版！　（青木千恵）

は-52-2

蜂須賀敬明
横浜大戦争

保土ケ谷の神、中の神、金沢の神——ある日、横浜の中心を決めるため、神々の戦いが始まる。はたして勝者は？　ハマに大旋風を巻き起こす超弩級エンタテイメント！　未体験ゾーンへ！

は-54-2

蜂須賀敬明
横浜大戦争　明治編

「ハマ」を興奮の渦に巻き込んだ土地神たちが帰ってきた！　今回は横浜の土地神たちが明治時代にタイムスリップ。前代未聞の大ボリュームで贈る特別付録「神々名鑑と掌編」も必読！

は-54-3

早坂 吝《やぶさか》
ドローン探偵と世界の終わりの館

ドローン遣いの名探偵、飛鷹六騎が挑むのは奇妙な連続殺人。廃墟ヴァルハラで繰り広げられる命がけの知恵比べとは？　定石破りの天才が贈る、意表を突く傑作ミステリ。　（細谷正充）

は-56-1

東野圭吾
レイクサイド

中学受験合宿のため湖畔の別荘に集った四組の家族。夫の愛人が殺され妻が犯行を告白、死体を湖に沈め事件を葬り去ろうとするが……。人間の狂気を描いた傑作ミステリー。　（千街晶之）

ひ-13-5

（　）内は解説者。品切の節はご容赦下さい。

東野圭吾
手紙
兄は強盗殺人の罪で服役中。弟のもとには月に一度、獄中から手紙が届く。だが、弟が幸せを掴もうとするたび苛酷な運命が立ち塞がる。爆発的ヒットを記録したベストセラー。（井上夢人）
ひ-13-6

姫野カオルコ
彼女は頭が悪いから
東大生集団猥褻事件で被害者の美咲が東大生の将来をダメにした〝勘違い女〟と非難されてしまう。現代人の内なる差別意識に切り込んだ社会派小説の新境地！　柴田錬三郎賞選考委員絶賛。
ひ-14-4

東山彰良
僕が殺した人と僕を殺した人
一九八四年台湾。四人の少年は友情を育んでいた。三十年後、人生の歯車は彼らを大きく変える。読売文学賞、織田作之助賞、渡辺淳一文学賞受賞の青春ミステリ。（小川洋子）
ひ-27-2

東山彰良
小さな場所
台北の猥雑な街、紋身街。食堂の息子、景健武は、狡猾で強欲なだらしない大人たちに囲まれて、大人への階段をのぼっていく……。切なく心に沁み入る傑作連作短編集。（澤田瞳子）
ひ-27-3

平山夢明
デブを捨てに
「うで」と「デブ」どっちがいい？　最悪の状況、最低の選択。究極の選択から始まる表題作をはじめ〈泥沼〉の極限で咲く美しき〝クズの花〟〈最悪劇場〉四編。（杉江松恋）
ひ-29-1

平山夢明
ヤギより上、猿より下
淫売宿にヤギの甘汁とオランウータンのポポロがやってきた。彼女たちの活躍で姐さんたちが恐慌を来す表題作ほか全四編。〈最悪劇場〉第二弾。（宇田川拓也）
ひ-29-2

百田尚樹
幻庵《げんなん》（全三冊）
「史上最強の名人になる」囲碁に大望を抱いた服部立徹、幼名・吉之助は、後に「幻庵」と呼ばれ、囲碁史にその名を刻む風雲児だった。天才たちの熱き激闘の幕が上がる！（趙　治勲）
ひ-30-1

（　）内は解説者。品切の節はご容赦下さい。

藤田宜永
愛の領分
仕立屋の淳蔵はかつての親友夫婦に招かれ、昔追われるように去った故郷を三十五年ぶりに訪れて佳世と出会う。二人は年齢差を超えて惹かれ合うのだが……。直木賞受賞作。（渡辺淳一）
ふ-14-6

藤田宜永
奈緒と私の楽園
良き友人の前妻と、セックスを愉しむ愛人がいるバツイチ、五十歳の塩原。だが母親の行方を探す二十九歳の奈緒と出会い、急速に惹かれていく。禁断の性愛を描く問題作。（村山由佳）
ふ-14-13

藤原伊織
てのひらの闇
二十年前に起きたテレビCM事故が、二人の男の運命を変えた。男は、もう一人の男の自死の謎を解くべく孤独な戦いに身を投じる……。傑作長篇ハードボイルド。（逢坂　剛）
ふ-16-2

藤原伊織
シリウスの道（上下）
広告代理店に勤める辰村には秘密があった。その過去が二十五年後の今、何者かに察知された。十八億円の広告コンペの内幕を主軸に展開するビジネス・ハードボイルド。（北上次郎）
ふ-16-3

藤原伊織
テロリストのパラソル
爆弾テロ事件の容疑者となったバーテンダーが、過去と対峙しながら事件の真相に迫る。乱歩賞&直木賞をダブル受賞した不朽の名作。逢坂剛・黒川博行両氏による追悼対談を特別収録。

ふ-16-7

古川日出男
ベルカ、吠えないのか？
日本軍が撤収した後、キスカ島にとり残された四頭の軍用犬。彼らを始祖として交配と混血を繰り返し繁殖した無数のイヌが、あらゆる境界を越え、〝戦争の世紀＝二十世紀〟を駆け抜ける。

ふ-25-2

福澤徹三
俠飯《おとこめし》
就職活動中の大学生が暮らす1Kのマンションに転がり込んできたヤクザは、妙に「食」にウルサイ男だった！　まったく異質なふたつが交差して生まれた、新感覚の任俠グルメ小説。

ふ-35-2

本の話

読者と作家を結ぶリボンのようなウェブメディア

文藝春秋の新刊案内と既刊の情報、
ここでしか読めない著者インタビューや書評、
注目のイベントや映像化のお知らせ、
芥川賞・直木賞をはじめ文学賞の話題など、
本好きのためのコンテンツが盛りだくさん！

https://books.bunshun.jp/

文春文庫の最新ニュースも
いち早くお届け♪

文春文庫のぶんこアラ